MICHEL CAFFIER

Né à Boulogne-sur-Mer, Michel Caffier a fait une longue carrière de journaliste à *L'Est républicain*. Historien et romancier de la Lorraine, il n'a cessé d'explorer avec passion cette région dans ses recherches et ses écrits. Il lui a consacré, entre autres, des monographies, comme *Les Feuilles lorraines, 2000 ans d'histoire* (1983) ou encore *La Lorraine* (2006). Il lui a dédié ses romans, parmi lesquels *Le Hameau des mirabelliers* (1998), Feuille d'Or du Livre sur la place, et sa suite *L'Héritage du mirabellier* (2006). Plus récemment, il a publié aux Presses de la Cité *Le Découvreur du Mississippi* (2007) et *Marghareta la Huguenote* (2008).

Ancien président du jury Erckmann-Chatrian, Michel Caffier collabore à diverses revues et assure de nombreuses conférences sur la Lorraine et la littérature.

# L'HÉRITAGE DU MIRABELLIER

DU MÊME AUTEUR
*CHEZ POCKET*

LA BERLINE DU ROI STANISLAS

MICHEL CAFFIER

# L'HÉRITAGE DU MIRABELLIER

PRESSES DE LA CITÉ

ISBN 978-2-266-17116-8

# Prologue

Ce roman prolonge *Le Hameau des mirabelliers,* paru en 1998.

Le Hameau, au-dessus de Pompey, près de Nancy, était la survivance du village de cent habitants soumis en 1870 à l'installation d'une usine chassée de Moselle par l'annexion prussienne. Sur la colline vivaient trois familles de vignerons et artisans. Léon Muller compta parmi les premiers ouvriers de la fonderie, s'illustrant, avant la création des syndicats, par ses actions revendicatives en faveur d'un personnel fournisseur de pièces pour la construction de la tour Eiffel.

Il gardait près de lui ses deux frères : Alphonse, employé de la Compagnie des chemins de fer de l'Est, Gustave, qui s'imposa comme menuisier tandis que sa femme Marthe dirigeait l'école d'une commune qui devint une ville de dix mille habitants. Les enfants du Hameau préparaient leur avenir, à proximité du restaurant de la Cure d'Air, que tenait Elise Fischer, veuve de sidérurgiste.

Après son père, Léon, retraité précoce, entretenait les mirabelliers plantés pour que survive la nature face à l'invasion industrielle.

Déjà la guerre de 1914 menaçait tous les rêves.

# 1

# Lendemain de guerre

Léon Muller fumait sa pipe chaque jour après le repas, assis derrière une fenêtre, ou sur le banc du jardin par beau temps. Après l'orage de la veille, le ciel retrouvait son bleu soutenu bombé sur la vallée comme un dais de silence. Dans l'air inerte, la fumée d'un haut-fourneau montait droite, s'évaporant peu à peu en imperceptibles mèches ouatées. Le panorama de la ville, de la Moselle et des collines célébrait la paix revenue. Alphonse rejoignit son frère. De la pointe de sa canne, il trouait la terre du carré retourné.

— Tu replanteras des mirabelliers ?

— Non, je serai mort avant la première tarte. Celui-ci survit mais ne passera pas l'hiver. Par miracle, il donne encore des fleurs au printemps mais plus de fruits. Il est châtré. Je garde ce rescapé au tronc rongé par les impacts de balles. Un pilote de Junker a passé sur mes arbres sa rage après le Spad raté. Les mirabelles ne touchent pas de dommages de guerre.

— Un seul haut-fourneau travaille à l'usine.

— On ne dit plus l'usine : les ouvriers disent « la chiotte », tant les ateliers sont vétustes et le travail compliqué. L'insuffisance convenait pour les plaques blindées des armées, pas pour couler des fontes spéciales.

Alphonse donna un coup de canne sur le sol.

— Rien ne sort intact de quatre années comme celles-ci.

Léon tendit l'oreille. La voix estompée de l'ancien chef de gare égarait les mots dans un souffle haletant. Alphonse s'en rendait compte, avec rage : « On ne m'entend qu'à moitié mais on me discute ma carte de mutilé à 50 %. » L'entourage évitait le délicat sujet qui conduisait aussitôt aux événements.

Réserviste de plus de quarante-cinq ans, Alphonse échappait à la mobilisation. Après 1916, il se porta volontaire pour une fonction de cheminot dans un centre de triage des trains. Affecté en Champagne dans une zone de réserve militaire vers la Picardie et la Somme, il vécut plusieurs bombardements de gaz à l'ypérite. Atteint et soigné à Reims, il perdit un poumon et la force de ses cordes vocales. Une convalescence de six mois dans un sanatorium de la vallée de la Vanoise sauva l'essentiel. Le blessé n'obtint son statut de grand mutilé qu'après sept visites dans les hôpitaux militaires de Reims, Nancy et Metz. Le volontaire de 1916 souffrait plus de ce combat administratif que de son état physique : « On se bat pour la France et l'État ne veut pas le savoir ! » Il le répétait partout, en même temps qu'il racontait la vague suffocante de l'ypérite, à table, au café où il retrouvait ses compagnons de manille, à la gare où il regardait s'éloigner les trains comme les vieux marins observent, nostalgiques, le départ des chalutiers. Léon lui-même craignait cette obsession :

— Il faudrait bien réunir un de ces jours le clan du Hameau des mirabelliers, dispersé par la guerre, éloigné presque. On ferait à la Cure d'Air un 14 Juillet de la famille et de l'amitié.

— Pas sans les absents.

— Tous les nôtres, par miracle, sont revenus.

— Même ma demi-portion. Je parle des autres, les vainqueurs de la Somme, de la Marne et de la Woëvre autour de Verdun, nos gars du 26, nos artilleurs du 15e RA, les infirmières, merci à elles, les volontaires du chemin de fer même pas incorporés au train des équipages.

— Le temps accélère.

— Tu crois que le mien est compté ?

— Les plus jeunes sont happés dans le tourbillon de la nouvelle vie. Après les souffrances, les nôtres croqueront la vie loin de nos vieilles dents et de nos noyaux de mirabelles. Nous fêterons le 14 Juillet avec eux à Noël, ce sera plus gai que le 11 Novembre.

— Tu prends ça à la légère.

— Alphonse, je ne suis qu'un ancien combattant de la sidérurgie qui a hissé le drapeau tricolore à la cheminée de l'usine quand les Prussiens de 1870 nous occupaient. Notre grand-père survécut aux bains glacés de la Berezina. Notre père, mêlé aux fusillades des Communards par Galliffet, noya sa honte et son remords dans la Moselle. Toi, soldat civil parmi les autres, tu reviens sans ton vrai souffle et sans médaille. Tu ne veux pas que je m'enterre vivant parmi les racines de mes arbres fusillés sur place ? À la nostalgie de la guerre, je préfère les espoirs de la paix. Sous les bougies de Noël, si tu veux bien.

Gisèle, discrètement arrivée, coupa :

— Je n'aime pas ces mines de papier mâché. Voici deux doigts de mirabelle pour vous redonner des couleurs.

Gisèle, le tambour de ville, remplaçante du vieux père Berlou, vivait avec Léon depuis trois ans. Les liens venaient des tournées dans les rues de Pompey achevées au Hameau. L'employée municipale arrivait au sommet de la côte fatiguée, assoiffée. Halte après halte, deux solitudes se rapprochaient. La crainte d'un bombardement de l'usine précipita le choix d'une autre existence commune, acceptée avec compréhension par la famille Muller et par Norbert, le fils de la compagne, pontonnier à l'usine, alors mobilisé sur un garde-côtes, et son amie Nicole, secrétaire à la gare des marchandises. La situation nouvelle de Léon, longtemps isolé dans sa grande maison, comblait Marthe, qui se tenait pour responsable de l'ancienne rupture et du choix de Gustave au retour de son engagement chez les zouaves d'Algérie. Norbert comptait parmi ses lauréats au certificat d'études.

Alphonse prit sa mirabelle goutte à goutte en salivant pour atténuer sa force :

— Je n'en ai pas bu depuis ma blessure. Ce n'est pas prudent. Merci quand même !

Il piqua la terre du bout de sa canne puis s'éloigna vers la Bicoque. Marie, tassée sur la bande de terre au long du mur de la salle à manger, aérait au sarcloir les tiges de ses iris. Le couple occupait de nouveau le logement proche de la maison de Léon, l'ancienne réserve du temps des vignes. Une chambre tenait lieu de salle d'exposition pour les collections ferroviaires de l'ancien chef de gare de Pompey, arrêtées à la reproduction d'une peinture du Transsibérien haletant dans la neige devant deux gardes à cheval et un officier. Avec la date : hiver 1913. Au retour du sanatorium de la Vanoise, la conviction de Marie écarta l'envie, stupidement vengeresse, de son mari de démolir ou brûler ses maquettes de vieux trains, les affiches, les pages d'horaires : « Il s'agit de ma vie aussi, dit-elle, dans le partage des escarbilles ou en servant des tranches de jambon et des légumes secs aux clientes des magasins de la Compagnie de l'Est. »

Dans un coin de sa pièce, Alphonse entretenait sa nouvelle passion : la radio. À la gare de triage champenoise, il partageait ses moments de liberté avec les télégraphistes des transmissions. À l'écart de la réception des messages du secret militaire, donnant le nombre de wagons d'une rame ou le numéro d'immatriculation d'une locomotive, il aidait les monteurs à dresser ou orienter les antennes, nettoyer les galènes avec des chiffons imbibés d'alcool ou d'éther. Son poste, à galène également, reprenait le schéma des récepteurs observés pendant des mois, avec les fils de la prise de terre et de l'antenne glissés dans la bordure en bois de la fenêtre. Sur le toit, les deux cheminées, distantes d'une dizaine de mètres, supportaient le conducteur en cuivre étamé relié par les isolateurs en porcelaine. Ses écouteurs sur la tête, Alphonse captait essentiellement les messages des émetteurs des terrains d'aviation, perchés, comme le Hameau, sur les hauteurs des plateaux de Nancy et des environs. Quand Marie, invitée à la réception, ironisait sur la vitesse du vent révélée par la base de Malzéville, son mari, modeste et fanfaron à la fois, disait :

— J'apprends. Mes spécialistes du triage m'annonçaient par la radio une révolution égale à celle de l'imprimerie.

— Gutenberg s'occupait de la Bible, pas des cumulus force trois au nord-est du confluent de la Meurthe et de la Moselle.

En soirée, Alphonse, tournant avec précaution le bouton de sélection des ondes, captait parfois des bribes de concerts, obstinément recherchés malgré leur origine allemande. L'après-midi, il descendait vers le centre-ville. L'ancienne brasserie Carcel s'appelait le « Café de la paix » pour une même clientèle d'ouvriers de l'usine aux heures précises et de retraités groupés pour des parties de cartes ou autour des deux billards. Les anciens combattants faisaient bande à part, réunis entre conscrits, par arme ou par régiment, par voisinage aussi. Entre les levées de la belote ou de la manille, les conversations déroulaient le fil des informations les plus diverses sur le sort commun des rescapés, vigilants, méfiants déjà. Alphonse pensa à la proposition de Léon quand un marin de la bataille des Dardanelles annonça que le 20e corps, troupe de pointe de la Division de Fer, rentrerait à Nancy le 27 juillet.

Marie accompagnait son mari qui tenait à assister aux cérémonies à l'écart des délégations des associations nées de l'armistice. Elle allait rarement à Nancy malgré la commodité du « suburbain », le tramway de la ligne 10 inauguré juste avant la guerre. Les onze kilomètres offraient la diversité des communes voisines, Frouard, Champigneulles, où l'unique voiture longeait le lavoir de plein air près du terminus. Devant la gare de Nancy, des charrettes dégageaient encore des carrés de pierres entassés au bord des ruines des Magasins Réunis détruits par les bombardements. Des grues et des échafaudages annonçaient le début de la reconstruction. Pour rejoindre le lieu du défilé, il suffisait de suivre les groupes vers la rue Gambetta drapée de tricolore. Après le lycée, la police imposait un détour pour accéder à la place Stanislas par la face opposée à l'hôtel de ville :

— Nancy, on ne passe pas, grognait Alphonse, qui sortit sa carte de mutilé barrée du ruban tricolore.

À partir de l'arc de triomphe d'Emmanuel Héré, la foule obstruait le passage. Des hampes de drapeaux pas encore déployés dominaient les têtes, agitées comme des piques de manifestants. Un conseiller municipal bardé de son écharpe, protégé par deux soldats, appelait à la patience. Des cris couvrirent son propos :

« Place aux braves ! Enlevez les planqués ! J'étais au fort de Vaux… Et moi au Chemin des Dames ! »

Alphonse rageait :

— Je ne peux même pas crier, tout juste montrer ça, un petit mutilé et un gros 50 %.

L'adjoint, surpris, dit :

— Suivez-moi.

Les deux soldats, fusil en main, ouvrirent un passage le long du mur jusqu'à l'entrée du restaurant Walter au coin de la place.

— Trouvez-leur une fenêtre ! dit l'officiel à un maître d'hôtel.

Marie et Alphonse traversèrent les salles préparées pour la réception des officiels. À l'étage se pressaient les invités, collés aux portes et aux fenêtres, habits sombres et toilettes colorées. Par une petite porte, le guide conduisit le couple au second étage, vers une salle de repassage. Un photographe attendait derrière le trépied de son appareil.

— Deux personnes, dit-il, mais pas plus.

— Une et demie, sourit Alphonse en montrant une deuxième fois sa carte.

Le perchoir dominait le carré de la place souligné par les alignements de chevaux et de prolonges d'artillerie. Des cavaliers marquaient les limites des carrés réservés aux fantassins autour de la statue de Stanislas. La foule étirait ses rangs serrés sous les façades drapées et leurs fenêtres envahies de privilégiés. Des applaudissements saluaient les marches jouées par des fanfares civiles et militaires. Quatre coups de canon, un par année de guerre, annoncèrent l'arrivée des soldats rejoignant leur garnison. La musique du 26e régiment d'infanterie ouvrait le défilé dans l'éclat des trompettes et des tambours au son de la *Marche lorraine*, qui explosa soudain entre la carcasse du théâtre en construction et les étages tricolores du nouveau Grand Hôtel. La crécelle des mains frappées accompagna les cuivres triomphants passés au *Chant du départ*.

Les sections en place face au balcon de l'hôtel de ville jouèrent successivement aux quatre coins de la place la sonnerie aux morts avec des instruments voilés. Les officiers généraux passèrent la troupe en revue avant la *Marseillaise* reprise en chœur par les spectateurs. Pendant les discours, prononcés dans les salons d'honneur, les spectateurs, débordant les rangs de la cavalerie, rejoignirent les soldats pour des retrouvailles quelquefois et pour des embrassades chaleureuses.

— Je descends, dit le photographe. Ce sera meilleur en gros plan. À une autre fois.

On se congratulait aussi dans les salons du Walter, verres de champagne et petits-fours à la main. Alphonse tirait Marie par la main.

— C'est vrai, l'arrière a tenu.

Ils marchèrent vers la gare avec difficulté. Le service triplé de la Compagnie des tramways suburbains facilita le retour. Alphonse retrouva dans sa voiture des camarades de belote, tous membres de l'Union nationale des mutilés et réformés.

— Tu as vu quelque chose ?

— Comme un ministre, au balcon, et vous ?

— Les soldats, dans la rue après la caserne. On a surtout entendu, le canon, les fanfares, la *Marseillaise*. On a même chanté. On s'organisera mieux la prochaine fois. Pourquoi tu ne t'inscris pas chez nous ?

— Union des mutilés et réformés… de quoi ? Des tramways ? des chemins de fer ? de l'usine ? Ça ne veut rien dire : ici les trépanés et les blessés de la face, là les aveugles de guerre, ou encore la Confédération de la France meurtrie. Moi je suis pour les intransigeants de la Renaissance et de la Dignité.

— On reparlera de cela au calme. Ici on ne s'entend pas.

— Je suis au courant, merci !

Marie tapa sur la lourde patte de son mari.

Pour en savoir plus sur la journée, Léon proposa un apéritif au couple traversant la cour. Gisèle s'amusa du coup de pouce amical de l'officiel :

— Chez Walter, en plus, qu'on appelle le Maxim's de la place Stanislas.

— Avec une potée lorraine ? J'aime mieux la mienne.

— Moi aussi, Marie. Et je peux rogner le bout de lard entre mes doigts. Alors, Alphonse, on se prépare pour notre repas de Noël, avec la marmaille ? Il faut les prévenir tous avant qu'ils ne choisissent d'autres réveillons. En tout cas, pas de Walter, la bonne cuisine d'Elise à la Cure d'Air.

Elise Colin-Fischer – elle tenait à l'association des noms des deux maris décédés – gérait seule la Cure d'Air restaurée par le génie militaire après son utilisation comme maison de convalescence depuis la bataille du Grand-Couronné en 1914. Des baies remplaçaient les fenêtres, offrant une vue panoramique sur le pont de la Moselle, la ville et, au-delà, vers les collines. Aidée jusqu'à l'armistice par Pauline Muller, la bru de Léon et Marthe, qui cachait son origine allemande sous son voile d'infirmière, Elise engagea ensuite la veuve d'un contremaître de l'usine tué aux Eparges, Françoise, solide paysanne à toutes mains. Peu à peu revenait la clientèle des baptêmes et des mariages, des banquets d'associations, puis des promeneurs en fin de semaine. Unis en une famille élargie des Muller, Marthe servait parfois d'anciens élèves de la communale. Léon tenait lieu de sommelier, avec la dignité d'un fils de vigneron.

Ces fêtes conviviales libéraient la joie de la fin des angoisses. Les convives riaient, chantaient au dessert, à tour de rôle, dansaient ensuite en farandole poursuivie jusqu'au terre-plein par beau temps. Il restait toujours en bout de table trois ou quatre femmes regroupées dans leur malheur, conciliantes pour la liesse des autres mais meurtries par une ou plusieurs absences. Gustave et Marthe, Léon, se joignaient à elles pour égarer leurs pensées. Tous trois ressentaient la cassure qui remuait les esprits. Pour préserver une joie factice et fragile, les soldats des années terribles veillaient et revendiquaient à propos de tout, le semi-chômage de l'usine privée de coke pour ses fourneaux, le prix élevé du pain et la menace d'une carte de ravitaillement, l'absence de maîtres dans les écoles, l'affaiblissement des rentes, des retraites modestes. L'insatisfaction grondait dans les allées du marché, les cafés, le terminus de la ligne 10 : le contrôleur en cas de retard de quelques minutes payait pour les hausses, les pénuries, l'air victorieux des Allemands vaincus. Alphonse, parfois, s'en étranglait. Léon s'en inquiétait pour le rendez-vous de Noël.

Les deux frères prolongeaient dans cet après-guerre la relation paisible vécue avant les événements. Léon, ardent militant aux débuts de l'usine, opposait son action passée à la réserve d'Alphonse, qui lui semblait le modèle du fonctionnaire prudent, engagé dans un travail régulier, jalonné de promotions avant la retraite. Satisfait d'une carrière de cheminot aux heures de la mise en place des compagnies, l'ancien chef de gare revenait déçu de ses années de mobilisé volontaire. Engagé dans les secteurs stratégiques des triages de trains militaires, il ressentait chez les anciens combattants le discret mépris d'un planqué. En s'imposant dans les manifestations patriotiques, il affirmait le sens de sa participation, marquée par son pesant handicap. Comme Gisèle auprès de Léon, Marie tenait le rôle de femme discrète, dévouée, comme le voulait la tradition.

Les deux hommes laissaient les femmes élaborer un projet de repas. Marthe et Marie proposaient que le déjeuner du lendemain midi se fasse à part, chez l'une ou chez l'autre, pour ne pas pénaliser Elise après un jour de fermeture. Le souper du grand jour de retrouvailles supposait des restes à manger froid ou avec une sauce, mayonnaise ou autre. Françoise, mêlée à la discussion et déjà habituée de la préparation des banquets, proposa brochet et gigot, pratique au possible.

— Question de départ, dit-elle. Combien de personnes à table ?

— Environ, corrigea Elise. Mathieu et Germaine, mes instituteurs, seront en vacances, mais leur fils Georges est toujours mobilisé au Bourget. J'ignore si Georgette pourra se libérer de l'école de médecine de Lyon. Alors deux ou quatre, plus deux pour Françoise et moi : on se fera servir, pour une fois.

Gisèle annonçait quatre couverts, Marie deux, Marthe cinq avec Gustave, Louis, Pauline et leur fils Pierre. Françoise conclut :

— Dix-sept. En cas de défection, treize. On trouvera quelqu'un ou je resterai en cuisine.

— On tirera au sort.

— Pas les anciens combattants !

— Les femmes aussi ont fait la guerre, sans être jamais décorées.

Marthe, de sa belle écriture de directrice d'école, fit les lettres d'invitation pour tout le monde, précisant les horaires des trains pour les plus éloignés, le point de départ de la ligne 10 pour tous. Elle ajoutait : « *L'hébergement sera assuré au Hameau, ce qui nous rajeunira. Nous prévoyons un repas pour le lendemain midi. S'il y a des candidats pour une seconde journée ce sera soupe à l'oignon le soir pour tous. Après… le rata.* »

La première réponse vint du Bourget. L'armée libérait Georges, aviateur photographe, bénéficiaire d'un certain nombre de jours de permission en retard. Georgette, la fille d'Elise, renonçait à sa visite malgré elle : « *Les besoins de médecins militaires et civils obligent l'École de médecine de l'armée à avancer les examens. Je ne veux pas rater ma chance d'obtenir ce diplôme proposé à une infirmière habituée au bloc opératoire sur le front. Pendant quatre ans, les hôpitaux de campagne m'ont servi de faculté. Je ne souhaite pas de tels stages aux nouveaux étudiants. Comprenez que la proche issue occupe toutes mes pensées et tous mes instants. Je viendrai soigner vos insolations après les premiers soleils du début d'été sur le Hameau. »*

Après le retour des soldats du 20e corps dans leur garnison, Alphonse se réjouissait d'une autre occasion d'estomper son malaise de rescapé : on annonçait la remise à la ville de Nancy de la Légion d'honneur et de la Croix de guerre par le président de la République Raymond Poincaré :

— Je l'ai aperçu un jour au triage. Il attendait devant un wagon son départ vers l'Argonne avec le prince Alexandre de Serbie, les jumelles pendantes sur sa capote. Le président portait une cape sombre comme les généraux, éclairée au col par la barbichette blanche. Je ne me ferai pas bousculer pour le rencontrer place Stanislas : il ne me reconnaîtrait pas.

Alphonse souhaitait seulement participer à l'événement, « pour marquer le coup », disait-il. Dans ce but, il portait sa veste bleue serrée par le ceinturon et sa casquette à la visière bosselée. Ses amis des associations d'anciens combattants partaient tôt en train, le matin, pour accompagner sur la place de la gare à Nancy la fanfare des fonderies chargée de l'accueil des officiels.

— Je prendrai mon temps, pas eux les gouvernants, arrivés à 14 h 10 et embarqués dans le train de 16 heures.

Marie préférait aussi le suburbain enrubanné en tricolore comme une boîte de bergamotes. Déjà, autour du terminus nancéien, la troupe et les spectateurs attendaient l'arrivée du cortège pour le retour vers Paris.

— Allons voir nos décorations à l'hôtel de ville, dit Alphonse. Elles nous doivent beaucoup.

Une file de visiteurs attendait sans longueur grâce à un sens giratoire établi entre deux escaliers de la mairie. Dans le grand salon, des vitrines décorées du tissu de soie utilisé pour le drapeau du récent baptême de l'aviso *Nancy* présentaient les trophées et les citations. Alphonse posa la main gauche sur le couvercle de verre, l'autre près de sa visière pour le salut militaire :

— France, au nom de tes un million cent mille invalides, merci.

Les spectateurs les plus proches applaudirent, renseignés par le seul ton de sa voix.

Dans le tramway, le mutilé serra la main de sa femme.

— Après cela, je bombe le torse. On n'oublie pas. Je suis donc volontaire pour la corvée de patates du gigot de Noël. On ne se refait pas.

# 2

## Une tourte au lard

Georges Fischer contournait la tour de la météo. Les remparts de la station mêlaient l'utile à l'agréable : les piliers de leurs girouettes et de leurs pluviomètres dominaient, dans un carré de terre, des massifs de fleurs vivaces tolérées depuis l'armistice. Trois hommes autour d'un mât hissaient une pièce de toile blanche et rouge que le vent gonfla dès qu'elle fut au sommet :

— Vous lavez vos caleçons ? demanda Georges.

— Presque… c'est une biroute. Plus grosse que la tienne ?

Depuis ses premiers vols au Bourget, le jeune aviateur connaissait les pots à feu allumés dans un champ : la fumée des chiffons brûlés indiquait le sens du vent.

Il approchait du pavillon Paul-Bert, à la fois infirmerie et laboratoire. Sous le parrainage du savant, et ancien ministre, spécialiste de l'influence de l'altitude sur la respiration, des médecins et des étudiants effectuaient des expériences sur la circulation du sang des pilotes de chasse ou la maîtrise des réflexes des mitrailleurs. Georges, pour la dernière fois, venait pour sa visite de démobilisation.

On ne se bousculait pas dans la salle d'attente grâce à l'étalement des départs. Le garçon prit place sur un banc à côté d'un homme en civil, d'une quarantaine d'années et d'allure sportive. Il portait un collier taillé au ciseau et une moustache plus drue. De sa casquette plate dépassait une mèche brune roulée en crolle :

— Retour au foyer ? demanda-t-il.

— Oui.

— Content ?

— Un peu triste de quitter les avions.

— Combien d'heures de vol ?

— Soixante-douze.

— Pas mal. Pilote, mécanicien ?

— Photographe.

— Il vaut mieux mitrailler dans le viseur d'un boîtier que dans celui d'une mitrailleuse. Un autre métier ?

— À vingt ans, après vingt-quatre mois de guerre…

— Retrouvons-nous au buffet après la visite. On parlera.

Georges entra dans l'office tandis qu'un médecin accueillait son voisin à l'entrée de son cabinet. Avec des tests sur la vue, la respiration, le vertige, la mobilité, la visite prenait une bonne demi-heure. L'interlocuteur attendait dans la baraque baptisée buffet, sorte de camp volant avec des tables et des chaises, un comptoir dressé sur des caisses de bouteilles.

— Bon pour le civil ? Je me présente : Henri Farman.

— Farman ? Comme le Goliath ? C'était notre avion pour la reconnaissance.

— Et maintenant le voici premier appareil de transport. Je te prends à l'essai trois mois. Ça t'intéresse ?

— Le ciel me tombe sur la tête.

— Il faut un photographe dans une compagnie, pour étudier les approches de terrain, les catalogues de pièces, les brochures de publicité, des décorations de bureaux ou de guichets. Tu es libre ?

— Après Noël seulement, pour la famille en Lorraine.

— Le plateau de Maxéville 1915, le terrain de Lunéville en 17, je connais. Je t'attends à Toussus-le-Noble le 5 janvier. Si tu renonces, écris-moi à la même adresse. Ton nom ?

— Georges Fischer.

— Noté. Bon Noël !

Le serveur en reprenant les verres de bière demanda :

— Tu connais monsieur Farman ?

— C'est mon patron !

Georges ne doutait pas de sa décision. Le nom de Farman égalait dans les conversations ceux de Clément Ader et des frères Wright. Cet homme à la casquette détenait des records du monde de vitesse et d'altitude. Il tenait sa gloire d'un parcours d'un kilomètre en circuit fermé en moins d'une minute. « En 1908, se souvenait Georges. Aujourd'hui il transporte huit passagers de Paris à Londres en trois heures et quelques ».

Il restait à restituer les uniformes et le paquetage. Pour remplacer les vêtements civils disparus au hasard des affectations, l'intendance habillait les aviateurs démobilisés comme des artisans de la menuiserie ou du bâtiment : pantalon de velours, chemise avec un lacet comme cravate, veste en chevron avec d'amples poches. On laissait au nouveau civil son vêtement militaire de pluie. Le bleu marine de l'aviation convenait mieux au reste que le kaki pisseux de l'infanterie.

La rencontre inespérée dans la salle d'attente ne changeait rien aux projets immédiats du libéré. Il profita d'un camion de permissionnaires pour se rapprocher de la gare de l'Est. Ses maigres affaires tenaient dans son sac, avec son appareil personnel, la jumelle photographique Bellini offerte par ses parents après sa première place au brevet élémentaire. Il connaissait peu le trajet entre Paris et Nancy. Jusqu'à Dormans, aux limites des coteaux de Champagne, le parcours jouait à cache-cache avec la Marne, filant sous les arbres au-delà de Lagny, cachée dans le centre de Meaux, paisible ensuite pour abandonner le décor aux balcons de vignes pas encore remises des séquelles des combats.

La traversée des villes, parfois des villages, montrait les dégâts de toutes sortes, églises et maisons détruites, ponts et voies ferrées en réparation. Des drapeaux signalaient les regroupements des tombes militaires. Les gares égrenaient des noms de batailles : Meaux, Château-Thierry, Châlons-sur-Marne, plus loin, Bar-le-Duc, Toul. Malgré sa Légion d'honneur et sa Croix de guerre, Nancy, bombardée par avions et par la grosse Bertha, ne figurait pas parmi les hauts lieux de ce chemin de croix, avec près de deux cents morts pourtant.

Pour gagner du temps, Georges prit le tramway qui le rapprochait de l'appartement de ses parents, logés dans leur école. Au rez-de-chaussée, la lumière du salon le rassura. Son père ouvrit la porte, alertant aussitôt Germaine par son cri. Après un an de séparation, l'enthousiasme et l'émotion troublaient les retrouvailles. Mathieu dit :

— Ça s'arrose. Je vais chercher une bouteille.

— Non, je n'ai rien pour le souper. Allons au restaurant. On reviendra discuter après autour d'un verre. Dis donc, mon Jojo, on bronze vite plus près du soleil.

— C'est ma bronzette de l'été sur les pelouses du Bourget. J'ai fait trois mois au ras des pâquerettes.

À deux cents mètres de l'école, au coin du canal et du pont levant, le Bistrot des Bateliers servait du poisson fourni par les pêcheurs de la Meurthe, des fritures ce soir-là. Germaine multipliait les questions :

— Vous mangiez quoi au Bourget ? Vous emportiez un casse-croûte en avion ? Mon pauvre Jojo !

— Maman, je n'ai plus six ans. Appelle-moi Georges, c'est moins ridicule.

— Un enfant s'en va, un homme revient. Tu ne vas pas me sortir, toi aussi, ta carte d'ancien combattant à tout bout de champ ?

Mathieu se réjouissait de ce retour soudain, bien avant le grand repas de Noël.

— Ta grand-mère est déjà dans tous ses états. Ton arrivée ne la calmera pas, énervée qu'elle est par l'envie d'Alphonse Muller de pavoiser la pièce en tricolore.

— Avec des drapeaux des Alliés, aussi, américain, anglais, belge, russe.

— Les bolcheviks ? Contentons-nous des sapins, des boules et des bougies.

Depuis le cours élémentaire, Georges vivait plus avec son institutrice qu'avec sa mère. L'école représentait tout pour elle. Elle conservait l'esprit des hussards de la République, qui portèrent l'enseignement public à la réussite. Elle assumait sa vocation dans le sens du travail, de la discipline inculquée par des pères aux mains calleuses de paysans aux premiers salariés des usines naissantes. Son aspect revêche correspondait à sa mentalité : petite, la tête amincie sous un chignon de duègne, son châle noir qui ne la quittait pas, ses lunettes épaisses de myope qui, dans les instants de désarroi, cachaient ses yeux dans un terne éclat.

Après le monotone repas, la soirée se prolongea au-delà de minuit dans le salon familial autour d'un bocal de mirabelles confites offert par une mère d'élève. Georges écoutait plus qu'il ne parlait, enregistrant les nouvelles de la famille, les échos des classes au nombre important d'enfants orphelins, les élections législatives de la semaine à venir. Il planait sur le nuage de sa journée, le retour ronronnant au berceau familial après la matinée des surprises. Il gardait son secret pour plus tard, malgré l'insistance de sa mère.

En couronnement de ses années de préparation d'élèves au certificat d'études, Germaine rêvait de donner un autre enseignant à l'école primaire ou, mieux, à l'enseignement secondaire. Avant son engagement dans l'aviation, Georges laissait filer l'idée sans donner d'avis. La situation, après l'armistice, donnait d'autres arguments à l'ambition maternelle.

— Peut-être sais-tu que huit mille instituteurs, qui ont tant prêché le patriotisme, ne sont pas revenus. On cherche des maîtres comme des médecins. Regarde ta tante, qui mania le bistouri comme infirmière et qui prépare ses examens de docteur. L'école ne t'attire pas ?

— Pour le moment j'ai la tête ailleurs : quelques semaines de repos sans bourdonnement de moteur, sans soleil dans l'objectif, sans collimateur repéré deux cents mètres sur le côté, au-dessus de la croix noire d'un Albatros.

— Tu raconteras ça à tes élèves, en calculant la vitesse des trains, qui sont moins dangereux.

Georges profitait de ce que tout le monde appelait sa « libération ». Sans rentrer chez ses parents pour déjeuner, il errait dans Nancy à la façon d'un touriste. Des affiches électorales couvraient de nombreux murs. Dominaient celles du Bloc national décorées de silhouettes de poilus autour du slogan « Ils ont des droits sur nous ». Des lettres grossièrement peintes recouvraient les panneaux concurrents du Parti socialiste : « Soviets ! », « Bolcheviks ! » ou encore « A Moscou ! » Georges ne votait pas encore mais craignait les choix d'une assemblée élue dans un esprit d'anciens combattants.

Il retrouvait la Pépinière avec plaisir. Des jardiniers balayaient les dernières feuilles de l'automne prolongé, d'autres protégeaient de paille les branches de la Roseraie. Il choisit de s'asseoir sur un gradin de la pelouse du concours hippique. Des officiers du régiment des dragons s'entraînaient sur les obstacles. Les statistiques tenaient compte des soixante-deux mille kilomètres de routes et des six mille kilomètres de voies ferrées détruites : elles ignoraient l'hécatombe des chevaux, une race pour laquelle c'était sans doute, plus que pour les hommes, la der des der. Autour des terrains d'aviation tracés dans les campagnes, des automitrailleuses remplaçaient pour la garde les pelotons de cavalerie. Dans les vols de repérage pour l'artillerie, les photos montraient devant les pièces les plus lourdes des tracteurs qui éliminaient des attelages de vingt ou trente bêtes.

Georges mangeait le midi dans des bistrots de quartier, autour du canal ou dans la vieille ville. La campagne électorale se prolongeait autour des tables avec des fractures de générations. Le Bloc méritait son nom, soutenu par des militants qui brandissaient un autre « On ne passe pas » pour les opposants. Après deux ou trois expériences de cacophonie, le promeneur solitaire choisit de retrouver le calme du Hameau, dont il n'avait que de vagues souvenirs. Il dit à ses parents :

— Venez me rechercher dimanche, après le vote sacré : j'organiserai cela avec ma grand-mère.

Elise Fischer se remit lentement de son émotion. Elle essuyait des verres quand son petit-fils entra dans la grande salle de la Cure d'Air.

— Je vous sers quelque chose, dit-elle en devinant la silhouette anonyme dans le contre-jour.

— Du champagne, dit Georges, et du brut !

Ce fut une suite d'exclamations, d'embrassades et de larmes :

— Tu as bien choisi ton moment. C'est le jour du vol-au-vent au ris de veau. Tu n'as pas dû en manger souvent, entre tes loopings !

Françoise participait à la joie des retrouvailles, découvrant ce jeune homme si souvent évoqué par sa patronne quand les communiqués annonçaient les pertes de pilotes connus. A une coupe frappée, Georges préféra une demi-bière, la blonde ambrée de Tourtel servie à la pression. Il découvrait l'installation rénovée, éloignée de son souvenir de pièces sombres aux fenêtres étroites :

— On dirait une brasserie parisienne. Il ne manque que l'électricité à la place de l'éclairage au gaz.

— Je ne suis pas impatiente de l'installer, comme dans la cuisine. Je tiens à garder une ambiance campagnarde. J'utilise toujours deux bonnes cuisinières, au bois puisqu'il n'y a plus de charbon. Sur une plaque de fourneau le lait ne se sauve pas. Avec le gaz… pfitt, plouf !

La cuisine sortait du passé avec ses ustensiles en cuivre pendus sous les étagères de pots de grès fermés par un tissu à carreaux rouges. Sur le carrelage bleu derrière les plaques des feux pendaient en séries, par taille, des cassolettes, moules, poêlons, marmites ou sorbetières. Des grappes d'oignons, de gousses d'ail, de feuilles de thym et laurier décoraient la poutre au-dessus de la porte du cellier. Au-delà on descendait quelques marches vers une pièce voûtée, ancienne réserve de fûts de Colin le tonnelier, beau-père disparu d'Elise. Dans deux caisses, George dégagea de la paille et du papier journal froissé les outils du vieil artisan. Il entreprit de les nettoyer pour dresser un panneau de décoration là où sa grand-mère voudrait bien l'accueillir.

Il profita du tiède soleil de novembre pour s'installer sur la table de bois de l'avant-cour. Il lavait une à une les pièces lourdes remontées en petite quantité dans un panier. Il lustrait à la cire les manches de bois, graissait légèrement au saindoux avec un pinceau les parties métalliques. Seul Léon Muller pouvait aider à retrouver les noms d'outils courbés ou en équerre. Avant la leçon de vocabulaire, le fraternel voisin imposait le retour vers le passé, sur le Hameau des vignes :

— Tout Pompey vivait de cela. Le vin, le pinard glorieux des tranchées, occupait les vignerons, les tonneliers, les charretiers, le tisserand qui fournissait les vêtements, le charron, le forgeron, le boulanger pour nourrir tout le monde, le cafetier pour servir le vin chaud en hiver. Aujourd'hui, le rouge vient par bateau d'Algérie, le rosé de Provence par le train. Ici, les sangliers fouissent la terre autour des ceps abandonnés : cinquante francs pour un adulte abattu, vingt pour un marcassin de trois à trente kilos, dix en dessous. Étonne-toi qu'on mange ici autant de rôtis de marcassin aux petits lardons.

Sur une feuille préparée avec de sommaires croquis, Georges notait les noms retrouvés par Léon, avec parfois un détail d'utilisation comme les planes droites ou creuses, choisies pour dégrossir le bois sur la face concave ou convexe. Il se garda bien d'observer que l'herminette avec sa lame perpendiculaire ressemblait à une baïonnette. Alphonse apporta son aide pour préparer le panneau destiné à un mur vide près d'un billard au fond de la grande salle. Un socle léger soutenait sur la planche compas, varlopes et coins retenus par de discrets lacets de fil de pêche.

À l'heure du repas, Elise traita son petit-fils comme un bon client : nappe sur la table, serviette en cône dans l'assiette, deux verres pour l'eau et le vin, petite cuillère et couteau à fromage en plus du couvert. Françoise, avec tablier blanc, servait le menu préparé par la grand-mère.

— J'attends cet instant depuis longtemps. Comme si la guerre n'était pas assez dangereuse, tu as choisi les avions. Si tu m'avais prévenue, tu profiterais d'un dîner céleste. Je me souviens de ton plat préféré, qui reste celui des Lorrains : une tourte de pommes de terre au lard et à la crème. Autrefois, nous avions le lard à domicile quand les hommes tuaient le cochon. Aujourd'hui, on nous proposerait bien des petits lardons en boîte.

Georges retrouva aussi le bon goût de la gousse de vanille dans l'assiette creuse de la crème caramel.

Le soleil, le dimanche encore, colorait la vallée. On se bousculait un peu autour du terminus du suburbain entre les électeurs qui partaient voter à Frouard ou Nancy et ceux qui arrivaient chez eux pour les mêmes raisons.

— Nous, c'est fait, à domicile dans ma classe de l'école, dit Germaine en embrassant Georges qui attendait ses parents.

Elle ajouta :

— Un vote nul puisque ton père honore son ancienne carte du parti radical socialiste et que je préfère la sagesse à l'aventure.

Mathieu, sur le marchepied du 10, n'entendait pas. Les deux instituteurs avaient apprécié la panoplie d'outils entre les deux rangements de queues de billard.

— Souvenir pour souvenir, dit Mathieu, regarde ce que j'ai trouvé dans une armoire de l'école.

Il tendait à son fils une brochure de la taille d'un album avec un titre en pleine page : *Merveilles de la science*. Georges s'installa à une table pour mieux apprécier le présent. Il manquait des pages, une vingtaine selon les coupures de papier laissées dans la reliure. Ce qui restait commençait par « Le ballon devient dirigeable », deux pages illustrées de dessins du premier aérostat électrique à hélice, en vol pendant une heure au-dessus de Paris. Suivait un étrange tableau de silhouettes de prototypes d'appareils de navigation aérienne sans ballon, depuis l'aile volante de Léonard de Vinci, en 1500. Georges riait devant son père épanoui. Le rêve d'Icare préoccupait les hommes depuis longtemps, avec l'utopie des ailes battantes des oiseaux, l'expérience de moteurs à gaz, vapeur, pétrole, vapeurs d'éther. Le garçon cherchait le nom de Farman : le catalogue s'arrêtait avec une sorte de coléoptère conçu par Edison pour faire le tour du monde à la fin du siècle dernier.

— Ça te plaît ?

— La légende du siècle !

— Tourne la page.

Eclatait, sous le titre « L'homme volant », un dessin sur fond écarlate : un planeur, lancé dans le vide du haut d'une falaise, survolait, pilote suspendu entre les ailes, un groupe de personnalités invitées, avec, sur le côté, la silhouette de l'épouse de l'audacieux qui saluait avec un mouchoir l'expérience réussie.

— Un peu image d'Épinal ! dit Georges. Ah, voilà la réalité : notre naissance.

Ce n'était pas Farman mais « la machine volante de Clément Ader » qui changea vite le nom Eole en « avion ». La silhouette de face de la figure 5 avec l'hélice en croix au-dessus des roues de vélocipède ressemblait au Taube allemand du début de la guerre.

— Quel cadeau ! Je ferai des envieux chez mes anciens copains du Bourget.

Germaine haussait les épaules.

— Je t'offrirai un exemplaire du *Tour de la France par deux enfants* qu'on prête aux élèves du cours moyen. Les croquis des truites et des carpes, de feuilles de chêne ou de châtaignier te remettront les pieds sur terre.

— J'ai appris à lire avec les aventures d'André et Julien qui franchissaient la porte de France à Phalsbourg.

Elise Fischer se manifesta :

— Georges, je te présente Norbert et Nicole, que tu ne connais pas, le fils de Gisèle, la compagne de Léon. Je n'ai pas invité les parents, ni Alphonse : ils sont en transe au-dessus des urnes du bureau de vote.

Placé en haut de table, Mathieu, en qualité de directeur d'école, présidait le repas. Comme autrefois au père de famille, on lui confia la miche de pain à couper, ce qu'il fit sans respecter le signe de croix au couteau pratiqué dans de nombreuses maisons :

— Je partage beaucoup de repas, avec des anciens combattants, jamais avec près de moi un marin et un aviateur à la fois.

— Une page tournée, dit Norbert.

Georges soupira :

— Oui... On oublie un peu nos deux armes, bien meurtries elles aussi mais par petits paquets, si j'ose dire. Un chalutier qui saute sur une mine, un biplan qui s'écrase au sol, ce ne sont pas des hécatombes de tranchées. Norbert, pourquoi une affectation dans la marine ?

— À cause de mon service comme mécanicien à Brest sur un torpilleur et du souhait de mêler des terriens aux gens de mer sur les bateaux réquisitionnés. Mobilisé sur une grosse unité, je le serai peut-être encore avec la flotte de la mer Noire.

— Et révolté ? demanda Nicole.

Norbert sourit, leva le poing en souriant vers sa compagne. Germaine gardait sa fourchette de tourte au-dessus de son assiette.

— Ah bon !

Georges fit un clin d'œil à son père. Norbert mangeait sereinement.

— Eh oui ! Madame...

— Appelle-la Germaine, dit Elise.

— ... Germaine, un monde nouveau se lève à l'Est, qui, je l'espère, éclairera bientôt nos obscurantistes. Quatre ans entre les mines et les sous-marins, dans le brouillard et sous les Fokker, pour retrouver une usine chancelante. J'attends que les patrons me respectent et respectent mon outil de travail. La terre aux paysans, l'usine aux ouvriers.

Mathieu demanda qu'on lui passe la carafe de vin blanc pour profiter de l'instant de silence :

— Même un jour d'élection, je propose que nous parlions d'autre chose.

— Le débat ne fait que commencer. On entendra bientôt les voix des cheminots, j'en suis, dit Nicole, des mineurs et des sidérurgistes.

Germaine essuyait son assiette avec une croûte de pain.

— Le débat sera peut-être clos ce soir avec les résultats.

Elise mit du sien avec l'aide de Françoise pour dérouter les conversations en plaçant le rôti, encore bardé, au milieu de la table :

— Au boulot. Norbert coupe les tranches. Germaine passe les légumes, Georges la sauce, Nicole sert à boire.

— Je suis le pacha, dit Mathieu, gâté par tous les côtés.

Sa découpe terminée, Norbert, d'un ton détaché, observa :

— Il reste que le problème aujourd'hui, c'est l'embauche. Et en plus de l'embauche, la production. Georges, tu cherches quelque chose pour travailler ?

— J'ai ce qu'il me faut.

Il ne pouvait mieux trouver pour changer de sujet et couper court dans les espérances de ses parents :

— Je suis engagé par Henri Farman !

— L'aviateur ! s'étrangla Germaine. Tu veux ma mort.

— Je ne serai pas pilote de nuit. Photographe seulement.

— En l'air ?

— En l'air, dans les ateliers, les bureaux. Ici, là, ailleurs…

— Cela aussi c'est un monde nouveau, dit Norbert. Nous avons repêché dans la Manche des aviateurs français, anglais, allemands tombés à la mer, à cause des mitrailleuses mais aussi des rafales de vent. Combien de fois, sur le pont, j'ai admiré les mouvements assurés des biplans. Je te comprends, Georges. Mais qui est Henri Farman ?

Germaine se leva de table.

— Mathieu, je ne suis pas bien. Rentrons !

Georges n'hésita pas un instant :

— Je vous accompagne.

Françoise arrivait derrière les chaises vides, désemparée au-dessus des lueurs bleues de l'omelette norvégienne.

## 3

## La table de famille

Le journal du lundi matin alignait des colonnes de chiffres pour le résultat des élections. Au nom de l'union sacrée, le Bloc national remportait tous les sièges du département. Georges découvrait des noms inconnus pour lui, sauf de Wendel, le maître de forges élu dans son bassin industriel. Un commentaire risquait des suppositions sur l'élection présidentielle du 17 janvier et la formation du gouvernement qui suivrait. Il estimait que cette chambre bleu horizon se méfierait des griffes de Clemenceau, « le Tigre », et désignerait le moins agressif Paul Deschanel, président de l'Assemblée. Il ajoutait :

« Le malaise social, la peur des grèves inciteront à placer à la tête du gouvernement un homme comme Alexandre Millerand, qui imposa précédemment le repos hebdomadaire, le salaire minimum et l'existence des syndicats. »

Georges imaginait la rage de Norbert, que sa mère appelait « le moujik ».

En ce lendemain d'élection, l'école bénéficiait d'un jour de repos pour une désinfection qui consistait surtout en une remise en place, contrôlée par Mathieu et Germaine. Georges surveillait la banale cuisson de la blanquette. Il acheta le pain dans une boulangerie enfiévrée par les commentaires des clients enclins à taire leur vote. Il prépara la table, sachant que, sauf silence obstiné comme la veille au soir, il subirait les questions de son père et les invectives de sa mère. La conversation, comme dans tous les moments délicats, commença par une banalité de Mathieu :

— Tu as choisi un pain long plutôt qu'une boule…

— Pour changer… Tu connais l'affiche collée sur une porte cochère près de la boulangerie ?

— J'y vais rarement.

— Un escalier grimpe jusqu'à une urne de grande taille. Montent au quatrième étage, signe d'irrespect, des hommes appuyés sur des cannes et des béquilles, avec un pilon à la jambe droite ou une manche flottante à la veste. Un titre surplombe l'urne : « Nous d'abord ! » Il est écrit sur le socle, près de la cohorte d'éclopés : « C'est pour fêter la victoire »…

Germaine ne pipait mot. Elle explosa après le service de la blanquette :

— Tu aurais pu le dire plus tôt, et entre nous ! Je n'aime pas les avions. Je garde dans les oreilles le ronronnement au-dessus de Nancy des bombardiers boches. Je me souviens des pleurs versés par tous quand le *Vieux-Charles* de Guynemer sombra sous les mitrailleuses. Ton monsieur Farman me disait quelque chose, j'ai retrouvé : le Goliath Farman de Bossoutrot, disparu entre Casablanca et Dakar.

— On l'a retrouvé : intact près de Saint-Louis. Bossoutrot est depuis le pionnier de la ligne Paris-Londres.

— La ligne… Je préfère la ligne du chemin de fer ou la ligne de tram, sur terre.

— Les trains déraillent.

— Et toi aussi. Demande à ton père s'il est malheureux d'enseigner à des garçons. À quoi crois-tu que je penserai quand mes filles corrigeront leur dictée : où est-il encore ? Que vais-je chercher dans le journal chaque matin derrière le titre en caractères gras « Aéronautique » ?

— Tu roules en voiture quelquefois ? Farman dans l'aviation, c'est Renault dans l'automobile. Il y a Blériot et il y a Farman. Tu oublies que je suis photographe, pas pilote d'essai. Photographe parmi des passagers à nœud papillon, ce n'est pas observateur au-dessus du front. La meilleure place pour cadrer les pièces d'artillerie, c'est à l'avant de l'appareil, dans le siège du mitrailleur, à l'air libre. Un photographe qui pointe son appareil ressemble à un tireur qui vise.

— Tu ne nous l'as jamais dit.

— Non plus que notre atterrissage forcé derrière les lignes ennemies entre Villers-Bocage et Corbie. Libérés en échange d'un officier. Citation pour avoir balancé mes plaques avant de se poser. Ne parlons plus du danger mais du plaisir, la ouate des nuages au-dessus, le tapis de la campagne ou de la mer en dessous. La camaraderie en plus, la découverte. Rien de terre à terre…

— Merci pour nous. Tu as déjà la tête près du bonnet. Peut-on savoir, au moins, ce que tu gagneras ?

— Aucune idée. Un salaire plus une prime au kilomètre de vol.

— Je porterai ma croix, mais je plains ta pauvre femme. Tu n'es pas marié, au moins ?

Mathieu se gardait de toute intervention, se réservant une conversation privée sur un choix qui ne lui déplaisait pas. Il observa seulement, en coupant un morceau de brie :

— Les moteurs ne chauffent pas encore. Profitons de ce mois ensemble. Attendons Noël.

Mathieu tenait du Hameau une humeur paisible. Orphelin de son père tué dans une coulée de l'usine, il conservait la sagesse acquise auprès des derniers tonneliers ou artisans de la colline, qui l'imaginaient volontiers dans l'ébénisterie. L'exemple de Léon devenu observateur plus que raisonneur lui assurait le calme, presque l'indifférence face aux réactions de Germaine. Il s'en tenait au bien faire et laisser dire, s'évadait dans les pages des livres d'histoire de la Lorraine quand s'égrenaient les ronchonnements contre les inepties de certains devoirs, les erreurs des maîtres auxiliaires appelés en renfort, l'abus du lard dans la cuisine de sa belle-mère, les Blériot, les Farman.

Pour la fête qui approchait, Georges pensait offrir à sa grand-mère, pour décorer la Cure d'Air, des photographies de fleurs. La saison ne se prêtait pas à ces prises de vues. Il choisit de chercher ses images dans les vases, les lampes d'Émile Gallé ou de Daum. Son père lui conseilla de rencontrer Louis Muller, ébéniste chez Majorelle, et de retrouver Pauline.

Le couple habitait un appartement près du marché, avec vue sur l'église Saint-Sébastien et son fronton baroque.

— On ne peut pas plus central, à dix minutes à pied du lycée pour Pierre, ou du tramway de Pompey pour nous. Pierre adore le Hameau.

Le retour de Louis ne datait que de trois mois, avec les compagnies du 26$^{e}$ accueillies sur la place

Stanislas. Il ne regrettait pas ses trimestres d'occupation en Allemagne. Pauline l'avait rejoint à Fribourg, la ville natale de son père inconnu, avec leur fils immergé dans d'efficaces révisions de la langue et des déclinaisons. Depuis son retour, elle continuait dans une école municipale les cours de dactylographie commencés dans le Bade-Wurtemberg. L'usage de la machine à écrire changeait dans les entreprises les méthodes du secrétariat et de la comptabilité. Proche d'un certificat d'aptitude, la néophyte trouverait rapidement un emploi. Fidèle aux ateliers Majorelle, Louis regrettait le désenchantement de ses compagnons engourdis par leurs souvenirs de poilus, déroutés par une production ralentie. Il fournit sans mal des noms de contremaîtres pour entrer dans les fabriques de l'École de Nancy et ceux de deux collectionneurs avertis, habitués à des visites recommandées.

Georges tombait dans un domaine connu seulement par des reproductions commerciales, abondantes dans les vitrines de la ville. Dans les salles d'exposition des ateliers ou sur les meubles des particuliers, il découvrait des pièces plus fines, plus élaborées, dont les noms sortaient des pages d'un catalogue de botaniste. Les spécialistes lui recommandaient des créations prestigieuses moins photogéniques que d'autres malgré les deux projecteurs de la prise de vues. Les vases, les coupes, les lampes imposaient un format vertical, sans rupture par des plans horizontaux. Les citations de Verlaine, Baudelaire, Victor Hugo, chères aux aimables conseillers, apparaissaient peu dans le viseur. D'un commun accord, le photographe et ses hôtes différaient volontiers la prise de vues.

Chez ses parents, Georges travaillait aussi à son projet. À la taille habituelle des agrandissements de photos, il préparait une dizaine de cadres avec une plaque de verre. Il amusait son père en cherchant dans le dictionnaire des noms trouvés sur une étiquette de vase ou de cendrier :

— Moque-toi de moi, monsieur le directeur. Savais-tu que le datura, qui peut être brugnansia, est une plante toxique de la famille des solanacées, c'est-à-dire cousine du pétunia, de la tomate et, mon cher père, de la pomme de terre ?

Il renonça à l'usage de la légende sous ses photos, se contentant de l'élévation des formes et de la délicatesse des motifs : crocus, véroniques, bleuets et résédas, glycine en fleur, tulipe sur tige, coprins dressés en trois tailles différentes symbolisant les âges de l'homme. Les lampes d'Émile Gallé ou de Daum apportaient des couleurs vives à côté des blancs, gris ou jaunes clairs des fonds sophistiqués. Le principal collectionneur, découvrant les agrandissements avant encadrement, commanda une double série qui couvrit les frais de l'opération. Germaine, revenue pour le moment de ses émotions, dit en l'apprenant :

— Quel dommage que le commerce ne te tente pas !

Arrivé à la Cure d'Air avec ses cadres bien protégés dans une valise, Georges attendit une absence de sa grand-mère pour mettre en valeur ses photographies dans le restaurant. Le surlendemain, Elise accompagnait Marie Muller à Nancy. Françoise apporta son aide pour l'accrochage, passant les pointes, tirant l'équerre pour l'équilibre des tableaux dans l'espace éclairé par les lampes à gaz soudainement installées. Elle guetta le retour de sa patronne pour faciliter la présentation du petit-fils. Intriguée par la clarté, Elise aperçut aussitôt le changement :

— Enfin de vrais Gallé chez moi. Merci, mon fils. Voilà des mois que je refuse aux marchands de bière leurs affichettes de buveurs moustachus et de serveuses sans faux col. Pour tout te dire, je préfère des lampes et des vases à des aéroplanes.

Georges réservait une autre surprise à sa grand-mère : des tirages de ses photos avec un espace blanc pour écrire le menu du repas de Noël, arrêté dans la soirée sans autre consultation du groupe pour gagner du temps.

Avec l'absence de Georgette, retenue à son école de médecine, et la démobilisation de Georges, les invités habitaient tous Pompey ou Nancy. La déception venait de l'absence de Gustave et Marthe, victimes de la grippe. Aidée les jours précédents pour les préparatifs de cuisine par ses amis du Hameau, Elise confiait la journée à ses extras habituelles, des femmes employées aux lessives, réceptions et nettoyages pour mettre, comme elles disaient, du beurre dans les épinards. Elles veillaient aux consignes ou aux ordres de « Madame ».

Georges, que ces dames admiraient parce qu'il était « aviateur » et « artiste », tenait lieu de maître d'hôtel, avec le souci d'harmoniser les contacts. Le fils de Gisèle, Norbert, connaissait peu la famille, pas du tout l'histoire du Hameau, le rôle créatif de Léon, le remariage de Marthe avec son beau-frère Gustave. Il ne s'agissait pas de lui déployer le catalogue du passé, seulement de tempérer ses ardeurs et celles de Nicole, manifestées au précédent repas. En arrivant les premiers, ils aidèrent Georges dans sa démarche. Ils découvrirent avant les autres le punch citronné préparé par Françoise :

— À nos idées, dit Norbert en levant son verre.

Georges saisit au vol la perche tendue :

— À chacun les siennes. Dans ce domaine je suis plutôt tolérant et à l'écoute. Aujourd'hui ce n'est pas une réunion électorale, simplement un repas de famille avec les anciens combattants de la vie du Hameau, qui sont aussi ceux des quatre dernières années.

— Je n'ai fait que la moitié du parcours.

— Tu entendras parler des tonneliers et du planteur de mirabelliers, peut-être d'Alstophe, même, l'aïeul transformé en glaçon dans les plaines de Silésie. Laisse les vieux à leurs joies et à leur attachement aux vertus familiales.

Nicole posa la main sur celle de Georges.

— Camarade ! Norbert n'est pas l'homme au couteau entre les dents. On ne nous a pas offert de grandes écoles mais nous savons vivre. Ne te fais pas de souci : nous nous exprimerons bientôt dans la rue.

Norbert sourit.

— C'est Noël : la trêve… des aviateurs. Georges, je te parlerai de l'usine, un de ces quatre.

L'apéritif servit de vernissage pour les photographies des Gallé et des Daum. Les invités s'étonnaient plus de la netteté des reproductions que de la taille ou de la décoration des coupes et des lampes. Autour du punch, on parla des conséquences du conflit sur la fabrication des ateliers nancéiens avec une dérive commerciale au détriment de la création artistique, freinée par la limitation des exportations. Louis, premier concerné, donna son avis :

— Je trouve qu'il manque une trace de Majorelle dans le beau décor de ces murs.

— Je réserve les meubles pour une autre série.

— Seul ou avec Antoine Daum, Louis Majorelle a signé des garnitures de cheminée en faïence polychromée, des lampes de bureau avec abat-jour en broderie, des lampadaires avec vasques en verre. Un modèle s'appelle même Poincaré. Certes, les bombardements ont fêlé le grand mythe du temps de Gallé. Les mythes naissent et disparaissent, à moins de posséder la force du Phénix. Souhaitons-la à l'École de Nancy. La mode change, influencée par l'art allemand.

Alphonse se leva.

— Il n'y a pas d'art allemand. Je garde dans ce portefeuille une coupure du journal, un extrait du discours du préfet devant Poincaré, justement à l'hôtel de ville de Nancy, la cité de Gallé. La voici : « Les Boches, dit l'article, ont assouvi leurs lâches férocités sur la ville dont l'orgueil du Kaiser ne put franchir le seuil. L'art allemand ! *Achtung, Minen !* »

Pauline toussota en regardant Georges. Louis reprit habilement :

— À Paris, des créateurs simplifient les lignes des meubles et de la décoration. Des pieds de table métalliques remplacent le décor floral ou les plantes aquatiques.

Elise frappa dans ses mains.

— Ici, le brochet, pas du Rhin, Alphonse, mais de la Moselle, ne change pas, toujours piqueté de lard fin. À table !

D'un coup d'œil Germaine compta :

— Mais nous sommes treize ! Georges, serais-tu notre Judas ?

— Ne plaisantons pas avec ça. Le treize porte malheur.

— Et si je casse un verre, ça durera sept ans.

— Votons, dit Alphonse.

— Ah non ! cria Nicole. Pas de table bleu horizon, on a déjà la Chambre.

Mathieu tapa une assiette avec une fourchette.

— Sourions plutôt. Rappelez-vous la chanson de Béranger.

Il battait la mesure d'une main :

— « Dieu ! mes amis nous sommes treize à table. Et devant moi le sel est répandu. Nombre fatal, présage épouvantable ! La Mort accourt, je frissonne éperdu ! »

Elise, toujours vigilante, cria :

— Au brochet ! À propos de treize à table, vous penserez à ma pauvre Georgette, comme ça nous serons quatorze.

Chef de famille, Léon présidait, entouré des deux plus jeunes femmes, Nicole et Pauline, sa préférée longtemps après son hostilité quand Louis l'amena de la Lorraine annexée. Mathieu et Georges encadraient Alphonse placé en face de sa femme, prête à reprendre à voix lente les propos feutrés. Serrées en face de Léon, Elise et Françoise profitaient, avec Germaine et Gisèle, de la conversation de Louis et Norbert. Celui-ci racontait à propos du brochet les repas de poissons sur son dragueur au large du cap Gris-Nez, entre la France et l'Angleterre :

— Le saint-pierre a une sale gueule mais une bonne chair. Les prises les plus communes étaient les harengs et les maquereaux. Mobilisé sur un chalutier, notre patron cherchait les mines sur ses lieux de pêche.

Une réflexion d'Elise sur les mérites de la cuisine aux fourneaux par rapport à la cuisine au gaz provoqua une discussion sur les avantages des nouvelles techniques pour la vie quotidienne. Léon campait sur son passé : les individus se connaissaient mieux, ils marchaient à leur pas, ils se contentaient de peu sans courir les boutiques pour trouver la machine qui fait le café toute seule ou le porte-plume qu'on emplit d'encre pour plusieurs jours. Alphonse défendait deux préférences, le train, indispensable depuis vingt ans, et la radio, qui couvrirait bientôt la terre entière. Pour lui éviter des efforts, Marie raconta que la veille, à l'écouteur de son mari, elle avait entendu, venu elle ne savait d'où, un *Minuit, chrétiens* grave et mélodieux chanté par un jeune ténor de l'opéra.

— De Paris, précisa Alphonse.

Mathieu reconnaissait les bienfaits de l'électricité, pas encore branchée à la Cure d'Air, mais la considérait comme un outil familial en même temps qu'industriel :

— Elle organisera mieux notre vie avec la cafetière dont parle Léon mais aussi pour chauffer les hauts-fourneaux, aujourd'hui privés de charbon, et, qui sait, mener les trains d'Alphonse à la place de la vapeur.

Comme en classe, Norbert levait le bras :

— L'avenir de l'homme ne dépend pas que des machines. Georges, permets-moi, sans développer, d'évoquer la nouvelle aurore, la lumière de l'Orient qui nous éclairera bientôt.

— Ressortons les bougies ! tempêta Alphonse, apaisé par Mathieu.

— Bref, il ne s'agit pas du char des États mais de l'automobile. Nous avons vu en 1917 et 1918 ce que les Américains savent faire. J'ai lu que le fabricant Ford vendra cette année deux millions de son modèle T, qui coûte de moins en moins cher. On nous demandait à l'école de raconter comment on voyait l'an

2000. Nous inventions des hélicoptères individuels pour des piétons, des plates-formes volantes à la place des immeubles. Nous rêvions. En septembre 14, pour amener des hommes au front, Gallieni a réquisitionné mille six cents voitures Renault ; en trois jours, les taxis de la Marne amenèrent dix mille soldats en Champagne. Il ne faut pas s'extasier sur la Bugatti de 300 CV garantie à vie, mais compter sur des modèles comme la Ford T ou la Renault à manivelle en bas de la porte.

— Tu renies la marine à cheval ? cria Léon du haut de la table.

— On croisera moins de bateaux sur les mers que d'automobiles sur les routes, mais les transports de troupes ouvrent une ère nouvelle aux paquebots et aux cargos.

— Et le cuirassé *Potemkine*, ajouta Alphonse.

— Et les mutins de la mer Noire ?

Norbert passa un doigt sur ses lèvres pour assurer le silence. Il demanda à Georges, avec un clin d'œil :

— Et pour toi, le progrès, c'est la photographie ?

— Oui, bien sûr, mais également, à propos de l'automobile, d'autres moyens de transport. Ce que la guerre nous a montré c'est la rapidité des progrès, l'industrialisation de ce qui n'était, voici dix ans, que des expériences.

Il se refusait à prononcer le mot « avion ».

Pauline, comme une simple incidente, posa doucement une question :

— Messieurs, quelle place réservez-vous aux femmes dans votre avenir mécanique ?

— Bonne remarque, reprit Nicole. Nous ne votons pas. Le divorce est une malédiction. Une fille mère est un affront à la société. Je pense à notre amie

Georgette : cent cinquante femmes médecins en France en 1914. À la Compagnie de l'Est, une femme comme moi est payée comme un balayeur. Aurai-je un jour le droit de passer mon permis de conduire ? De déposer un bulletin dans une urne avec des compagnes qui diront, elles aussi, « nous avons des droits » ?

— Parlons-en ! commenta une nouvelle fois Alphonse.

— Pas de discrimination ! tonna Elise. Champagne pour tout le monde.

Pendant que sautaient les bouchons, Léon, satisfait de la convivialité du repas, se leva pour ouvrir le tour des chansons. Il mena à bien son solo avec le succès d'Aristide Bruant, *Autour du Chat Noir*. Les autres lancèrent des refrains dont la tablée reprenait les couplets, *A Saint-Lazare*, *Nini Peau-d'Chien*, ou *La Paimpolaise* imposée par Norbert, plus habitué à *La Jeune Garde*. En l'honneur d'Elise et du personnel, Mathieu entonna *Les P'tits Pois*, succès national des petits formats de Dranem et de la catégorie avouée des « chansons idiotes ». Le directeur de l'école préparait la reprise collective avec conviction :

— « Moi, je viens d'faire un chant nouveau, c'est spirituel et plein d'entrain, du reste en voici le refrain. »

Avec un ensemble de frappements de mains, les invités reprirent à l'unisson :

— « Ah les p'tits pois les p'tits pois / C'est un légum' très tendre / Ah les p'tits pois les p'tits pois / Ça n'se mange pas avec les doigts. »

Les dames de la cuisine et du service en tablier blanc applaudissaient sans chanter.

Au moment des rincettes de mirabelle, tandis que les autres signaient les menus préparés par Georges, Léon boucla le tour de chant. Il conclut le repas avec

*Sur la route de Louviers*. Avant la dispersion autour du billard ou dans le salon, on l'écouta parler ensuite du temps où il n'y avait ni Ford T ni Renault de la Marne, quand, sur le chemin du Hameau, son grand-père, cantonnier, cassait des tas de cailloux.

## 4

## La thèse de Georgette

Georges se réjouissait de la réponse d'Henri Farman, favorable à son arrivée à Toussus-le-Noble le 4 ou le 5 janvier, après les fêtes. Il tenait, avant son départ, à souhaiter la bonne année à sa grand-mère et à profiter une dernière fois de l'ambiance du Hameau.

Il découvrit la collection, préservée, de souvenirs ferroviaires d'Alphonse. La passion, modérée, reprenait l'ancien chef de gare qui entreprenait des recherches sur les convois de la guerre. Il achetait sur les marchés et dans les braderies des vieux numéros de *L'Illustration* ou du *Pays de France*. En ce premier de l'an, installé sur la table de la salle à manger, il découpait deux images d'une pièce d'artillerie américaine de gros calibre montée sur rail dans le secteur de Compiègne.

— Les trouvailles sont rares ; à croire que, pendant quatre ans, les trains dormaient dans des triages au sud de la France. Les pages que je feuillette alignent des autos, des blindés, des avions, des bateaux qui coulent, pas de locomotives qui roulent. Assois-toi un instant, que je te raconte ma gare régulatrice de Champagne.

Avec des cheminots, volontaires comme moi, je gérais, sur dix hectares, trente voies de garages, deux cents ou trois cents wagons à l'arrière par jour, deux cents au départ. Avec le même mépris que pour l'arrière, on disait : « l'Intendance tiendra. » Georges, tu n'imagines pas : en permanence un parc de quatre mille bœufs et autant de porcs, trois cent mille rations par jour, sept tonnes de café, une tonne et demie de sel, quatre cent soixante-quinze hectolitres de rouge et soixante d'eau de vie. Le foin, l'avoine, le son pour les chevaux. Pour des aviateurs comme toi, quatre cent cinquante hectolitres d'essence. Pour nous, le silence et pas de photo : circulez, il n'y a rien à voir. Heureusement, on a signé l'armistice dans un wagon.

Alphonse feuilletait, sous les yeux de Georges, un numéro de journal illustré.

— Des cartes, l'armée tchécoslovaque et le port de Vladivostok, les villages de la Marne détruits, les Américains vers Soissons, l'emplacement d'une grosse Bertha, la visite de Clemenceau au 33e colonial ! Et puis ça, la réclame ! Jubol pour l'intestin, Globeol pour l'anémie, Pageol pour la vessie. J'aurais bien besoin d'un Poumonol pour mes bronches.

Sans déranger l'ordre des documents alignés sur la table, Georges détaillait les prises de vues, animées pour le départ des mobilisés en août 1914, anecdotiques avec le repos des tirailleurs algériens sur un quai avant l'étape suivante, graves dans l'alignement des brancards le long d'un convoi sanitaire.

— Celle-ci mérite une bonne place, observa-t-il.

Des wagons plate-forme livraient, sur le port de la Joliette à Marseille, du matériel pour le corps expéditionnaire en Turquie avec, en premier plan, une montagne de pneumatiques de rechange pour les automobiles. Une grue levait des caisses vers le cargo du quai.

— Tu l'as choisie exprès, non ?

— Pourquoi ?

— Ils embarquent un Goliath Farman pour l'aviation de soutien.

Le repas de l'an neuf, cinquante couverts, activait Elise. Georgette la préoccupait. Elle attendait une lettre annonçant les résultats des examens. Au lieu de cela, sa fille l'invitait à Lyon pour assister à son épreuve finale, deux semaines plus tard. Georges l'encourageait à répondre favorablement.

— J'irai. Françoise connaît bien la maison. Marie l'aidera. J'engagerai une femme pour une semaine ou deux. Je crains le voyage, les changements de train, le transport de la valise, la fatigue, je n'ai plus vingt ans.

— À chaque jour suffit sa peine. Ou sa joie. Soigne bien tes convives du premier janvier. Je ne savais pas quoi te souhaiter, eh bien, « belle balade ».

Marthe accepta d'accompagner son amie, qui lui confia l'organisation. Nicole, sur les conseils de son chef de la gare de Pompey, recommandait le détour par Paris, sensiblement plus long mais sans les arrêts des omnibus. Elle fournissait en même temps les adresses d'un hôtel près de la gare de Lyon pour l'aller, d'un autre à proximité de la gare de l'Est pour le retour. À chaque information sur les horaires et l'itinéraire, Elise s'écriait :

— Quelle expédition ! Je ne retrouverai jamais le calme de mon Hameau.

Elle refusait le transfert en métro d'une gare à l'autre :

— Je payerai le fiacre.

Marthe lui réservait la surprise d'un taxi.

La valise posait un autre problème. C'était une sorte de bagage pour soldat de l'armée coloniale, avec des sangles et des armatures de fer, intransportable. La nécessité d'acheter à Nancy une boîte de macarons pour rappeler à Georgette le goût du pays permit l'acquisition de deux mallettes de couleurs différentes, profondes et maniables. Soudain, Elise pensa qu'il fallait manger, boire également :

— C'est dans mes cordes, je m'en occupe.

À cause de l'heure matinale, Alphonse renonça à conduire les voyageuses à la gare de Nancy. Le train formé sur place offrait un choix de places, dans le sens de la marche pour Elise, mais pas près de la porte. Marthe s'installa en face. L'express s'arrêtait plusieurs fois : Bar-le-Duc, Châlons-sur-Marne, Château-Thierry. Après Toul, son amie endormie, Marthe entreprit la lecture d'un recueil de pages d'humour d'Alphonse Allais, choisi pour tromper la longueur des parcours et chasser l'influence des inquiétudes de sa partenaire. À peine prenait-elle le temps de regarder le paysage ouaté de givre sur les coteaux de Champagne. Elise s'éveilla en bordure de la Marne, à cause du ralentissement des trains dans la traversée des gares en reconstruction.

— Onze heures et demie : il est temps de manger.

Marthe tira un marque-page de son livre.

— J'ai lu une histoire qui plaira à Alphonse quand tu la lui raconteras. Sur un quai, un voyageur demande à un quidam : « Pardon, mon brave, pouvez-vous me donner l'heure ? — Non, désolé. »

— C'est étrange. Pourquoi cela ?

— Parce qu'il n'y a pas d'heure pour les braves.

Le soldat assis dans le coin d'une porte s'esclaffa :

— Elle est bien bonne, il faut que je la retienne, celle-là. Vous en avez d'autres, madame ?

— Vous tombez bien. Juste en dessous : « Un bon soldat doit savoir marquer le pas et son linge, jamais son mécontentement. »

— Celle-ci, je l'oublie tout de suite.

Elise sortait de son filet à provisions les déjeuners préparés par Françoise dans deux boîtes à gâteaux récupérées chez le boulanger, séparées en quatre compartiments pour l'entrée, le sandwich au jambon, une tartine grillée avec une part de munster, les macarons de Nancy. De son sac à main, Elise sortit un bidon de thé froid. Avant le moment du dessert, le soldat récupéra deux gâteaux. Le contrôleur, monté et aussitôt redescendu à Château-Thierry, renseigna Elise pour le déjeuner du lendemain :

— Nous allons à Lyon, où ma fille passe son examen de médecine. Nous arrivons vers 16 heures. Faut-il emporter des sandwiches ou quelque chose d'autre ?

— Attendez la gare de Dijon. C'est un vrai quai-restaurant, avec des poussettes de nourriture pour tous les goûts. Méfiez-vous, certains ne vendent que des pots de moutarde. Et ne ratez pas le départ du train.

Le regard de la voyageuse la disait rassurée à moitié.

Après des heures de promenade dans Paris et une nuit troublée par le bruit des voies de triage de la gare de Lyon, le départ matinal révéla dans la salle des pas perdus et sur les interminables quais l'intérêt des mallettes. Les wagons du PLM offraient un couloir central entre les banquettes de deux places, avec un lavabo-toilettes près d'une des portes en bout de voiture. Elise abandonna le siège de la vitre. Au coup de sifflet du départ elle poussa un cri :

— Mes cartes postales, j'ai oublié de les poster !

— Tu les enverras au retour.

— Elles arriveront après celles de Lyon.

— Poste les cartes de Paris à Lyon, celles de Lyon à Paris, au retour. Tu ne sais vraiment pas voyager.

Bien assoupie grâce à un cachet, Elise récupérait de ses premières heures de voyage. Elle gardait son ferme visage de femme amenée à l'action par le veuvage. Les rides provoquées par la soudaineté de son deuil ne marquaient pas davantage sa peau. Ses cheveux, prématurément gris, offraient un contour fort blanc à ses traits. Marthe appréciait sa discrétion. Maîtresse femme du Hameau, Elise appartenait au clan sans s'immiscer dans les affaires de famille, qu'elle connaissait mieux que tous. Elle n'évoquait jamais ce qui restait de l'événement de l'avant-guerre, l'engagement soudain de Gustave pour l'armée d'Algérie, son retour spectaculaire, son remariage avec la directrice de l'école, mère de Louis, séparée de Léon par sa réapparition. Elise passa dans son sommeil la halte de Dijon. La surveillance des mallettes confiée à une voisine, Marthe, devant la porte même du wagon, trouva un assortiment de tartines débordant de gras de jambon ou de feuilles de salade.

— Beurré ou pas beurré ? demanda le vendeur qui entassa dans un sachet les sandwiches de jambon à la moutarde, puis dans un autre les tartelettes au cassis posées sur deux bouteilles d'eau.

Elise se réveilla à Chambertin.

— Pas de chance, mon amie : on ne s'arrête pas. Mais tu peux profiter de la carte pendant quelques kilomètres : Chambolle-Musigny, Vougeot, Vosne-Romanée,

Nuits-Saint-Georges. Si tu redors à Beaune, il te restera Pommard, Volnay, Meursault, Puligny-Montrachet. Espérons que ça ne monte pas à la tête des mécaniciens. En ce qui me concerne, le vendeur n'avait pas de Vichy-Célestins, je t'offre du Vichy-État.

La disposition du wagon invitait moins aux échanges de conversation avec les voisins que les compartiments. Elise trouvait le jambon du Jura trop sec et la salade fadasse :

— La réputation gastronomique du Jura n'a pas encore atteint les quais de la gare.

— C'est peut-être pour cela qu'on appelle le train… le dur, à Paris en tout cas.

— Paris me fait peur. En traversant les rues, je pensais à ce que racontait Norbert des automobiles au repas de Noël. Qu'est-ce que tu dis du choix de Georges, qui se sent pousser des ailes ?

— Il faut suivre le progrès. En t'installant à la Cure d'Air, imaginais-tu que tu traverserais la France en un jour pour rejoindre ta fille ? La prochaine fois, tu viendras peut-être en avion…

— Et où j'achèterai mes sandwiches ?

Par bonheur, Georgette, placée au quai d'arrivée, aperçut rapidement sa mère et Marthe. Elle agitait un bras levé sans obtenir un signe.

— Je voyais bien un uniforme sans te reconnaître, dit Elise.

Georgette portait une veste et une jupe bleu marine, un béret coupé d'un galon doré.

— Tu es capitaine ?

— Adjudant seulement. Je passerai lieutenant après mes examens.

L'hôtel se trouvait à cinq minutes de la gare de Perrache. Le grand salon de l'entrée permettait aux trois femmes de bavarder du voyage et du programme à venir, autour de cafés servis par le garçon du bar.

— C'est toi qui organises, dit Marthe.

Georgette, libre pour la soirée, proposait un dîner dans un vrai restaurant lyonnais. Occupée le lendemain pour ses derniers préparatifs, elle offrait à ses visiteuses le « quartier libre », disait-elle, pour visiter les magasins, les rues commerçantes ou les bords de la Saône. Le soir, elles dîneraient de nouveau ensemble, à la veille du grand jour et de la cérémonie prévue à 11 heures dans une salle d'un hôpital militaire, dans le centre-ville. Avant de gagner sa chambre, Elise tint à glisser elle-même ses cartes postales dans une boîte à lettres.

Le restaurant nichait dans une traboule, étroit passage entre deux immeubles.

— C'est une spécialité de la ville, dit Georgette. Ces petits cafés où l'on mange sont des bouchons.

Marthe, habituée au vocabulaire, trouvait à son goût le nom de l'établissement, « Matefaim ». L'étudiante chevronnée expliqua que le nom désignait une crêpe épaisse préparée avec des pommes reinettes râpées, sucrées. Comme la traboule, le bouchon semblait un couloir. Le patron guida les trois clientes vers le fond, plus large avec des tables autour d'une fontaine.

Elise détaillait la carte, grande comme une affichette. Elle dit à Marthe :

— Tu m'as lu la carte des vins après Dijon. Ici, on plonge dans la couleur locale. Tout est lyonnais : la gratinée, le saladier même avec des harengs marinés, le tablier du sapeur, le cervelas, le saucisson chaud, les quenelles, le bœuf sauté, le gras-double, les cardons à la moelle et, pour finir, les bugnes.

— M'man, tu dînes dans la capitale de la gastronomie. Où que tu t'arrêtes dans les traboules, tu retrouveras le même choix, avec parfois des nuances si la mère est savoyarde, du Forez ou du Dauphiné.

Georgette expliqua que celles qu'on appelait les mères tenaient les fourneaux, personnalités connues qui estompaient les noms des enseignes :

— On va chez la mère Bugey ou Boujon, chez la Marie ou la Matelotte.

Le garçon, qui avait entendu l'éloge des mères, dit :

— Mesdames, la nôtre vous recommande ses quenelles de brochet avec sa béchamel.

Solution choisie par les deux voyageuses, l'habituée du Matefaim préférant un tablier du sapeur pour le présenter aux autres.

— Ensuite, reprit le garçon, je verrais bien une poularde en vessie ou, si vous êtes de passage, le gras-double comme vous n'en retrouverez pas de sitôt.

— Georgette ?

— Oui, gras-double, je pense.

— Tu viens souvent ici ?

— À l'occasion. Par économie, je préfère le mess.

— Tu dors à l'hôpital ?

— Par commodité pour le transport et pour la proximité de la bibliothèque pour travailler.

Elise, qui du coin de l'œil observait le contenu des assiettes des voisins, multipliait les questions à sa fille, avec le souci principal de connaître son avenir, en Lorraine ou ailleurs, dans l'armée ou dans un cabinet de « vrai docteur », disait-elle. Georgette conditionnait son choix au résultat du lendemain, qu'elle préférait ne pas évoquer. Elle aimait mieux connaître la nouvelle vie au Hameau, le sort des uns et des autres. Elle ignorait l'engagement de son neveu Georges chez le constructeur d'avions Henri Farman :

— J'adore l'avion !

Un peu de béchamel tomba dans l'assiette d'Elise, impatiente d'en savoir plus. Il s'agissait d'un vol entre Beauvais et Paris pour accompagner un général blessé. L'ancienne infirmière du front racontait le plaisir de découvrir le cours des rivières, le tapis vert des forêts, au passage le château de Chantilly posé au milieu de ses pelouses :

— Je surveillais le débit de la perfusion et je me régalais du paysage.

Elle insistait sur le sentiment de sécurité qu'offrait le doux balancement des ailes, le plaisir du contact des roues touchant le sol, également celui du choc ressenti quand l'avion se cabrait au début de sa montée.

Le coup de feu du service ne permettait pas à Elise de visiter les cuisines. Elle apprécia le geste du patron qui lui offrait la carte du bouchon en guise de consolation :

— Merci, je changerai le mot lyonnais en lorrain, bœuf sauté à la lorraine, mais je garderai le nom de ma potée.

On trouvait facilement à l'hôpital militaire l'amphithéâtre, situé au rez-de-chaussée. Ce n'était pas une grande pièce ni un lieu ceinturé de gradins. Des chaises occupaient l'espace dégagé des tables. Un solennel tapis bleu marine couvrait la table du jury sur l'estrade, près d'un pupitre réservé aux candidats. Des étudiants, des parents invités formaient un public d'une trentaine de personnes qui attendaient la reprise des thèses après une première série. Marthe calmait l'impatience d'Elise prévenue que Georgette passait la dernière après tirage au sort. Au nom de sa fille, la mère, toute pâle, manqua d'applaudir. Il fallait patienter encore. Le colonel présidant la séance expliquait le cas particulier qui s'annonçait d'une infirmière volontaire admise, après ses expériences convaincantes au front, à suivre les cours de médecine pour postuler au grade de lieutenant-major :

— Il nous reste tant de blessés à soigner, de mutilés à rééduquer et, heureusement, de femmes à accoucher. Il est temps que l'armée accepte ces présences de généralistes ou de spécialistes féminines. Nous ne sommes pas les seuls à montrer du retard dans ce domaine. Adjudant Fischer, vous avez la parole.

Georgette prit place derrière le lutrin pour lire son texte manuscrit. Elle donna le titre : « Amélioration des soins aux blessés dans les moyens de transport. » L'expérience servait son propos qui évoquait les compartiments ordinaires des trains, les brancards déposés dans les wagons à bestiaux, les espaces restreints des ambulances militaires et leur obscurité. Elle suggérait à chaque fois des aménagements pour l'efficacité des interventions et le bien-être des patients. Elle détaillait le matériel sanitaire et les médicaments à fournir en priorité, l'aménagement particulier des brancards selon le véhicule utilisé. Elle citait des témoignages de médecins de la marine sur les unités combattantes, du cuirassé aux avisos, et les transports de troupe. Elle terminait son intervention avec le précieux temps gagné par l'utilisation des avions, évoquant l'anecdote racontée la veille à sa mère. Elise pleurait quand le colonel exprima ses compliments accompagnés de la mention.

On se pressait dans l'arrière-salle pour l'apéritif de l'honneur et de l'amitié. La lauréate, après les embrassades, expliqua ses obligations de l'après-midi :

— Rendez-vous à 19 heures dans le même bouchon, dans la même traboule. Prenez un taxi pour simplifier les choses.

Les deux femmes renoncèrent au déjeuner, se contentant d'un café et de bugnes dans une brasserie avant de tromper le temps par la visite du musée de Guignol. Elise, grâce à Marthe, découvrit que le tablier du sapeur s'appelait autrefois tablier de Gnafron et devait son nom à un gouverneur militaire de Lyon appartenant à l'arme du génie.

Georgette, à l'heure dite, attendait le taxi sur le trottoir, à l'entrée du corridor. L'heure, cette fois, permettait de satisfaire la curiosité d'Elise dans des cuisines qui ne différaient guère de la sienne mais occupées, autour de la mère Matefaim, de commis, cuisiniers et cuisinières.

— Nous avons la même table qu'hier, dit-elle en rejoignant la salle. Ah, avec un couvert de plus. Pourquoi ? Je ne mange pas comme deux. Surtout ici !

— J'attends quelqu'un, dit Georgette, qui coupa court en demandant au garçon de préparer quatre coupes de champagne.

Aussitôt elle se leva :

— Je vous présente Ronald, mon futur mari.

Elise tendit mollement une main à ce militaire en kaki dans un uniforme mal identifiable.

— Major Ronald Peterson, dit l'officier en baisant les doigts des deux femmes. Je suis américain.

Son accent perçait peu dans son français lentement exprimé. Toujours debout, Georgette leva la coupe de champagne tendue par le garçon :

— À toi, m'man, à toi, Marthe… à nous, Ronald.

Le major tendit son verre :

— Tchin tchin !

Le major américain dominait la table de sa haute taille. Ses cheveux coupés ras lui donnaient une allure de sportif, ses larges épaules aussi. Il avait les yeux bleus, vifs et mobiles. Sur son visage plutôt pâle se distinguait à peine une cicatrice sur la joue. Au-dessus de deux insignes de médailles, un badge sur sa veste indiquait son nom. Elise, qui passait cela en revue, attendait des commentaires de Georgette, mais le choix du menu retardait les explications.

Après Gnafron, le tablier du sapeur s'imposait. L'entrecôte à la beaujolaise convenait à Elise et Marthe volontairement privées de déjeuner. Georgette précédait les questions de sa mère sur Ronald, new-yorkais, chirurgien volontaire, rencontré dans un hôpital de campagne :

— Mon titre de docteur lui doit beaucoup. J'ai bénéficié de ses leçons avant les cours de l'école de médecine. Nous attendions ma thèse pour nous engager vers le mariage. C'est fait.

— Vous ne partirez pas à New York, au moins ?

— En tout cas, nous nous marierons à Pompey. Mais pas de potée lorraine au menu.

# 5

## L'usine punit Norbert

Mathieu retenu par les heures de classe, Gustave attendait les voyageuses en gare de Nancy. Un abondant public d'usagers, accompagnateurs, badauds occupaient les halls de départ et d'arrivée, les salles d'attente et le buffet, vaguement renseignés par des employés sur les retards des trains provoqués par des mouvements de grève au départ de Paris et de Strasbourg. Gustave, malgré la fraîcheur du temps, préférait attendre sur un banc du quai numéro un, arrêt habituel des convois de grandes lignes.

Le mari de Marthe ressemblait à son frère Léon mais paraissait plus jeune. Actif plus longtemps avec ses travaux de menuiserie, il conservait toute l'aisance de ses mouvements. Il lui arrivait encore, comme au temps où le suburbain n'existait pas, de rejoindre Nancy en marchant alors que le trajet n'offrait guère de raccourcis. Depuis l'installation de Gisèle chez Léon, il abandonnait tout remords de l'aventure de leur jeunesse. Aucune ombre ne filtrait, chez l'un ou chez l'autre, d'une situation que tout le Hameau jugeait inéluctable. Louis, qui aurait pu en souffrir le plus, s'accommodait de cette sorte de double paternité. Fidèle à Léon, il restait très proche de Gustave, son maître en ébénisterie. Marthe se réjouissait de ce réconfortant compromis.

Sans bouger de son banc, Gustave patientait avec la lecture du journal où dominaient les derniers commentaires sur l'élection de Paul Deschanel à la présidence de la République et le choix d'Alexandre Millerand comme président du Conseil. Un article rappelait les protestations allemandes contre le « diktat » qui imposait, avant un an, 20 milliards de marks en or pour les dommages causés à la France, plus la fourniture de biens de production, bonne nouvelle pour l'usine de Pompey privée de deux hauts-fourneaux sur trois par manque de matière première.

Le journal parlait aussi de Pompey dans ses pages intérieures, avec les résultats du recensement de l'année précédente. La population atteignait un peu plus de mille cinq cents habitants, avec 73,5 % d'ouvriers, essentiellement de la fonderie. Avec les employés et le personnel des services, l'effectif local atteignait près de mille trois cents personnes, le tiers environ de la totalité de la main-d'œuvre. L'article soulignait l'importance des apports extérieurs de gens de Frouard, frappés par une fermeture d'usine, de paysans arrivant chaque jour à bicyclette ou de plus loin par le train.

Des coups de sifflets et de trompes, le va-et-vient des chariots sur le quai, le mouvement des voyageurs annonçaient l'arrivée du train de Paris. Par prudence, Gustave choisit de guetter sous le panneau des sorties. Elise, accrochée au bras de Marthe, semblait épuisée. Rageuse, elle raconta les quatre-vingt-dix minutes d'attente près de Vitry-le-François, en rase campagne, sans chauffage :

— Heureusement, Marthe ramenait deux saucissons de Lyon en brioche, mangés en l'absence de sandwiches à l'arrêt de Châlons. Tu en seras privé, mon pauvre ami.

À la sortie du pont sur la Moselle, un défilé clairsemé, arrêté pour écouter un orateur, empêchait le passage du tramway. Une centaine de sidérurgistes apportaient leur soutien aux cheminots de Frouard. Près du délégué qui parlait, Norbert tenait un drapeau rouge. Pendant l'attente, Elise donna à Gustave des précisions sur le succès de Georgette, sans rien ajouter sur sa décision de se marier à un major américain, ce qui l'enchantait moins que le succès de la thèse.

Marthe rentrait chez elle avec soulagement, après une journée de grisaille à Lyon et un retour perturbé sur le réseau du PLM. Le projet matrimonial l'effarait moins que son amie. Elle comprenait ce rapprochement dans la tourmente des camps sanitaires du front. Gustave confirmait le nombre de mariages entre Américains et Françaises dans les zones d'entraînement ou de combat, la curiosité de tous pour ce pays révélé par les techniques et l'organisation de son corps expéditionnaire. Il attendait avec impatience l'inévitable visite du couple dans un délai rapproché :

— S'il y a des trains !

Après les arrêts sporadiques de janvier, les cheminots lancèrent une grève générale au début du mois de février. Très suivie à Paris avec le soutien de diverses catégories, elle gênait le trafic national sans de fortes participations en province. Le syndicat des métallurgistes de Pompey, qui avait réuni trois mille cinq cents membres à un meeting quelques semaines auparavant, ne jugeait pas le moment opportun, dans une crise persistante, du demi-chômage et des réductions du salaire horaire de 2,75 francs pour les ouvriers mariés et de 3 francs pour les célibataires. Moyennement suivies, les réunions évoquaient plus les développements de la politique en Russie que les piétinements de la relance d'après guerre. Norbert tenait avec enthousiasme sa place de leader. Il répondait aux questions ou aux critiques grâce aux arguments fournis par *Le Réveil ouvrier,* le journal de l'Union départementale du syndicat. Il ne rechignait pas devant l'affrontement :

— Qui souhaite la parole ? Parle, camarade.

— À défaut de Satan en Russie, c'est Lénine qui mène le bal. En fait, ne serait-il pas mort ?

— S'il est mort, il a sept vies comme les chats car il est toujours là. Tu as raison de poser la question : la presse des patrons l'a enterré sept fois. Je te précise, pour t'éviter une autre question, qu'il n'est pas non plus à la solde de l'Allemagne, que les trains roulent toujours dans son pays. Ce sont là des titres des journaux de russes blancs émigrés à Paris. Trois créés en un an : s'ils ne sont pas chauffeurs de taxi, ils font de la propagande. À toi qui lèves le doigt…

— À mon humble avis, notre problème de Pompey, ce ne sont pas les Soviets de la Volga mais les Ritals du Frioul. Est-ce qu'à la place des spaghettis, ils ne viennent pas manger notre pain ?

— Tu parles des Italiens, je suppose. Je n'appelle pas culs-terreux les paysans qui travaillent à l'usine. Je vais te préciser les comptes : la fonderie emploie 12 % d'étrangers. Pourquoi ? Tu sais peut-être que près d'un million et demi de poilus – aviateurs et marins aussi – sont tombés en quatre ans. Si le gouvernement manque de cerveaux, l'industrie manque de bras. C'est aussi un travail à la chaîne : les curés du Frioul, et du Piémont, Vénétie, Lombardie, recrutent du personnel pour les agents des patrons. Aux aciéries de Jœuf, avec 30 % d'engagés, les étrangers dominent à l'embauche, Polaks en plus des Ritals. Sous contrats, responsables de famille, durs à l'ouvrage, ils restent pour renforcer une main-d'œuvre française hésitante et mouvante. Ils gênent, malgré tout, car ils adhèrent à notre syndicat. On les coupe de la population en les accusant de tous les larcins, vols ou crimes même. Landru, je te signale, tuait ses femmes en série à Gambais, près de Versailles. Camarade, les prélèvements de salaire que nous subissons ne vont pas dans la poche des Italiens, Polonais ou Turcs, mais dans celle des patrons. Voilà la véritable question. Moralité : il est temps de rendre l'outil de travail aux ouvriers qui l'activent. Cela s'appelle la socialisation des moyens de production.

Peu soucieux de prêcher dans le désert, Norbert, appliquant les conseils de Georges, évitait les sujets en famille, sauf avec Nicole, ardente elle aussi à la section syndicale des cheminots, seule femme parmi les balèzes des locomotives et des dépôts.

Le Hameau retrouva une tablée proche de celle de Noël, avec la présentation de son futur mari par Georgette. Elise relevait le défi de la cuisine lyonnaise avec les quenelles qu'elle moulait avec une farce de foie de porc, lard fumé, œufs et oignons, servies avec une sauce de crème et d'échalotes. Ronald, pas seulement par politesse, les trouvait autrement parfumées que celles au brochet de la mère Matefaim.

Léon, Mathieu, Nicole, Georges harcelaient le major Peterson sur son séjour en France et sur son pays. Il mélangeait encore les prénoms des uns et des autres mais tutoyait tout le monde le plus naturellement :

— Nicole, je vais te dire que le meilleur endroit en ce pays s'appelle Bourmont, dans un cul-de-sac de la Champagne : c'est là que j'ai rencontré Georgette.

Il racontait le principal camp d'entraînement des volontaires américains dans ce village entre Chaumont et Neufchâteau :

— Les tentes, provisoires, s'alignaient de chaque côté d'une longue allée comme les maisons dans une ville de chez moi. Avec des numéros, nord ou sud, préférés à des noms de célébrités pour ne choquer aucune sensibilité.

Volontaire pour l'hôpital américain du Bassigny, Georgette se souvenait de l'arrivée du premier train des Yankees, accueillis à la gare de Bourmont par des banderoles « Welcome ». En moins de deux semaines, en cet automne 1917, les villages de Bourmont et Illoud prenaient l'aspect de bourgades du Connecticut ou du Vermont. À l'approche de l'hiver, sur les recommandations du général Pershing, les chefs de corps s'efforçaient de loger les soldats chez l'habitant. On voyait les boys, coiffés de leurs chapeaux pointus, dégager le fumier sur le seuil des maisons sous le prétexte de stationnement de véhicules mais pour question d'hygiène et d'odeur. Avant le couvre-feu de 22 heures, les granges abritaient les parties de dés et de poker des fantassins et des marines, alignant les *cents* et les dollars. À Illoud, le hangar du berger municipal servait de prison pour les bagarreurs récupérés par les soldats de la police militaire, casqués, bottés, la longue matraque dans une main gantée de blanc.

— J'ai connu Ronald au premier mariage franco-américain célébré à Bourmont. Un sergent des marines épousait Mathilde, la fille de ses logeurs, une riche famille de marchands de bestiaux d'Illoud. Il avait pour témoin un médecin originaire de la Louisiane qui parlait français avec un accent plus appuyé que celui des Canadiens. Avant Noël, Ronald et moi vivions ensemble. En plus du reste, nous échangions le soir des leçons de français et d'anatomie…

Léon ne rendait pas au major son tutoiement. Il pensait au vouvoiement obligatoire des parents jusqu'à sa génération :

— Pouvez-vous nous dire un mot de votre vie en Amérique ?

— Aux States, seulement. Mon père, médecin de marine, a accompagné les expéditions scientifiques de l'amiral Robert Peary au Groenland. Il est mort. J'occupe, sans limite, son appartement de la Navy à la pointe de Manhattan, à la Battery. Héritier désargenté d'une terre Peterson en bordure de l'océan Arctique, j'ai choisi de tenter fortune dans la chirurgie. À New York, tout le monde ne peut pas être avocat.

— Vous y retournerez ?

— Sûrement, pour revendre mon lopin de glace : ça me payera bien un shaker !

Sauf Georges, habitué aux passagers londoniens, personne ne connaissait autour de la table l'accessoire des cocktails. La conversation dériva sur Toussus-le-Noble, à la déception d'Elise, qui brûlait d'en savoir plus sur l'éventuel retour à New York. Les invités se régalaient plutôt du récit de la photographie prise par Georges de Mistinguett descendant du Goliath à son retour de Londres. Elle souriait à la haie de cadres de la compagnie qui l'attendaient au pied de l'escalier de bois collé à la carlingue :

— Il suffit d'appuyer. Elle connaît la mise en scène : la mine réjouie et rassurée, la main droite sur le chapeau pour l'attitude, une écharpe blanche sous le manteau de fourrure pour le contraste.

— Elle t'a parlé ?

— Ni embrassé. Son impresario a demandé au chef d'escale de lui envoyer un tirage de la photo.

— Tu rencontreras d'autres vedettes comme celle-là ?

— Le boxeur Georges Carpentier.

Ronald surprit tout le monde en disant qu'il le connaissait :

— Les boys adorent la boxe. Un jour ou l'autre, votre champion d'Europe rencontrera notre Jack Dempsey, le taureau du Bronx. Vingt dollars sur Jacky.

Gustave, peut-être préparé à cela par Marthe, posa la question attendue par tous :

— Alors quand allons-nous à la noce ? Que je retienne ma place sur le *Queen Mary*.

— Garde tes économies, dit Georgette. Nous parlerons de cela demain en petit comité avec ma mère. Pour l'heure, Ronald retourne à Amiens, où l'on soigne encore des blessés américains. Je pars avec un régiment à Düsseldorf, région industrielle très agitée.

— Pour faire payer le Boche, a dit Poincaré.

— Pour remettre au pas les ouvriers de l'Armée rouge de la Ruhr, observa Nicole, à l'étonnement de Ronald.

— Donc, mes amis, il faudra patienter. Ne vous inquiétez pas : vous serez tous invités, surtout Georges pour les photos. Moi qui ne suis pas la reine de la valse chaloupée, je lui ferai la bise.

La table applaudit pour l'invitation. Elise, plutôt rassurée, souriait en servant les babas au rhum.

Pendant trois mois, Norbert et Nicole ne remontèrent pas au Hameau. Les réunions, la préparation de tracts avec les stencils gluants d'encre des Roneo, le renfort apporté à leurs camarades peignant des calicots utilisables en diverses circonstances accaparaient leurs soirées. Chaque dimanche, ils s'offraient une journée de détente à Nancy avec un repas poulet-frites près de la gare, une conférence à la Bourse du travail sur les sujets les plus divers, une fin d'après-midi au cinéma, surtout pour les films de Charlie Chaplin. Ils le découvraient dans des situations les plus inattendues : garçon de café, danseur, dentiste, marquis, peintre, boxeur, marin. Pour des raisons de distribution les aventures de Tom Mix accompagnaient les facéties de Charlot. Le shérif au cheval blanc, homme du Texas et risque-tout, apportait la justice à coups de chevauchées comme le Kid grâce aux tourniquets de sa canne. Cet intérêt pour les bobines américaines choquait des camarades du couple au sein du syndicat.

En avril, Norbert et Nicole ignorèrent l'affrontement de Charlot et du Masque de Fer ou son *Idylle aux champs* : ils consacraient tous leurs loisirs à la journée attendue du 1er Mai, marquée par un nouvel appel à la grève générale des cheminots. C'était la première participation du syndicat de Pompey à la fête du Travail qui rassemblait les ouvriers du bassin à Champigneulles. Un cortège partait du portail de l'usine. Il couvrait le pont de la Moselle derrière la musique des aciéries et les drapeaux du syndicat. Le mot d'ordre (« De la dignité ! ») empêchait les slogans et les cris. Norbert estimait à quatre mille le nombre des manifestants, réduit de moitié dans le journal du lendemain par les estimations de la police. Il fallait bien l'esplanade du port et les quais du canal pour accueillir cette foule à l'églantine rouge à la boutonnière devant la péniche utilisée comme estrade.

Beaucoup découvraient une nouveauté de l'année, un phonographe avec la large coquille du Gramophone, pas convaincante dans la diffusion de *L'Hymne aux Soviets*, interrompu par défaillance mécanique. L'incident n'en donna que plus d'ardeur à l'interprétation de *La Jeune Garde* et de *L'Internationale*. Les discours restaient dans le ton, commencés par une phrase de l'écrivain Romain Rolland : « La lumière libératrice vient de Russie. » Les tirades se succédant, Norbert renonça à prendre la parole pour la section de Pompey. Partout, dans la vallée de la Moselle et des usines, les bals de la douce soirée complétèrent cette journée de la fraternité.

La grève continuait dans les gares et les triages. Nicole et ses compagnons reconduisirent de force au terminus du suburbain des étudiants nancéiens de l'École des Mines venus, à la demande de la préfecture, entretenir les machines pour une reprise sans incident. Déjà courait la rumeur du licenciement de trois délégués syndicaux de la Compagnie générale d'électricité. La grève de soutien des métallurgistes de Neuves-Maisons précéda de vingt-quatre heures celle des aciéries de Pompey. Norbert, silencieux sur la péniche de Champigneulles, animait les rassemblements des ateliers, participait au meeting qui réunissait plus de deux mille personnes sous la surveillance de soldats, baïonnette au canon :

— Camarades, criait le compagnon de Nicole, nous demandons la dignité, on nous oppose des baïonnettes ! Demain seront ici les sabres au clair des dragons qui attendent discrètement dans les bois de la Ferme du Haras. Les patrons de Pompey veulent nous retirer le droit de grève pour nous imposer le droit de crever de faim.

Après d'autres discours, l'assemblée reconduisit la grève pour le lendemain. Tôt le matin, le cordon de dragons gardait l'accès de la salle du casino devant deux centaines d'ouvriers. Une manœuvre suffit à la dispersion. Norbert craignait la réaction de la direction de l'usine. L'habituelle accusation d'entrave à la liberté du travail frappa les ouvriers du comité de grève qui se relayaient à la porte principale. La mesure paralysait l'ensemble des ouvriers, les syndiqués comme les autres, alors que restaient éteints deux hauts-fourneaux. Dans les discussions des cafés et des quartiers apparaissait l'opposition entre les militants engagés dans l'esprit de la révolution prolétarienne de l'Est et ceux, plus réservés, soutenus par les Jeunesses socialistes de Pompey ou leurs aînés du parti. Norbert protestait :

— Quand il n'y aura plus de mauvaises bêtes mais seulement des dociles moutons, il sera facile de les saigner.

Nicole, attentive aux informations internationales, alimentait Elise en nouvelles de la Ruhr, d'où Georgette écrivait peu. On parlait de plus en plus d'une occupation massive de soldats français et belges malgré l'opposition des Anglais. Répétitives dans les entreprises, massives dans les mines et la sidérurgie, les grèves pénalisaient les livraisons imposées par les droits de réparations. Le temps paraissait long à la Cure d'Air. Georgette consacrait ses permissions à Ronald, sur place à Düsseldorf, à Amiens ou à Paris. Elise, pour en savoir plus, espérait que l'installation d'un poste de téléphone, souhaité dans la clientèle par des responsables de l'usine, des personnalités régionales, de la politique ou de services divers, déjà habitués à ce mode de communication. Malgré l'intervention du maire, l'administration reportait l'installation d'une ligne de mois en mois, le refus de participation de la restauratrice ne facilitant pas les décisions. Les démarches s'accélérèrent soudain après le 1er Mai de l'année suivante, quand dix-neuf des vingt-trois conseillers municipaux démissionnèrent. Le coup de pouce du directeur de l'usine, candidat à l'inévitable élection municipale, valut à la Cure d'Air un combiné présenté comme une aide sociale apportée aux foyers d'un quartier isolé avec, par les mêmes poteaux, le branchement de l'électricité. Peine perdue pour les relations familiales à travers les standards inaccessibles des régiments en occupation.

La campagne pour le changement du maire et de son équipe concernait plus la vie syndicale que la politique. La candidature d'un directeur à la réputation d'intransigeance inquiétait les responsables de la CGT, partagée entre les militants unitaires et des partisans d'une scission. Ils reprochaient aussi à l'ancien magistrat, docteur envoyé en Sarre par les espérances gouvernementales d'un ralliement de la région, ses absences fréquentes et prolongées, sa négligence envers la commune. Pourtant, nécessité faisant loi, l'alliance se nouait entre le médecin exilé et d'anciens citoyens sceptiques. Peu désireux de figurer sur la liste unitaire, Norbert lui apportait son soutien d'orateur. Il argumentait avant tout sur le sort de l'usine, paralysée par le refus de modernisation et une politique répressive :

— Des prolétaires nous donnent l'exemple du goût retrouvé du travail ; on les appelle des stakhanovistes, capables de produire cent tonnes de charbon au lieu de dix auparavant, ou mille vilebrequins forgés à la place de dix. À Pompey aussi, des mains comme celles-ci sont capables de produire mieux et plus : celui qui veut gouverner notre ville est le même qui nous refuse les bons outils à tenir. Mais sait-il ce qu'est un outil, un ouvrier, une cité ?

Nicole, pour sa part, réunissait des femmes pour les convaincre, faute de voter, d'orienter le choix de leurs maris :

— C'est votre devoir de dignité. Croyez-vous qu'un directeur d'usine qui roule en torpédo comme mademoiselle Mistinguett connaisse votre rôle de maillon essentiel de la chaîne familiale ? Autour de lui, on porte des bas de soie, mais on supprime le corset rejeté par un grand couturier. Vous n'avez pas de corset parce que, en un mois, le prix du pain passe de 0,90 franc le kilo à 1,10 franc. L'usine a baissé les salaires de vos maris de trois kilos de pain par semaine. Faites confiance à ceux qui luttent contre cela : ils sont douze sur la liste que nos électeurs doivent choisir, choisiront.

Après le second tour, les journaux parlaient de la défaite à plate couture de la liste patronale, délaissée par le directeur après le premier tour. Moins de deux semaines plus tard, la mise en quinzaine, qui réduisait le travail et le salaire de moitié, frappait une quarantaine d'ouvriers, élus municipaux ou proches de ceux-ci, syndicalistes actifs pendant la campagne. Norbert tombait au combat, après d'autres délégués. Les pressions, les meneurs et la faible production réduisaient à rien les réactions d'un personnel redevenu frileux. Dans l'année, Norbert avait pris la parole devant une vingtaine d'ouvriers dans des réunions fréquentées douze mois plus tôt par deux mille syndicalistes.

— J'ai connu cela aussi, dit Léon, l'ardent militant volontairement rentré dans son ermitage du Hameau.

Norbert le rencontrait chez lui en partant cueillir des champignons en forêt. Gisèle les laissait bavarder sur un coin de table, ravie que son compagnon dise « mon fils » à son chômeur désorienté :

— Bien avant tes camarades bolcheviks, j'ai rêvé d'une usine plus humaine, égalitaire. Je ne crois pas que tes Soviets arriveront à cela. Je rencontrais deux obstacles : l'intransigeance tactique du syndicat naissant, un peu au début, puis tout le temps, l'inexpérience et l'indifférence de mes compagnons, les mêmes que les tiens. Ils portent la docilité de leur père, et encore la terre à leurs sabots de paysans. Ou ce sont des types qui étaient cochers, tonneliers, garçons d'écurie : ils arrivent avec l'instinct de conservation, pas avec un esprit de sidérurgiste ou de métallurgiste. Il leur manque la maturité politique et syndicale. La nouvelle aurore qui t'éblouit leur passe au-dessus de la tête. Mets ton foulard rouge dans ta poche. Un jour, il faudra peut-être le ressortir.

— Où ? je ne trouverai aucun emploi à Pompey, ni alentour : affameurs de tous les pays, unissez-vous !

— Tu m'agaces. Au repas de Noël, il y a deux ans, tu parlais de l'automobile avec chaleur. Tu connais les moteurs.

— Un dragueur de mines n'est pas une Bugatti.

— Je ne pense pas à la Bugatti mais aux Lorraine.

— Je ne comprends pas.

— C'est le nom d'une marque. Je sais par un almanach qu'elles battent des records du monde avec des engins construits à Lunéville. Ne deviens pas pilote, mais pense à ce qu'il y a sous le capot.

Norbert coupait les queues de chanterelle dans l'évier. Il sifflait.

— Te voilà bien gai tout à coup, dit Nicole en rentrant du travail. L'usine te reprend ?

— Peux-tu, demain, me rapporter les horaires de trains entre Nancy et Lunéville ?

— Tu veux être dentellière ?

— Déshabille-toi.

# 6

## Du Hameau au Niger

— Voilà, un rythme de tramway : sept trains en provenance de Nancy s'arrêtent par jour à Lunéville.

— Changement d'itinéraire : je vais à Paris.

— Tu veux les correspondances pour Moscou ?

— Non, les heures d'ouverture du Salon de l'automobile. Je trouve bonne l'idée de Léon d'une tentative d'embauche comme mécanicien. L'usine qui participe à la construction des bolides Lorraine est trop proche d'ici. S'ils n'apprennent pas mon licenciement par la direction de l'usine, les patrons la connaîtront d'un délateur du syndicat, désormais coupé en deux. À Paris, le Salon présente tout ce qui se fabrique en France en voitures, camions, tracteurs. Je suis convaincu que les constructeurs cherchent des types habitués au cambouis, aux soupapes et aux vilebrequins à deux paliers. Viens avec moi.

Personne au hameau ne connaissait l'escapade présentée à Gisèle comme une visite à des amis du côté de Reims. Alerté par courrier de la décision prise, Georges se proposait d'héberger ses amis dans un appartement près de la gare d'Austerlitz. Il commençait à bien connaître Paris, guidant avec efficacité ses voyageurs inexpérimentés. Il abandonna le couple à ses visites sans savoir si la journée ne s'achèverait pas pour lui à Londres ou Bruxelles.

À lui seul, le Grand Palais méritait le déplacement. Sous la claire verrière, les stands des sociétés formaient de luxueuses baraques de foires colorées, décorées, illuminées au-dessus des alignements de modèles d'automobiles et, parfois, de bicyclettes. Norbert connaissait tous les noms ignorés par Nicole, qui trouvait amusantes les enseignes de Gladiator, Libérator, Serpollet. Son ami l'entraînait plutôt vers les De Dion-Bouton, Panhard et Levassor, Renault, Peugeot. Au centre du Grand Palais dominait sous les drapeaux et les projecteurs le dernier modèle de la firme Hispano-Suiza, présenté comme la voiture de luxe de l'année.

Sur les estrades du constructeur André Citroën, Norbert retrouvait avec ses encadrements de porte en ébénisterie la conduite intérieure 10 HP du directeur de l'usine de Pompey. Des jeunes filles distribuaient des tracts invitant les visiteurs à rejoindre l'annexe du Salon aux Invalides pour découvrir la grande nouveauté des ateliers du quai de Javel, refusée sur le stand officiel pour des questions de règlement pointilleux.

La promenade apportait la fraîcheur après l'accumulation des odeurs de pneumatiques et de peintures fraîches. Du pont de la Seine, on apercevait en amont le haut des tours de Notre-Dame et en aval la flèche de la tour Eiffel dressée comme le sigle d'une calandre d'automobile américaine. Sur l'esplanade, le bois lustré à la cire, des fiacres attendaient entre les deux garages de prestige de la production universelle.

Des photographies de véhicules des temps, très proches, des débuts de l'automobile accueillaient les curieux dans le salon bis réservé aux petites créations, cyclocars, voiturettes moins larges qu'un coffre de grosse berline, plus accessibles pour un vaste public. Le stand Citroën annonçait sur un panneau sa production quotidienne de cent vingt-cinq voitures par jour, deux fois plus que tous ses concurrents nationaux réunis. Une estrade tournante offrait au public les divers aspects d'une modeste voiture trop large pour un coffre de limousine. Comme celles du Grand Palais elle ne portait pas de nom mais un numéro, 5 HP. Déjà les amateurs la baptisaient la « petite Citron ».

Autour du présentoir central, l'espace Citroën exposait la gamme des modèles de la série, décapotables au jaune rutilant confiées à des démonstratrices coiffées de capelines légères, conduites intérieures toilées sur une carrosserie bleu métallisé, type rural plus discret avec roue de secours sur le marchepied. Attiré par l'insistance de Norbert à détailler l'arrière arrondi, les ailes droites et les moteurs sous les capots relevés, un vendeur lui vantait les nouveautés de cette création. Après de multiples compliments, le visiteur attentif expliqua à son aimable interlocuteur le but réel de la visite.

— La multiplication des ateliers, répondit le présentateur, entraîne des nécessités d'emplois, chose rare en France actuellement. On trouve facilement des selliers, peintres, cordonniers, même, pour les sièges, mais moins de mécaniciens. La direction organise des tests chaque semaine. Venez demain : un ingénieur notera sûrement votre nom avec intérêt. Nous cherchons des clients et des compétences.

Au milieu de tant de chevaux-vapeur, le bar-restaurant s'appelait le Paddock, terme usuel sur le circuit des courses automobiles. Dans un décor de tonneaux, les marques de bière rivalisaient pour les demis pression. Pour les sandwiches dominaient le jambon de Paris et le coulommiers, présenté sur des supports de paille. Satisfaite de l'information obtenue, Nicole gardait sa réserve sans esquisser le moindre projet :

— Ma seule aide vient de ma confiance en toi. Mais ne me fais pas boire une deuxième bière brune.

Georges connaissait, sur l'autre rive de la Seine, un bateau-mouche reconverti en restaurant. Veuve, la femme du marinier tentait de subsister dans cette formule immobile, fort appréciée en été avec les tables sur le pont. Norbert pensait au lendemain. Nicole donnait des nouvelles du Hameau sans évoquer en détail les circonstances des licenciements. Après une évocation des découvertes du Salon et des détails sur la petite Citron, le travail à Toussus-le-Noble domina la conversation.

Occupé par les prises de vues sur place ou dans les escales, Georges volait régulièrement avec les appareils envoyés au secours des Goliath retardés sur une piste ou dans un champ par une avarie. Il photographiait les pièces défaillantes, le lieu de l'atterrissage, l'état des roues ou des hélices accidentées.

— Curieusement, ces incidents confirment la fiabilité de l'avion. Sur Paris-Londres en particulier, se multiplient les obstacles : le brouillard, les vents, les coups de froid qui givrent les carburateurs, au sortir de la brume, au ras de l'eau, l'approche des falaises blanches du Kent ou du Gris-Nez. Pionniers à leur façon, les passagers ne manquent pas d'audace.

— Leur nombre progresse ?

— Moins de neuf cents il y a deux ans, le double aujourd'hui. Douze par appareil, quatre à l'avant, huit derrière la cabine de pilotage, avec le cockpit du pilote en plein air. Les pannes s'échelonnent sur tout le parcours, près de Poix dans la Somme, à Saint-Inglevert, entre Boulogne et Calais, à Lympe, de l'autre côté de la Manche. Parfois l'appareil s'embourbe dans les champs. Les chevaux des paysans le tirent de là. La fermière réchauffe un bouillon pour tout le monde. Après notre intervention, des passagers, surtout des femmes, refusent de réembarquer pour Croydon, l'aéroport de Londres. Sur ce terrain assez fréquenté, une corne annonce par un coup ou plusieurs, de nombres différents, la compagnie dont l'avion se pose.

— Je ne m'y risquerai pas, disait Nicole.

— Ces expériences profitent aux pilotes et aux appareils. Ils permettent des essais sur de plus longues distances, des vols avec escales de plus de dix heures. J'ai raté une tentative entre Paris et Casablanca, mais je pars dans trois jours avec un test sur Paris-Istanbul.

— Moi, on me demande les correspondances vers Nomeny ou le prix d'un bagage accompagné pour Bar-le-Duc.

— Des mécaniciens volent aussi ?

— Mon chéri, reste sur terre, s'il te plaît : c'est l'automobile l'avenir.

— Oui, peu encore mais la formule se précise. Puis, un jour, pas éloigné, la radio.

— Je garderai Norbert, on t'enverra Alphonse.

— Mes amis, pas un mot de tout cela devant ma mère, surtout.

Dès le surlendemain, Norbert découvrait les chaînes de montage de l'usine Citroën pour quatre jours de contrôles d'embauche, sur le banc des 5 HP découvertes au Salon. Nicole rentrée à Pompey, il gardait son logement chez Georges, en instance de départ pour la Turquie. Après une journée de travail sur plan, il n'hésitait pas sur le montage des pièces, les essais ou les mises au point. Après l'avis du contremaître, la décision finale appartenait à l'ingénieur rencontré sur le stand du Grand Palais. Après l'accord unanime, restaient pour Norbert les formalités réglées par le barème des salaires et le règlement social de l'entreprise. Sans préjuger d'une éventuelle mutation de l'employée des chemins de fer, l'heureux engagé accepta la location d'une maison en banlieue proposée aux ouvriers mariés. Sans chercher à découvrir le lieu, et son bagage récupéré, Norbert courut vers le premier train au départ pour Nancy.

La nouvelle apportée par son fils déroutait Gisèle, partagée entre la satisfaction du travail trouvé et l'appréhension d'un départ de Pompey. Léon appréciait la décision, sans revenir à la charge sur la solution, hypothétique, de la Lorraine :

— Un vieux marcheur comme moi se désintéresse de l'automobile. Mais je sais, je te dirai comment après, que ton monsieur André Citroën prépare une expédition d'autochenilles de sa marque entre l'Algérie et Tombouctou. Donc, tu entres dans une bonne maison. Quant à mon information, passe chez Alphonse : il sera ravi de te montrer d'où elle vient.

Sur le seuil de la Bicoque, on entendait, comme diffusée par un phonographe, en meilleur état que celui de la manifestation de Champigneulles, l'ouverture tonique de *Carmen*, de Bizet, si bruyante que ni Marie ni Alphonse n'entendaient les coups frappés à la porte. Assis dans les fauteuils de leur salon, ils écoutaient, ravis, devant un récepteur en bel acajou. Alphonse baissa le bouton du volume sonore.

— Et voilà ! je vous l'avais annoncé : automobile, aéroplane, d'accord, mais TSF aussi. Finie la galène, Radiola est là.

Marie sortait des verres et une carafe de vermouth. Alphonse, volubile, présentait son poste comme une rareté née de l'invention du haut-parleur :

— Sauf des bribes arrachées fugitivement au fil des ondes, je ne reçois qu'un seul programme, qui me suffit pour le moment. Des nouveautés se préparent au sommet de la tour Eiffel et chez les ingénieurs des PTT, qui ne veulent pas laisser l'État en dehors de ce moyen de diffusion. L'extrait de *Carmen* que tu entendais est interprété par l'orchestre de la station dirigée par Victor Charpentier, le frère de Gustave, l'auteur de *Louise*.

— Et l'expédition d'autochenilles à travers l'Afrique ?

— Léon t'en a parlé ? Bulletin de nouvelles à 20 heures par Radiola. Norbert, ta mère était tambour de ville, me voici gazette radiophonique. Radiola, pour l'instant, parle moins qu'elle ne le faisait. Sauf deux fois par semaine, comme aujourd'hui, le programme commence en soirée : nouvelles avec politique, spectacles, courses automobiles donc, puis panorama de distractions : deux poèmes, deux chants, pas des chansons de caf' conc', cinq morceaux d'orchestre. Pour finir, un opéra : hier c'était *Alceste*, de Gluck. Cet engin nous transforme en couche-tard.

— Avant-hier, je t'ai réveillé pour aller au lit, dit Marie. En tout cas, voici de la place libérée pour sa collection de chemin de fer et moins de fils au sol quand je balaye.

Peu désireux de rencontrer ses camarades de l'usine, rentrés dans le rang avec l'apport de travail dû à la production de profilés spéciaux, Norbert occupait ses journées sans emploi dans la forêt. La saison ne convenait plus aux champignons mais fleurissaient les jonquilles. Dans un grand panier, il rapportait à la Cure d'Air des bouquets ficelés pour les tables du restaurant et des brassées pour une vasque sur le coin du comptoir. Nicole montait le rechercher au Hameau. Ils dînaient sur place ou chez Gisèle.

Elise leur servait l'apéritif, un soir, avant le départ de Norbert pour Paris, quand parut dans la porte le major Ronald Peterson, vêtu de treillis de campagne, une casquette à carreaux au lieu de celle de l'uniforme, un havresac sur le dos. Son sourire rassurait sa future belle-mère, préoccupée en permanence du sort de sa fille. Aux premières questions il leva une main en criant « Stop ! » Il souhaitait d'abord manger, privé de repas entre Beauvais et Nancy. Françoise prépara une omelette au boudin et une salade d'endives, laissant la patronne aux nouvelles. Nicole et Norbert profitaient du repas improvisé :

— Où allez-vous ?

— À Düsseldorf, chercher Georgette.

Elise se leva pour l'embrasser.

— Nous passerons ici pour parler du mariage. Première question car le courrier prend du temps : pouvez-vous héberger quelques jours ma sœur Sarah et son mari Anthony, décidés à venir depuis Detroit ? Anthony dessine des voitures pour Ford…

Prenant la parole, Elise proposa le meilleur confort en suggérant qu'un hôtel de Nancy conviendrait mieux.

— Je préfère ici. Nous parlerons de date avec Georgette.

— Elle revient pour toujours ?

— Toujours, je ne pense pas. Une permission après les événements. Les journaux parlent peu de l'occupation de la Ruhr, qui tourne mal.

Les lettres de Georgette en disaient plus depuis des mois. Forte de l'obligation allemande de respecter les réparations de guerre en argent et en matières premières, la France, face à l'inertie et à la mauvaise volonté, développait l'importance de son occupation.

— La partie semble perdue pour eux. Un certain calme revient qui annonce des discussions et, je pense, un retrait de nos soldats. Pour Georgette, ce n'est pas la Somme ou la Marne, seulement des soins de soldats blessés par des jets de boulons et de barre de fer, ou des grévistes.

Le lendemain matin, Ronald et Norbert empruntaient le même tramway pour rejoindre la gare de Nancy.

— Tu crois toujours aux bienfaits de l'aurore de l'Est ?

Ébranlé par sa discussion de la nuit avec Nicole, le bouillant syndicaliste répondait évasivement :

— Pour l'instant, mon avenir est dans le noir, sous un châssis de petite torpédo.

Les deux trains vers Metz et Paris se croisaient à quelques minutes près.

Il restait un lit et les éléments d'une cuisine dans la maison de quatre pièces proposée à Norbert par sa nouvelle entreprise. Les pavillons se ressemblaient, dans une rue calme, sans voitures ni jeux d'enfants. On accédait à la porte par un jardinet, derrière une grille, fleuri ou encombré de jouets. À l'arrière, entre les murets, un cerisier occupait le centre d'un jardin : pelouse avec balançoire, potagers aux rangées strictes, dépôt quelquefois de caisses, cartons ou vieux meubles. Norbert se donnait trois mois pour aménager l'intérieur, en bon état mais ridicule, avec ses papiers fleuris comme une savane.

On ne chômait pas sur la chaîne de la petite Citron, redevenue simplement « la 5 » sur la crémaillère de son parcours de fabrication. Des monteurs plaçaient les éléments de la carrosserie sur le châssis. Dans un atelier voisin, les mécaniciens assemblaient les cylindres, boîtes de vitesses, carburateurs et disques d'embrayage. Norbert découvrait des pièces neuves, petites ou de taille moyenne, sans commune mesure avec les machines d'un chalutier transformé en dragueur de mines. Les principes restaient les mêmes, le plaisir identique, quand l'hélice ronflait pour la première fois.

Le travail s'apparentait plus à l'avenir au poste dit « Colomb-Béchar », où l'ingénieur du Salon de l'auto affecta Norbert après deux semaines au montage de la petite Citron. Les impératifs de l'expédition à travers l'Afrique exigeaient des mécaniciens une présence de sept jours sur sept, acceptable en l'absence de Nicole. Les autochenilles ressemblaient à du matériel militaire, les moteurs à ceux des chars de la fin de la guerre. L'ingénieur lui-même, surnommé le père La Dune, surveillait les préparatifs des véhicules à envoyer au plus vite pour des essais dans le désert. L'attention portait particulièrement sur les roulements des petites et grandes roues, enrubannées, de la caisse arrière. Le chef de la croisière saharienne prévoyait à chaque étape un démontage de l'ensemble, un nettoyage et le remontage d'un matériel remis à neuf. Norbert excellait dans cet exercice.

La Pentecôte lui offrit trois jours de détente à Pompey, sans préjudice pour l'aménagement du pavillon de banlieue interrompu par les heures supplémentaires. Nicole s'habituait à sa solitude.

La jeune femme surprenait par sa minceur, qu'elle entretenait avec des jupes longues et des vestes basses. Sobre dans son élégance, elle refusait tout accessoire ou colifichet, le moindre maquillage. Elle tenait cette discrétion d'un emploi dans une maison de maître où le personnel subissait un sévère régime domestique. Sa révolte venait du mépris de ses patrons, hautains, distants, sans jamais un geste de complaisance. Dès son embauche à la Compagnie de l'Est, elle adhéra aux revendications les plus aiguës.

Plus libre depuis le départ de Norbert, plus engagée dans l'action syndicale, elle négligeait son logement, accumulant la vaisselle sale, gardant les volets clos pendant plusieurs jours. Norbert ne se sentait plus chez lui dans une salle à manger envahie par des piles de journaux des semaines écoulées, de tracts qui séchaient sur des fils entre les buffets. Elle n'avait aucune nouvelle de Gisèle ni du Hameau, rechignant à accompagner Norbert près de sa mère et de ses amis. Le matin du départ pour Paris, ses reproches sur la fracture syndicale et politique entre eux ressemblèrent aux discussions d'un bureau de délégués de deux centrales opposées.

— Il faudrait pouvoir relire tes discours de l'année dernière. Tu rougirais de honte de rejoindre aujourd'hui le clan des patrons, de travailler sept jours sur sept quand nous nous battons sans succès pour les huit heures par jour.

— Des Soviets des premières heures se battent aujourd'hui contre la mainmise de leur parti.

— On ne refait pas l'homme en vingt-quatre mois. Les ouvriers et les paysans élus députés pour six mois feront plus pour le peuple que les exploitants riches et buveurs de sang.

— Je ne suis pas revenu pour tenir un meeting privé. Nous ne parlons même pas d'une demande d'affectation pour toi à Paris.

— L'heure n'est pas venue, tant que la maison reste en travaux et ton esprit dans le coton.

Norbert prit seul le suburbain de midi, après un au revoir sans chaleur.

Quai de Javel, le mardi, une surprise l'attendait en retrouvant son ingénieur :

— Je t'emmène au Niger.

— Pour la croisière ?

— Seulement pour des mises au point. Nous partons à cinq, pour un mois, avant l'arrivée des équipes officielles qui rejoindront Madagascar. Leurs véhicules attendent près de Niamey.

L'aventure enchantait le mécanicien après son décevant séjour en Lorraine. Il en fit part à sa mère, Nicole et Georges par trois cartes postales de Paris écrites et postées à l'escale de Toulouse de l'appareil, un Breguet affecté par l'usine Citroën, qui se posa sur le sable dur du désert cinq jours plus tard.

Le camp de toiles, plus grand qu'aucun village des alentours, formait un étrange bivouac partagé entre les habitudes locales et l'ambiance imposée du parking couvert des automobiles et des ateliers de l'entretien. L'équipe d'assistance logeait dans deux marabouts, un dortoir, un réfectoire qui servait aussi de lieu de détente, avec un billard et des panneaux de jeu de fléchettes. Le personnel de maintenance vivait en un autre lieu, près de dunes étalées vers le Nigeria. Des campements de Touareg entouraient la base Citroën.

La chaleur gênait le rythme du travail. Le sable durci agglutiné sur les roues des chenilles à leur retour d'exercice ne ressemblait pas aux couches molles versées quai de Javel pour les essais. L'ingénieur souhaitait simplifier l'accès aux roulements pour le nettoyage et le démontage, sans accroître l'espace pour les grains tenaces du désert. Norbert suggéra une protection mobile de languettes de cuir, résistantes comme les garde-boue. Le père La Dune ne regrettait pas sa présence dans l'équipe.

Chaque jour les chants, les danses, les courses de chameaux attiraient les mécaniciens aux bordures du domaine des Touareg. Allant aux puits ou revenant de la ville, des femmes vêtues de robes indigo passaient devant les tentes de remontage des chenilles. Leurs rires éclatants fusaient sous les châles noirs qui couvraient leur tête. Dans les rassemblements d'un préparatif au mariage ou d'une célébration rituelle se découvraient mieux les bijoux en argent des mères et des filles, pendentifs, amulettes, colliers de croix rappelant les roses des sables, talismans de cuir, fibules ornées d'ambre. Tard dans la nuit, les tambours en peaux de chèvre accompagnaient les danses lentes de la séduction ou vives du triomphe des chasseurs.

Des femmes touareg servaient le dernier déjeuner avant le départ, un méchoui plantureux sous la toile de la salle de détente, devant la carte gigantesque qui traçait l'itinéraire de la proche croisière par le Tchad, Fort-Lamy, Bangui, le Congo belge et traversée vers Tananarive. Dehors, les enfants dansaient autour du Breguet arrivé la veille avec une autre équipe. Ils saluèrent l'envol avec des coups rythmés de bâtons courts. Norbert par la vitre voyait une caravane de chameaux impassibles sous leurs selles chargées.

Sous la porte de son pavillon, Norbert, parmi des papiers épars, trouva une lettre de Nicole : « *Il me semble préférable de nous séparer*. »

Le mécanicien du désert ne regrettait pas d'avoir oublié sous sa tente le pendentif en cornaline réputé comme porte-bonheur.

# 7

## Deux Américains au Hameau

Sans le regretter, Elise devait à Alphonse l'installation d'une salle de danse à la Cure d'Air. Les programmes de charleston, one-step, valse et rumba entendus à la TSF montraient le succès des réunions du samedi soir pour les plus jeunes, et du thé dansant pour leurs aînés. Ce que perdait le restaurant par la fermeture dominicale, le « Bal à Elise » le regagnait largement avec les entrées, les boissons et les cornets de frites débités dans la baraque que tenait Françoise. Parfois dans la semaine, sans gêner le service habituel, des groupes associatifs ou autres louaient le grand espace partagé en la circonstance en buffet ou en restaurant ou en piste.

Pour la première fois, la « Casa Italia », créée par les ouvriers italiens de l'usine et leurs familles, réunissait une quarantaine d'adhérents pour célébrer la victoire d'Ottavio Bottechia dans le dix-huitième Tour de France. Toujours par Alphonse, Elise savait que, vainqueur l'année précédente, ce véloce coureur avait porté le maillot jaune de la première à la dernière étape. Le fidèle auditeur n'appréciait pas cette éclatante victoire à cause de l'élimination des frères Pélissier à l'étape de Cherbourg pour un échange de roues interdit par le règlement. Au-dessus de l'estrade de l'orchestre dominait un portrait du *grandissimo Bottechia*, ressemblant ou pas avec son boyau autour des épaules, brodé par des *mamas* à la veillée.

À la cuisine, Françoise se débattait avec des jeunes femmes chargées des antipasti, spaghettis et osso bucco, préférés aux plus délicates escalopes milanaises. Elise fournissait le chianti ou le marsala. La « Casa Italia » apportait son asti spumante et son dolceto. Pendant le repas, deux joueurs de guitare et un batteur modulaient discrètement des airs traditionnels de la Vénétie, de la Toscane, de la Campanie, repris par quelques invités. À l'arrivée du dessert, la bonne humeur agitait la tablée avec force gestes à l'appui. Un homme porta un premier toast au héros du jour, Ottavio Bottechia : « ... qui nous revient à Pampelune, avec un peloton à la traîne ! »

Un triple hourra salua le *signor* Bottechia. Un autre convive, levant sa coupe d'asti, cria seulement : « *Italia sete, Francia zero* », score récent d'un match de football à Turin. Le troisième convive, qui agitait un écusson Alfa Romeo, levait les bras en forme de V : « *Viva Antonio Ascari !* », qui était le vainqueur du grand prix d'Europe automobile à Spa-Francorchamps. Les applaudissements continuaient quand surgirent sur la scène, par la porte du fond, quatre hommes et une femme qui portait un drapeau rouge. Nicole, les mains en porte-voix, criait : « *Basta, per favore ! Una ovazione per Giacomo Matteoti !* » Elle aspergeait le plancher des gouttes d'une bouteille d'eau avec les gestes d'une femme de ménage.

Les trois hommes des toasts gagnèrent le bas de l'estrade, rejoints par quatre compagnons. Pour la première fois, Elise remarquait leurs chemises noires. Sans bien comprendre, elle fila alerter la gendarmerie par téléphone. Derrière Nicole, ses camarades sortaient des pancartes : « *Facismo, no !* », « *Mussolini, capo del banditismo* », « *Viva la libertà* ». Devant eux, les sept militants répliquaient en scandant : « Les Soviets à Moscou ! », « Libérez Trostky », « Staline en Sibérie ». Du fond de la salle, une voix de stentor retentit :

— *In uno primo tempo : viva Ottavio Bottechia !*

Le président de la « Casa Italia » avançait vers la tribune. Il s'appelait Luigi. Nicole le rencontrait parfois dans les réunions syndicales, effilochées, de Pompey. Elle le savait socialiste, comme le député Giacomo Matteoti, assassiné par les hommes de main de Mussolini, accusé par lui de trucages électoraux.

— Nous ne sommes ni à Rome, Milan ou Pampelune. Ici les Chemises noires ne sont pas de saison. Nous sommes entre nous, en famille malgré tout, suffisamment adultes pour fermer le bec aux agents du Duce. Le drapeau rouge aussi est de trop. Oui, « *Salute a Matteotti ! Italia, si. Facismo no* ». *Signora, d'accordo, d'accordissimo :* prolétaires de tous les pays unissez-vous... Si, si !... Ici, pour finir le dessert et danser ensemble.

Suivis de quelques femmes avec leurs enfants, les intervenants aux chemises noires quittèrent la salle, filant tête basse devant les trois gendarmes à cheval arrivés au Hameau. Nicole et Luigi dansaient, arrosés de confettis par les convives et les porteurs de pancartes, pas mécontents de la tournure des événements.

Elise et Françoise servaient une autre rasade d'asti spumante.

Le facteur, comme d'habitude, buvait son café au comptoir, accoudé sur le courrier de la Cure d'Air pas encore distribué. Il ne quittait pas des yeux une enveloppe bleue couverte de plusieurs tampons.

— Vous en connaissez du monde, madame Elise : Detroit, Michigan…

— Ils arrivent !

— Voulez-vous me découper le timbre avec la voiture Ford T, et le nombre de dix millions d'exemplaires ?

Elise prit la feuille pliée en quatre et laissa l'enveloppe au facteur, sidéré. Sarah et son mari Anthony réservaient leur hébergement pour une semaine au moment du mariage de Ronald. L'aménagement d'une pièce s'imposait. Léon suggérait l'aide de son fils Louis, l'ébéniste des ateliers Majorelle, connaisseur en meubles et en décoration. Louis et Pauline venaient peu au Hameau. Adulte, le garçon restait partagé entre son père et sa mère Marthe, remariée avec Gustave, que Pierre considérait comme son grand-père. L'entente entre les deux frères et l'ancienne directrice d'école facilitait les rencontres.

Les catalogues apportés de Nancy semblaient luxueux à Elise, perplexe devant les courbes sculptées des lits et les bouquets floraux des lampadaires.

— Il s'agit d'Américains, disait Louis.

— Ils ne vont pas passer leur vie ici. Je louerai cette chambre ensuite et la Cure d'Air n'est qu'une auberge de campagne. À Detroit, on connaît Ford, comme mon facteur, pas Majorelle.

— Écoute-moi un instant. L'art du mobilier évolue : son nouveau maître s'appelle Tiffany, il est américain. Si le mari de Sarah dessine des carrosseries de voiture à Detroit, il connaît Tiffany. Surtout, à cause du sensible changement de mode, appliqué par mon patron lui-même, les prix de ces catalogues représentent de bonnes affaires. Ça ne durera pas. Viens choisir sur place avec moi. Emmène Gustave : il m'a appris le métier, il s'y connaît encore.

Léon, Alphonse et Gustave s'associaient pour peindre et tapisser la chambre, en respectant les pages du catalogue consacrées aux meubles choisis par Elise : lit et armoire en noyer avec des courbes continues sans décoration, coiffeuse avec serrurerie en laiton doré, guéridons et table aux pieds fins, chaises et fauteuils avec sièges de velours vert, lampadaires à trois lampes en forme de magnolias. Gustave grattait le parquet pour le cirer à neuf. Louis couvrait les murs de peinture ocre. Alphonse, souvent assis, passait les outils à l'un, à l'autre. La veille de la livraison des meubles, Gisèle, Marthe et Marie apportèrent les doubles rideaux, du ton identique au velours des sièges. Elise, enchantée du résultat, offrit la première nuit à Louis et Pauline. Marthe gardait Pierre, qui récita plus d'une fois les tirades de *Cyrano de Bergerac* pour l'interrogation des jours suivants.

Ronald, bénéficiaire d'une permission de longue durée, faisait la navette entre le Hameau et le Val-de-Grâce, où Georgette suivait des cours de médecine tropicale. Le mariage ne dépassait guère le cercle familial, avec un vin d'honneur pour des connaissances des uns et des autres, des clients assidus. Les Fischer et les Muller, parents et enfants, suggéraient tous des occupations pour l'arrivée de ceux qu'ils appelaient « les Américains ». Alphonse proposait une journée à Verdun et à la Tranchée des Baïonnettes, inaugurée quelques mois plus tôt. Louis disposait d'une invitation pour les ateliers Majorelle. Pauline pensait à sa Metz natale, avec une visite de la cathédrale et une excursion en bateau sur la Moselle.

Ronald et Georgette, une semaine avant leur grand jour, attendaient les deux invités à Cherbourg. À cause du mauvais temps, le paquebot restait en rade. Un élégant bateau, qui avait servi pour l'embarquement des passagers du *Titanic*, assurait la navette jusqu'à la gare maritime. On distinguait mal la passerelle depuis la plate-forme réservée au public. Soudain Ronald éclata de rire. Bloquant le passage devant le marin qui portait son bagage, Sarah agitait avec une hampe une toile décorée de deux initiales R et G et d'écussons aux couleurs des drapeaux français et américain. Dans le hall des bagages, le signal fonctionnait encore. Georgette avait l'impression en l'embrassant de connaître sa belle-sœur depuis longtemps.

Sous son écharpe, Sarah portait des bigoudis en toute quiétude. L'originalité venait aussi du mélange coloré de sa tenue. Sous un plaid de voyage constitué de carrés de teintes différentes, qu'elle enlevait sans cesse pour le rajuster aussitôt, elle portait une veste mauve sur un pantalon jaune canari tenu par une ceinture épaisse à la boucle de cuivre doré. La tenue d'Anthony tenait plutôt de l'uniforme d'un chef de bureau avec veste bleu foncé à la coupe raglan, pantalon gris. La fantaisie venait de son nœud papillon blanc à pois verts. Calme, le beau-frère de Ronald assurait le rassemblement des valises et des sacs, aussitôt aidé par un porteur. Sarah planta son emblème sur le chariot à la façon d'un fanion officiel que semblaient justifier les uniformes et les galons des futurs mariés.

À Paris, Georges prenait le relais pour la suite du voyage à la place des deux militaires retenus pour des aménagements administratifs. Conseillés par leur agence de voyages, Sarah et Anthony descendaient dans un hôtel d'une rue calme du Quartier latin, avec un jardin où leur guide les retrouva, en début d'après-midi seulement, pour favoriser les accoutumances au décalage horaire atténué par la traversée. Pour faire connaissance, il amenait un album avec quelques-unes de ses photos. Malgré son sourire charmeur, Mistinguett ne disait rien à Sarah qui détaillait, devant le fuselage d'un Goliath, les mannequins du couturier Paul Poiret aux tailles minces sous leur chapeau cloche. Elle reconnaissait avec surprise Giacomo Puccini, l'auteur de *La Tosca*, décédé l'année précédente, et Serge Lifar, vedette du gala de la dix millionième Ford T. Anthony n'identifiait que Raymond Poincaré félicitant dans un salon de Villacoublay le lieutenant Pelletier Doisy après son vol Paris-Bucarest-Tokyo sur un Breguet.

Après quelques explications de Georges sur les vols de la compagnie d'Henri Farman, le beau-frère de Ronald modifia son plan de retour jusqu'au paquebot :

— Nous prendrons l'avion jusqu'à Londres pour embarquer à Plymouth. Je préfère survoler les vaches que me cogner les fesses sur les banquettes du train de Cherbourg. Pourquoi ne peut-on pas louer de voiture dans le pays de Renault et de Citroën ?

Ils occupèrent l'après-midi aux réservations entre les bureaux de la Société des transports aériens et ceux de la Cunard.

Pour surprendre ses lointains invités, Georges les entraîna le soir au Vél' d'Hiv' pour un gala avec les vedettes des derniers Six Jours. Après une approche du quai de Grenelle en bateau-mouche, Sarah et Anthony découvraient le tunnel conduisant au restaurant, au centre de la pelouse et de la marmite surchauffée des tribunes. Avant même de prendre place, Anthony tapait dans les mains au-dessus de sa tête, accompagnant les coups de cymbales des refrains de Mayol, *A la Martinique* ou *Elle vendait des p'tits gâteaux*. Assis au centre de la table, à l'annonce gonflée par le micro des résultats des sprints, il lançait en l'air des morceaux déchirés de la nappe de papier. Il tournait sur son siège pour suivre les mouvements du peloton désorganisé par les sprints et de soudains ralentis. Sarah observait sur la pelouse les élégantes Parisiennes en jupes courtes et cheveux coupés.

Au garçon qui apportait la soupe à l'oignon, Anthony proposa d'attribuer une prime parmi celles débitées par le speaker. Cet animateur, indiqua Georges, s'appelait Georges Berretrot, fils d'un chauffeur du trolleybus Madeleine-Bastille, ancien organisateur de matches de lutte et de combats de boxe féminins au cabaret Tabarin. Un battement de tambour précédait l'annonce :

— Attention !... Nouveauté au vélodrome d'Hiver ! Une prime de...

— Cinq ! criait le public.

— Cinquante ! ajoutait un virage.

La voix de Berretrot roulait dans le micro : « Cent dollars ! » Il ajoutait, après la première surprise :

— Offerte par le sportif américain Anthony Morgan, ingénieur de la Ford T à Detroit, une prime de...

— Cent dollars ! reprenaient les tribunes.

— … au dernier du sprint du quarantième kilomètre ! Du jamais vu !

Un projecteur plongeait sur Anthony, les bras en V. Le choix de la récompense amusait le public et troublait les coureurs, soudain plus attentifs à la dernière place qu'à la première. L'habile Berretrot, réconforté par l'enveloppe de son pourcentage de 10 %, entretenait l'intérêt en égrenant les mètres à parcourir :

— 3 500… Dans 2 000 mètres, cent dollars au dernier… 1 200 mètres, trois tours…

Anthony jubilait. À l'annonce du dernier tour, sans une chance d'être entendu, il criait :

— Deux cents dollars ! Deux cents !

Quatre coureurs bloquaient leurs freins le long de la balustrade du virage avant la ligne. Leurs roues pivotaient lentement sous leur guidon. Leurs jambes appuyaient sur les pédales pour bander la chaîne du pédalier. Le silence de l'orchestre et du public sublimait l'instant. La voix de Berretrot creva la coupole :

— Deux cents dollars… Monsieur Ford T annonce deux cents dollars !

Un maillot jaune dévala la piste. Sous le coup de la surprise, ses deux suivants glissèrent sur la pente. Le quatrième prit de l'élan en les contournant par le haut, échouant, la tête au-dessus de son cadre, dix centimètres devant l'initiateur du sprint. L'orchestre aussitôt entama la musique de *La Ruée vers l'or*, de Charlie Chaplin, grand succès des salles parisiennes. À la fin de l'épreuve des 80 kilomètres, le gagnant du prix de la lanterne rouge vint recevoir sa prime des mains du généreux donateur. Il apportait sur un plateau trois ballons de cognac. Anthony, debout, formait le T de la Ford avec la main droite posée à plat sur les doigts tendus de la gauche, face à l'objectif de Georges. En quittant le Vél' d'Hiv', il dit :

— Avec ton appareil photo je rentrerai dans mes frais et Ford me versera une prime.

Il voulait avant de rentrer à l'hôtel passer par la tour Eiffel pour regarder Paris du balcon du premier étage. Plutôt qu'un taxi étroit, il préféra la nacelle d'un fiacre ouvert sur les lumières de la capitale. Sarah, émoustillée par le cognac, applaudissait comme une enfant gâtée.

En arrivant à la gare de l'Est, le lendemain matin, Georges se réjouissait de l'enregistrement des valises en bagages accompagnés. Anthony ne portait qu'une mallette avec les accessoires de toilette. Il souhaitait cette fois un arrêt à Epernay pour visiter une cave de « tchampaine ». Le changement de train imposait seulement un omnibus avec dix stations au lieu de trois. Les quatre-vingt-dix minutes de la correspondance suffisaient pour parcourir les longs couloirs de réserves de fûts et de préparation des bouteilles tournées chaque jour à la main. Sarah fit provision de cartes postales de dom Pérignon, rénovateur des techniques de fabrication, et d'une boîte de biscuits de Reims pour le reste du parcours. Coiffé de sa casquette noire de Gavroche à la visière basse et à la toque gonflante, Anthony sortait du sas de démonstration avec un mathusalem et un jéroboam dans les bras, partagés avec Georges sur le chemin de la gare toute proche. Habitués aux longues distances de leur pays, monsieur et madame Morgan dormaient entre les coteaux du champagne d'Epernay. Sarah réveilla son mari en gare de Toul en s'extasiant devant la silhouette de la cathédrale, juste à temps pour que

Georges, en bordure de la Moselle, montre de l'autre côté du pont la colline de Pompey et, sur le côté, la masse noire de l'usine.

Tandis que Georges plaçait les bagages récupérés sur la plate-forme arrière, Anthony, les bras croisés, observait le tramway, debout devant la vitre du wattman, accroupi sur les flancs devant les roues. De deux coups secs du cordon de sa sonnette, le contrôleur l'incita à monter.

— On dirait un jouet d'enfant. À Chicago, le métro traverse la ville sur le Loop : c'est aussi un jeu d'enfant, mais une fusée.

Sarah trouvait que les maisons à la sortie de Nancy et dans Champigneulles ressemblaient à des dominos. Il restait à escalader le chemin du Hameau, sans les plus encombrantes valises, laissées en consigne.

Anthony, le mathusalem entre les mains, marchait vers le comptoir en criant « *Cheers* », suivi de Sarah, épanouie derrière le jéroboam, articulant avec précaution « à votre santé ». Elise pleurait, balbutiait « monsieur », « madame ». Débarrassée de sa bouteille, la sœur de Ronald l'embrassait :

— Pas madame, Sarah, Sarah et Anthony. *Happy to see you, Elise*.

Déjà, Anthony regardait les photos des vases de Gallé et Daum, complimentait Georges sans en demander davantage. Les voyageurs ne voulaient rien d'autre que s'installer dans leur chambre. Les cris de satisfaction de Sarah, accompagnée par Françoise, enchantèrent l'aubergiste, qui se détendait peu à peu après le premier contact souriant, et grâce à la présence de son aviateur.

Georges continuait sa mission d'accompagnement pour la visite de la place Stanislas, de la Pépinière, des ruelles étroites de la vieille ville, avant l'attente en gare de Ronald et Georgette, en civil cette fois, les bagages dans une malle militaire qu'ils portaient à deux.

Deux jours avant le mariage, Elise réunissait les proches du hameau pour leur présenter les Américains. Ne manquaient que Mathieu et Germaine, retenus par l'école à Nancy, Norbert, annoncé pour le lendemain. Pour faciliter les conversations chacun se servait au buffet de spécialités lorraines, réductions de quiches et de pâtés sans surprise, truite fumée fleurie de ciboulette, ravioles de géromé, lapereau en gelée, puis, présenté ensuite dans des assiettes, du gigot d'agneau à la broche accompagné d'un gratin de pommes de terre. Anthony, avant le plat chaud, glissa son nœud papillon dans une poche et ouvrit son col de chemise.

Sarah allait de l'un à l'autre sans comprendre bien les liens entre les Muller, les Fischer et même les Muller-Fischer. Elle appelait chacun par son prénom et maintenait son tutoiement, malgré les hésitations des autres. Elle ne tarissait pas de compliments sur la chambre, qualifiée par les meilleurs adjectifs. Louis, félicité pour ses conseils, partageait son mérite avec les brodeuses de rideaux, la partie la plus délicate de la décoration.

Gustave étalait sur une table les gravures de locomotives américaines apportées par Anthony grâce à Ronald. Les *double trucks* et les *pushing tanks* ressemblaient aux anciens modèles de chemins de fer français, mais les couleurs du portofolio soulignaient les pièces, de la lanterne à l'avant au balai métallique accroché au tander de l'arrière. Les noms donnaient à rêver : Santa-Fe Railroad, Sacramento Suburban, New Mexico and Southern Pacific. Alphonse voulait entraîner Ronald et son beau-frère à l'écoute de Radiola, devenue Radio PTT depuis peu, avec un programme plus étoffé.

En parlant du voyage africain de Norbert, Gisèle provoqua l'annonce par Ronald de son affectation comme attaché militaire à l'ambassade américaine à Rabat.

— C'est bien cruel de séparer un jeune couple, dit Marie.

— Nous passerons notre lune de miel dans une oasis.

— Et après ?

— Après, dit Georgette, je resterai proche, à l'hôpital de Fez, avec le renfort des troupes à engager au Maroc après la révolte d'Abd el-Krim dans le Rif.

Elise écoutait, abasourdie. Georgette la prit dans ses bras.

— Une femme ne doit-elle pas suivre son mari ?

— Pour le meilleur, pas pour le pire.

— Ronald et moi considérons cela comme une chance. En ce qui me concerne, un service outre-mer double mes annuités d'activités. Je reviendrai plus vite à la vie civile. Rassure-toi, on ne perche pas les médecins sur un chameau pour aller soigner les blessés dans le sable des djebels. On construit un hôpital provisoire à Fez avec des antennes autour de l'Atlas. Tu pourrais même venir nous voir. Tu aimes bien les dattes.

L'ambiance joyeuse de la soirée estompait ce délicat instant. Anthony, conscient du moment de flottement, revint en chantant de la cuisine en portant à bout de bras, sans le secouer, son précieux mathusalem. Il entretenait l'attente en comptant les secondes pour enlever le bouchon. Les autres criaient « neuf » quand gicla la mousse du champagne habilement recueillie dans une coupe par Georgette, épanouie, qui la tendit à Elise.

# 8

## Le foie gras aux épices

Les garçons et les fillettes des rues latérales à la descente du Hameau rejoignaient la noce groupée sans ordre derrière les mariés en uniforme de cérémonie. Ils lançaient des serpentins qu'Anthony s'amusait à s'enrouler autour d'un avant-bras. Des invités attendaient sur le seuil de la mairie. Georgette souriait à des connaissances reconnues, Ronald agitait la main droite, évasivement.

Dans la salle des mariages, deux violons et deux flûtistes de l'harmonie municipale donnaient l'ambiance musicale à la seule cérémonie civile. Après la lecture des textes officiels, l'échange des consentements et des alliances, le maire, devant un public dense, parfois debout, prit la parole :

— *Welcome to you, sir, and to your family.*

Anthony applaudit. L'orateur continua :

— Madame Peterson, vous ajoutez un nouveau nom à ceux qui appartiennent à l'histoire vivante de Pompey, Fischer, Muller, Colin. Votre père, tragiquement décédé à la coulée, votre témoin, Léon Muller, un des héros de l'aventure de la tour Eiffel, figurent en bonne place dans la mémoire de la commune et de notre usine. Votre mère, dans une auberge du Hameau, accueille les meilleurs moments de la vie locale.

Georges, posté derrière le maire, le photographiait de dos face aux mariés puis avec l'ensemble de l'assistance, attentive au propos municipal :

— Médecin militaire, revenu avec vos troupes de l'occupation, sans grand succès, de la Ruhr, vous rejoindrez bientôt nos soldats au Maroc où commande, pour l'instant, un grand Lorrain, le maréchal Lyautey. Peut-être demain suivrez-vous votre époux dans ce pays dynamique dont la France apprécia l'efficace solidarité. Où que vous soyez, n'oubliez pas notre courbe de la Moselle, le sifflet de nos hauts-fourneaux, le mirabellier qui a survécu aux rafales de mitrailleuse. Partout, soyez heureuse !

La salle applaudit, soutenue par un air plus rythmé, inspiré par le jazz de la formation de l'harmonie. En bas du perron de la mairie, alertés par Alphonse, attendaient les porte-drapeaux des sociétés d'anciens combattants, avec au milieu de chaque rangée une bannière étoilée, saluée au passage par Anthony, une main sur le cœur. Des enfants, après leurs serpentins, lançaient du riz, récoltaient des dragées éparpillées par Marthe et Marie. Jusqu'à la maison de Léon, ils accompagnèrent la famille grossie des personnes invitées à l'apéritif, qu'on commençait à appeler le lunch, servi dans le restaurant à l'écart de la table en fer à cheval du repas.

Avec les félicitations, Ronald recueillait des échos sur la jeunesse de Georgette, le temps des vignes et des tonneliers Colin. Des amies, encore endeuillées, évoquaient la mort d'un mari sur un champ de bataille. D'autres, timidement, présentaient le remplaçant. Un clan d'enseignants se formait autour de Marthe, Mathieu et Germaine, affrontés à l'arrivée dans les petites classes des enfants nés après 1918. Georges présentait à des amateurs son nouvel appareil de travail, un boîtier plat de la taille d'une main, avec un objectif mobile pour les prises de vues rapprochées ou larges. Personne ne connaissait le nom de Leica, jeune société allemande concurrente de l'américain Kodak. Toujours, quelqu'un ajoutait « clic-clac ».

Anthony, assis à califourchon sur une chaise, immobilisait Léon pour connaître cette aventure de la tour Eiffel évoquée par le maire. Il n'imaginait pas le nombre de boulons, rivets, équerres d'assemblage et barres en tous genres fournis par l'usine. Léon s'interrogeait sur l'opinion d'un Américain devant ces ateliers sombres, les massifs hauts-fourneaux.

— À Detroit, Ford veut de la lumière et de l'espace. C'est plus facile avec des châssis de voitures qu'avec des poutrelles de pont ou des blindages pour un cuirassé. Autour du lac Érié, vers Cleveland, nous avons nos Pompey chenus et poussifs, encore fatigués par les efforts pendant la guerre. Les boss commandaient dans la Somme et dans la Meuse : ils en veulent, ils modernisent, ils encouragent les laboratoires. C'est la meilleure façon *to make money*.

Sarah parlait mode avec Pauline, en tailleur parmi les robes longues, les jambes moulées dans des bas résille, la nuque dégagée et rasée sous des cheveux courts taillés à angle droit sur les oreilles. La femme de Louis comptait parmi les Nancéiennes ferventes de la mode nouvelle. Grande, mince, elle tenait la dragée haute à ses rivales sans disposer des mêmes moyens. Elle compensait par des accessoires et des jeux de couleurs les tissus ou les coupes mieux assurés des jeunes bourgeoises. Son goût des tendances du moment se manifestait surtout dans ses lectures, son attrait pour le cinéma d'avant-garde, une peinture débarrassée des poncifs du début du siècle. Ses connaissances dans ces domaines influençaient Louis, soumis au moule plus traditionnel des productions de Majorelle. Son allure désinvolte encourageait Sarah à une visite des boutiques de couturiers à son passage à Paris :

— N'alertez pas Anthony, que je lui fasse le coup lors de mon prochain anniversaire.

La sœur de Ronald espérait au passage à Paris visiter deux ou trois boutiques des couturières réputées. Elle précisait : « sans acheter »…

Au début du repas, le marbré de foie gras aux épices offrait un jeu gastronomique à la table de dix-huit couverts. Le premier, Ronald reconnut le gingembre bien discret dans le mélange :

— C'est normal que le marié trouve ce qui lui servira ce soir ! cria Gustave, frappé sur le bras par Marthe, faussement choquée.

On se disputait, la fourchette à la main, la découverte de la muscade et de la cannelle parmi les douze ingrédients annoncés par Françoise, qui contrôlait le service. Norbert se leva, un carré de marbré au bout de son couteau.

— Eurêka ! Il y a aussi du foie de canard !

Pendant le trou normand servi à la mirabelle, Elise apporta à Georgette un bouquet de violettes séchées, vestige de mariage transmis de longue date dans la famille Colin, dont elle était la dernière, par alliance. Léon en profita pour rappeler les mariages d'avant guerre au Hameau, la remontée de la noce sur le chemin herbeux devenu une rue, le violoneux tournant autour des mariés, le ruban de soie coupé devant la maison par l'heureux élu.

Au fil du repas, les conversations se fragmentaient entre voisins de table. Anthony découvrait l'activité automobile de Norbert. Il connaissait la réussite des modèles d'André Citroën, visiteur de l'usine de Detroit deux ans plus tôt :

— La France possède de bons constructeurs dans le luxe et dans le populaire. En véhicules de course aussi, mais vous n'avez pas gagné les 24 Heures du Mans : une Bentley a remporté les dernières devant une De Dietrich, française…

— Lorraine-Dietrich et, plus simplement, la Lorraine.

— Comme la quiche ?

— C'est une marque d'origine alsacienne, fabriquée en partie à vingt kilomètres d'ici.

Sarah, pour un auditoire élargi, annonçait son obligation d'abandonner la moitié de ses bagages pour emprunter le vol Paris-Londres :

— Demain, nous trierons mes affaires et celles d'Anthony, pulls, corsages, écharpes, vêtements de sport. Nous jouerons à la marchande, mais ce sera gratuit.

— Heureusement, dit Marthe, avec un change de plus de vingt francs pour un dollar !

— La France mange son pain noir, répondit Ronald. Ce n'est pas fini : le gouvernement veut imposer le pain noir pour limiter les importations de blé. Nous l'avons aujourd'hui échappé belle : il restreint à deux plats le menu des restaurants.

— Ici, ce sera même plat unique, ajouta Elise : potée, choucroute, baeckeofe, cassoulet. L'État vit au-dessus de ses moyens, pas mes clients.

Alphonse, essoufflé, lançait :

— Il paraît que nous avons gagné la guerre !

Après le dessert, arrivait l'instant du laïus du chef de famille. Léon, la serviette encore nouée autour du cou après la crème de la pièce montée, se leva en ajustant convenablement le col de son veston.

— Que dire de plus, mes amis, après le discours du maire ? Ronald est des nôtres. Les adorables Sarah et Anthony sont dignes du Hameau. Nous aurons d'autres repas de famille. À mon âge, deux plats suffisent. Le pain noir du président du Conseil, monsieur Painlevé, le mal-nommé, convient mieux à mes vieilles dents. Ce que je crains, c'est que cette noce soit la dernière entre nous, non par la faute des anciens qui s'accrochent mais par celle des jeunes qui s'éloignent. Les Muller, pour ne citer qu'eux, perchent en haut de Pompey depuis plus de cent ans. Sauf exception, je ne reçois plus de visiteurs mais des cartes postales de Touareg du Niger, de mamelouks d'Istanbul, de buveurs de bière de Düsseldorf, et, bientôt, de Bédouins d'un djebel marocain. On me demande pourquoi je ne plante plus de mirabelliers comme le fit mon père. Parce que la terre est basse, parce que vous les jeunes, vous achèterez désormais vos confiture dans des pots si le président du Conseil n'utilise pas les élastiques pour nous serrer encore plus la ceinture !

Les invités, retenant surtout l'humour final du propos, applaudirent sans que personne souhaite ajouter un mot.

L'orchestre jouait en sourdine. Léon, pour effacer la nostalgie de son intervention, ouvrait le tour des chansons, avec une rengaine connue de tous et propice aux battements de mains et de pieds : « Avec l'ami Bidasse, on' n'se quitte jamais attendu qu'on est... » La table enchaînait aussitôt en ajoutant plusieurs mesures au chef-lieu du Pas-de-Calais. Anthony, debout, battait la mesure. À la deuxième reprise, il se joignit au chœur en plantant, au milieu des rues de Toulon, un ami Mélasse, les bras ballants. Les refrains de Léon terminés, le beau-frère invita la mariée pour la première valse. La robe de tulle de Georgette, débarrassée de son uniforme depuis le retour de la mairie, voletait dans l'air romantique du *Beau Danube bleu*. Habitué au charleston, son cavalier freinait les tourbillons par des tours de valse lente, offrant un bel instant de détente. Georges rejoignit le couple avec Pauline, mal à l'aise sur ses hauts talons. Aux dernières notes de l'orchestre, il resta sur la piste avec sa partenaire. Puis, soutenu par une trompette derrière lui, il chanta en présentant le visage de Pauline :

— « Elle s'était fait couper les ch'veux, pour être à la mode, commode... »

La nouvelle scie provoquant le même effet que le natif d'Arras, la noce reprit :

— « Elle s'était fait couper les ch'veux... »

Applaudie, Pauline souriait comme un mannequin de défilé.

De vieux succès, dansés ensemble par Marthe et Marie, Gisèle et Elise, alternaient avec des rythmes nouveaux de one-step, javas et rumbas. Plus jeune des invitées, Pauline ne quittait pas la piste, invitée par son mari, Mathieu, Ronald, Norbert, nullement perturbé par l'absence de Nicole. Tous s'écartèrent quand Anthony et Sarah, avec une solennité de professionnels, commencèrent une démonstration de charleston. Alphonse racontait à Léon un écho de Radio

PTT : le record du marathon de la danse à New York avec quatre-vingt-dix heures et dix minutes par une femme de Cleveland, mais avec un mort et quatre concurrents placés sous respiration artificielle. Le couple américain revenait vers la table avec le jéroboam d'Epernay récupéré dans un seau à glace près de l'orchestre. Sarah levait le verre de l'invité, Anthony, après l'explosion réussie du bouchon, offert à la mariée, servait le brut cuvée spéciale.

Une conversation de la veille modifiait le programme du lendemain. Le dessinateur de voitures Ford souhaitait visiter l'usine des bolides Lorraine à Lunéville, par chance sur la même ligne que Saint-Nicolas-de-Port, prévu pour une découverte de la basilique. L'horaire des trains permettait une halte de tous au sanctuaire, un déjeuner sur place et l'escapade automobile pour Anthony et Norbert. Plus que Ronald, qui connaissait les cathédrales préservées de la Picardie et les édifices gothiques d'Allemagne, Sarah s'enthousiasmait pour la nef et les vitraux du haut lieu des pèlerinages lorrains. Elle ne voyait guère de ressemblance entre le saint patron régional, évêque de Myre, et le Santa Claus de chez elle, confondu par la barbe et les vêtements avec le bonhomme de Christmas. Un vicaire, heureux de rencontrer des Américains, conseilla à Georges, qui menait le groupe, de pousser jusqu'à la brasserie pour admirer les vitraux plus modernes de Jacques Gruber. Sur place, la jeune mariée dit aux autres, devant le tableau de la dame à la hâlette qui portait un plateau avec une cruche et du paysan en canotier levant un verre bien mousseux.

— Je vous présente les parents de Léon. Ils cultivaient la vigne et pas le houblon mais ils ressemblaient à cela.

Sarah regrettait l'absence de cartes postales.

Anthony choisit de gagner Lunéville sans perdre de temps au restaurant. Norbert acheta pour le casse-croûte des pâtés en croûte, spécialité locale, et deux chaussons aux pommes.

Découverte pour son compagnon :

— Je suis comme une curiosité papoue ou guatémaltèque, disait celui-ci, en constatant l'accueil réservé à la porte de l'usine de Dietrich quand il se déclara américain.

— Je vais signaler votre présence à la direction, dit le concierge.

Le lien surprenait les deux visiteurs. Entre les ateliers plats s'étiraient des voies ferrées et des rangées de wagons de marchandises ou de voyageurs.

— *Hello*, dit un des fils De Dietrich, en approchant. Vous vous intéressez aux chemins de fer ?

— Non. Anthony Morgan, ingénieur de Ford à Detroit. Mon ami Norbert, mécanicien de la Croisière noire d'André Citroën.

— Fichtre, quelle concurrence ! Bienvenue à vous. Nous traverserons les hangars de la partie de l'usine que le personnel appelle « les Wagons » et nous trouverons l'atelier de nos voitures.

Il expliquait le partage entre Lunéville et l'Alsace de la partie lourde de l'entreprise et le secteur automobile :

— Pour justifier la réputation des Lorraine, nous gardons ici des équipes pour la mécanique et les accessoires.

C'était un domaine différent, ouvert par un hall d'exposition : modèle De Dietrich-Amédée Bollée de 1897, série de 6 SHP, 9 HP, 18 HP, dont les noms rappelaient à Norbert le catalogue Citroën, Lorraine-De Dietrich de 1906, prototype de luxe de 1919, pour rivaliser avec les Hispano-Suiza, la 15 HP, deuxième derrière la Bentley aux 24 Heures du Mans.

— Les journaux en ont parlé à Detroit, ce qui explique ma curiosité.

Anthony regardait le tableau d'honneur de la maison dans les courses et les records : Moscou-Saint-Pétersbourg, Paris-Nice, Paris-Madrid, 3 heures à 152,593 de moyenne, 6 heures à 138,894.

— Vous souriez ? demandait le directeur.

— À chacun ses barèmes. A Detroit, quand vous franchissez le pavillon des bureaux patronaux, un tableau lumineux à cinq chiffres indique heure par heure le nombre de Ford T vendues entre la côte est et la côte ouest. Norbert, crois-tu que la petite Citron nous rattrapera un jour ?

Anthony appréciait l'ambiance de laboratoire de la salle des Lorraine. Des mécaniciens sur des établis personnels préparaient des pièces de rechange avec des outils pris sur un présentoir collectif. Des dessinateurs modifiaient d'après des plans anciens la courbure d'un rétroviseur ou le profilé d'un phare. Leur confrère de Detroit commentait :

— Mes concitoyens, qui rivalisent avec leurs voisins par carrosseries interposées, aiment les formes rebondies des coffres arrière, des ailes et des capots. Nos voitures sont lourdes mais pas autorisées à la vitesse. Pour la course, l'aérodynamisme est primordial : à Daytona, les engins ressemblent à de gros cigares ou à de petites fusées.

Dans le hall, une bouteille de champagne attendait les visiteurs sur une table basse cernée de banquettes de limousines. Le fils De Dietrich interrogeait Norbert, intéressé mais discret. L'expérience des autochenilles de l'aventure africaine l'intéressait plus que le montage de la 5 HP. Il s'étonnait qu'un seul mécanicien accompagne chaque véhicule lancé sur les pistes :

— Ils reçoivent, comme moi avant mon séjour au Niger, une formation particulière sur le moteur, la suspension, les roues motrices, les chenilles. On dirait qu'ils savent changer un élément les yeux fermés, dans le minimum de temps car il faut courir contre le soleil.

Anthony parla de sa soirée au Vél' d'Hiv' et découvrit que le mot, qui le troublait, signifiait « vélodrome d'hiver ». Le directeur évoquait un projet de construction de wagons de luxe pour les lignes internationales :

— Je me rends demain à l'exposition des arts décoratifs à Paris pour rencontrer le verrier Lalique, qui réalisera des panneaux pour les voitures-salons ou restaurants. Je vous propose, messieurs, de vous reconduire en voiture à Pompey. Je ne vous imposerai pas les « baquets » de nos Lorraine. Ma 15 HP dispose de sièges de cuir et de longerons de châssis qui assouplissent la suspension.

Le constructeur, laissant son siège au chauffeur, prit le volant, pour un début de parcours touristique, avec une halte devant le château de Lunéville puis une autre au sommet de la butte du Léomont.

Anthony s'étonnait de la superposition pour la découverte du panorama sur les espaces cicatrisés de la bataille de 1914 au Grand-Couronné. De Dietrich dit qu'en stoppant les régiments allemands devant

Nancy, la Division de Fer avait sauvé Paris en permettant des déploiements sur la Meuse, l'Aisne et la Marne. Norbert, montrant des mirabelliers sur les arêtes des monts, présentait les charmes méconnus de la Lorraine :

— Ici, on nous imagine toujours transis, avec la goutte au nez. Le soleil est souvent au rendez-vous, sinon il n'y aurait pas ici de fruits d'or. Les rivières abondent, les étangs aussi ou les lacs, près des montagnes des Vosges. Même avec les destructions de la guerre, la région reste une des plus boisées de France.

Anthony trouvait au panorama du Léomont une ressemblance avec les vallonnements du Vermont et de la Pennsylvanie, pas éloignée de chez lui.

La route, après d'autres collines, longeait un canal puis arrivait au port de Dombasle, centre de l'active batellerie. Soudain le moteur toussota, l'accélérateur resta sans effet. Après quelques essais de relance, le pilote arrêta la voiture à l'écart d'une péniche qui chargeait de la soude. Il retint le chauffeur et pria Norbert de lever le capot. Le mécanicien de la petite Citron ouvrit la boîte d'outils placée sur le marchepied. Le moteur ronronnait avec des essoufflements répétés.

— Coupez ! cria Norbert.

Il se pencha dans le trou sombre des soupapes et pistons. La clef tournait en tête de l'injecteur, lentement, avec force. Il lança :

— Moteur !

Le chauffeur obéit instantanément, relançant une mécanique libérée de son inconvénient.

— Alors ? demanda le patron.

— Un écrou desserré livrait passage à de l'air, d'où les saccades.

— Pas mal. Je serais mort de honte de vous ramener à Nancy en faisant du stop avec une péniche.

Devant l'usine de Pompey, Norbert suggéra que le chauffeur, revenu à son volant, laisse ses passagers.

— Où habitez-vous ? demanda le directeur.

— Sur la colline. Après la route, ce n'est qu'un chemin.

— Chers amis, la 15 HP Lorraine doit sa réputation à son accélération, bien vérifiée, merci, et à sa puissance en côte. Allons-y.

Vers le bas, quelques poules s'éparpillèrent au bruit du véhicule. Léon, assis près de son mirabellier amputé, se leva, abasourdi. Devant la Cure d'Air apparut Georges, sorti précipitamment, le viseur à l'œil pour photographier l'événement. Ravi au milieu de la famille épatée, Anthony serra la main de l'industriel.

— Ajoutez donc sur le tableau d'honneur de votre hall : course de côte du Hameau des mirabelliers.

Déjà Elise proposait l'apéritif et Françoise des petits carrés de pain avec les restes de foie gras aux épices. Norbert marchait avec le fils De Dietrich autour de la limousine. Il écoutait :

— Le hasard fait bien les choses. Cet écrou mal vissé a montré votre talent. Perspicacité, calme, vitesse, efficacité. Ce sont les qualités exigées de nos mécaniciens sur nos circuits. Je veux gagner les 24 Heures du Mans et même placer deux voitures en tête. Soyons brefs : voulez-vous en être ?

Norbert regardait devant lui la cuvette de sa ville. Il pensait aux propos de Léon pendant la noce sur l'exil des jeunes. Rien ne le retenait particulièrement à Paris, sinon les copains de travail, la faveur du père La Dune.

— Je comprends ces hésitations. Pour le salaire, je vous assure au moins l'équivalence, et plus si mon barème n'est pas atteint. Vous signerez un contrat avec la société De Dietrich qui assurera, si elle abandonne l'automobile, ce que je n'espère pas, un emploi de qualité dans ses autres productions. Un mécano lorrain sur un moteur de Lorraine, ça ne se refuse pas.

— Pas d'essai ? dit Norbert, toujours perplexe.

— Celui de la route me suffit. Marié ?

— Non.

— Je loue des appartements à Lunéville. On vous aidera pour les meubles.

La pensée du pavillon de Paris, désolé avec sa décoration inachevée, décida le garçon :

— Je commence quand ?

— Le plus vite possible. Le temps presse : je veux battre les Bentley, Peugeot, Alfa Romeo et Mercedes. Préparez-vous à la grosse prime.

Dans le restaurant, Sarah et Anthony allégeaient leurs bagages, méthodiquement. Par catégorie les tables présentaient des pantoufles, bas, chaussettes, ou des cravates et des chemises, des corsages, foulards, combinaisons et soutiens-gorge. Sarah riait des choses inutiles apportées. La couleur ne manquait pas, ni sur les écharpes ni sur les sous-vêtements. Norbert choisit une casquette noire à la large visière sous l'inscription « Ford T » dans le caractère de la marque. Pauline trouvait à son goût les balconnets décorés de diablotins. Les dames mûres appréciaient les couleurs de tissus rajeunissants. Léon trouvait à sa pointure des pantoufles à crochets qui montaient comme des snow-boots. Anthony accompagna les automobilistes à leur voiture après un au revoir complice au nouveau collaborateur.

Les tables débarrassées, Sarah annonça :

— La valise vide revient à Georges, qui l'a beaucoup portée quand elle était pleine.

Pendant le dîner d'adieu, Norbert en servant le vin se pencha vers Léon :

— J'ai suivi tes conseils. Préviens ma mère. Je vais travailler pour les Lorraine à Lunéville. Tu peux me loger quelque temps ?

Léon lui serra la main.

— Tu es chez toi au Hameau.

# 9

# La lettre d'Anthony

L'escalade de la 15 HP De Dietrich jusqu'à la Cure d'Air apportait un argument de poids à quelques conseillers municipaux qui souhaitaient prolonger la route jusqu'au sommet. Cette initiative correspondait aux vœux des habitants des rues voisines en contrebas, des services publics de la voirie et de la poste, des pompiers surtout, argument majeur. Dans une réunion de consultation des habitants, Alphonse s'opposa au projet, qui menaçait de brouillage, par des passages de véhicules, la réception radiophonique. Il joignit sa voix négative au vote de quelques parents soucieux de la sécurité des enfants. Elise prenait à sa charge l'aménagement d'une aire de stationnement réalisée sans grands frais avec l'aide des rouleaux compresseurs de la ville et l'appui financier du concessionnaire Citroën de Nancy, qui plaçait des panneaux de la marque pour la signalisation. Léon regrettait le refus de la municipalité de planter au-delà de la Cure d'Air un espace de mirabelliers qui préserverait le nom du Hameau pour quelque temps.

Pauline inaugura le parc à voitures avec trois conduites intérieures amenant de Nancy, pour un après-midi de réflexion, ses amis d'un Comité d'action artistique et littéraire. Elle était la seule femme de ce groupe attaché à montrer les tendances nouvelles de la peinture, de la musique, le progrès du cinéma naissant, dans une ville ronronnant dans le prestige, dépassé, de son École de 1900. Elle adhérait à leur action depuis une soirée publique consacrée au réalisateur Jean Epstein, à son film *L'Auberge rouge*, à son livre *Bonjour cinéma.* Ce collaborateur, d'origine polonaise, des frères Lumière revendiquait le terme d'art pour ses œuvres et celles de ses confrères, à commencer par *La Roue*, d'Abel Gance, projetée dans le même programme. Enchantée par ses découvertes, Pauline adhéra au Comité Nancy-Paris par opposition à un public conventionnel qui disait préférer Guignol. La complicité décupla quand les visiteurs d'une exposition parlèrent d'une « cacophonie visuelle » à propos de tableaux d'artistes nouveaux, Matisse, Signac, Segonzac. Elle-même fut huée, sifflée dans une présentation du roman de Victor Margueritte, *La Garçonne*. C'est après cela qu'elle s'était fait... couper les cheveux, comme chanta la noce de Georgette.

Louis ne manquait aucune des soirées ou des expositions des amis de Pauline, architectes, peintres, journalistes, décorateurs. Dans leurs divers domaines, ils montraient les distances prises par un art nouveau avec la glorieuse période de l'École de Nancy, soudain considérée comme style guimauve par les esthètes des revues d'art conquis par la sobriété des ateliers berlinois.

Cette évolution perturbait son patron, Louis Majorelle, éprouvé par la guerre, diminué par la maladie mais toujours soucieux de création. Dans les ateliers de la rue du Vieil-Aître, détruits par les bombardements en 1916 avec les archives, les dessins, les moules et les réserves de bois, puis reconstruits à la hâte, les formes et les matériaux allégeaient un mobilier trop monumental pour les besoins de l'espace moderne. Une clientèle différente de grandes sociétés réclamait des bureaux sans surcharge de décoration, élégants et flatteurs dans le cadre rigide des lignes verticales.

Avec son patron, Louis estimait qu'une rétrospective du mobilier créé à Nancy entre 1890 et 1910 à l'Exposition internationale des arts décoratifs entretiendrait la nostalgie et la différence. Il tenait à juger sur place au Grand Palais et au quai d'Orsay : Pauline, attentive aux modes et nouvelles de Paris, l'encourageait à un séjour prolongé, sans dommage pour Pierre, en vacances studieuses chez sa grand-mère.

Georges, habitué à cela, hébergeait volontiers ses amis, libres de leur emploi du temps, entre ses vols imprévus. La manifestation, ouverte pendant sept mois, occupait un grand espace des deux côtés de la Seine, du cours de la Reine à l'esplanade des Invalides, avec le pont Alexandre III entre le Grand Palais et les immeubles du quai d'Orsay destinés ensuite au ministère des Affaires étrangères. Le pavillon de Nancy et de l'est de la France symbolisait sur son fronton l'esprit industriel du mouvement artistique dirigé par Émile Gallé. Majorelle tenait fidèlement à la charte, répétant avec force que, de cette École, découlait le foisonnement des créateurs présents, même s'ils se présentaient comme décorateurs au lieu d'ébénistes.

Pauline détaillait une salle à manger à laquelle avait collaboré son mari dans les mélanges d'ébène, de macassar, amarante et noyer d'Amérique. Elle trouvait, malgré la discrétion des incrustations de nacre et d'argent, l'ensemble inachevé dans l'évolution. Louis, proche de son avis, proposa de revenir au pavillon après une visite instructive des stands des autres exposants. Le commissaire général de l'exposition, Jacques-Émile Ruhlmann, obtenait le plus vif succès avec la démonstration de ses lignes dépouillées.

— Ici nous en sommes loin, disait Louis.

Dès la première halte, Pauline buta sur le mot « galuchat », écrit dans la description d'un coussin de fauteuil.

— Si c'est une colle, raté, sourit son mari. Il s'agit d'une matière préparée à partir de peau de raie ou de requin, inventée par un monsieur Galuchat.

Un des exposants, tout proche, applaudit doucement :

— Bravo. On ne trouverait pas un visiteur sur dix mille pour connaître la réponse. Vous êtes décorateur ?

— Ébéniste.

— Vieille école. Chez qui ?

— Majorelle, à Nancy.

— Bonjour, collègue. Je suis l'assistant de Ruhlmann. J'entre chez Majorelle après l'Exposition. À bientôt donc, ajouta-t-il rapidement avant de donner le prix d'un fauteuil à des visiteurs.

Cette nouvelle réjouissait Louis. En marchant vers la Seine et le pont Alexandre III, il confia à Pauline :

— Je pensais un peu quitter la maison Majorelle. Comme tu le constatais devant la salle à manger du pavillon de Nancy, je sens que nous allons de l'avant en freinant beaucoup. La suppression du décor floral dans ses meubles donne la même amertume à Louis Majorelle que les mirabelliers du Hameau à Léon. Je résistais par respect pour cet homme opiniâtre.

— Je déménagerais volontiers à Paris. Cette effervescence à portée du regard est tonique.

— Nous sommes là pour tout voir.

Le pont Alexandre III facilitait le lèche-vitrines avec ses boutiques alignées en un Rialto cossu. Des marques à la mode et des commerçants anonymes proposaient bijoux, colifichets, assiettes décorées des pavillons étrangers, Suède, Autriche, Italie. Discrètes, des vitrines offraient un large choix de sandwiches et de viennoiseries. Les Nancéiens, sans presser le pas, marchèrent vers les trois péniches, *Amours, Délices* et *Orgues*, frétées par le couturier Paul Poiret. Elles occupaient une belle longueur de quai.

— Enfin de vrais chiffons ! criait Pauline, la première passerelle passée.

Transformé en salon, l'espace de la cale ressemblait à l'univers des pages de mode des magazines *Vogue* ou *Femina*. Sans craindre la concurrence, l'inventif Poiret présentait, parmi les siennes, des créations de Chanel, Van Dongen, Patou, Jacques Heim, Molyneux. Des silhouettes en bois représentaient la vedette de tennis Suzanne Lenglen, championne du monde sur terre battue, cinq fois gagnante à Wimbledon. Sa jupe de soie blanche plissée, son cardigan sans manches avec un bandeau orange, révélés sur les cours, symbolisaient les tenues habituelles des élégantes sur les planches de Deauville ou les rochers de Biarritz. Les modèles présentaient les chutes droites des tissus, les motifs géométriques des sweaters. Pauline, sans lâcher la main de son mari, tournoyait entre les robes en taffetas vert, sans taille ni ceinture, vestes de coton rouge pastèque à revers de crêpe noir, bas tyroliens ou de couleur gravier rose, fourrures de panthère, zibeline, chinchilla. Derrière un cheval de course monté par un mannequin dans un ensemble marron voisin de la robe, un espace suggérait l'ingéniosité aux visiteurs aux bourses modestes, trois corsages taillés dans la toile de lin d'un drap de lit de vieux trousseau, des jupes en wassingue noire, inspiratrice aussi des grands couturiers.

Pauline bravait les regards des gardiennes pour porter un instant les chapeaux des modistes à la mode. La cloche, courante à Nancy, modifiait la ligne habituelle avec un bord arrière tombant sur le col et un bord avant en large visière couvrant le visage jusqu'à mi-hauteur du nez. Elle retint l'idée d'une écharpe rouge enveloppant le feutre pour tomber sur l'épaule.

Louis soupirait :

— Tu me ruinerais si nous habitions Paris.

Il entraînait son élégante vers le pavillon de l'Esprit, présenté par l'architecte Le Corbusier.

Après les couleurs des tentures des décorations, écharpes et colifichets des péniches du couturier Poiret, on entrait dans un décor presque glacial, rigoureusement fonctionnel. Dans un espace libéré, des meubles de rangement à ossature métallique couvraient les murs, complétés par des sièges ou des tables. Un guide expliquait qu'il s'agissait d'offrir aux familles un lieu à vivre et à animer l'ensemble :

— Trop de salles à manger de cette exposition semblent réservées à des célibataires : pas de place pour une épouse, avec ses piles de linge à ranger, ni pour les enfants, qui apprennent à marcher ou cherchent une place pour apprendre leurs leçons.

Louis appréciait le principe sans soutenir l'extrême sobriété. Pauline savourait les tableaux de Fernand Léger accrochés en garniture, lumineux, en harmonie avec les textures de l'architecte. Elle s'indignait, après interrogation, que ne soient pas présentées, dans ces vastes salons, des œuvres de Picasso et Matisse.

— Pas plus, regrettait le guide, que l'école hollandaise de l'ameublement ni le productif Bauhaus de Berlin. La France mérite bien son style nouille.

Pauline, fatiguée par les allées et venues, marchait, les chaussures à la main. Louis renonça au retour vers le pavillon de Nancy, satisfait des observations faites dans les salons de Ruhlmann et de Le Corbusier. L'autobus, depuis le quai d'Orsay, les mena jusqu'au boulevard Saint-Michel pour retrouver Georges dans une brasserie alsacienne. Il attendait à la terrasse.

— Je ne bouge plus, dit Pauline effondrée sur une chaise. Je ne veux plus habiter Paris. Louis, interne-moi si j'insiste pour déménager.

— Un bon thé te remontera. Je vous ai apporté pour remettre à Elise une lettre d'Anthony écrite à son retour à Detroit.

Louis lut à haute voix :

— « *Hello, everyone !* Georges, Sarah et moi survivons. Peut-être sais-tu que notre Goliath de ta compagnie Farman a atterri une première fois en un lieu appelé Saint-Inglevert, à cause du brouillard. Avant de se poser l'avion a frôlé les ailes d'un moulin. Ce terrain de fortune n'est pas équipé mais les fermiers sont habitués à aider les naufragés du ciel. On mange chez eux à la bonne fortune, si l'on peut dire, le menu familial, ce soir-là du kipper, qui sent encore dans mon armoire à vêtements. Les logements bénéficient de lits de camp abandonnés par les boys débarqués à Calais en 1917. De l'autre côté de la Manche, à Lympe, sur une autre terre à vaches, nous avons pu comparer, cloués au sol par le vent, le hareng anglais présenté sous forme de *fish and chips*. Le retard pris nous a juste permis de passer de Croydon – aéroport international pour paysans du Danube – à la gare métallique de Victoria Station. Pendant deux jours, Sarah n'a pas quitté la cabine du paquebot. Après une soirée à la salle à manger, elle y est retournée pour cinq jours à cause de la tempête. Cent fois à notre arrivée à Detroit nos voisins ont demandé : *It was a good crossing ? Marvellous,* sans autre hareng au menu. »

Louis commanda une seconde bière, Pauline reprit du thé. Georges poursuivit la lecture :

— « Sarah ne marche plus en titubant. Elle mange des *beans* à chaque repas. À part ça, quel agréable voyage, riche en souvenirs, le Vél' d'Hiv', le gingembre du foie gras, la Lorraine qui, gonflée par Norbert, battra Bentley au Mans. Notre exilé Ronald vit dans une formidable famille, unie et plaisante. Les souvenirs des moments avec vous effacent ceux du retour, qui ne doivent pas décourager Elise de venir nous voir. Dernière précision : Sarah a perdu notre valise dans le débarquement à New York. Georges, si par brouillard, tu revois les fermiers de Saint-Inglevert, dis-leur que nous avons survécu à leur lunch. *Bye ! So long !* »

Pauline souriait :

— Je n'imagine pas Elise entre Broadway et les chutes du Niagara !

Elle retrouvait des forces pour marcher encore dans une ruelle des quais de la Seine jusqu'au restaurant choisi par Georges.

— C'est mon bougnat préféré. Il ne me livre pas son charbon, mais il sert les meilleurs tripous de Paris. Les Auvergnats envahissent la capitale. On parlera bientôt le fouchtra au lieu de l'argot.

À l'extrémité du port de la Moselle, un barrage humain bloquait le tramway, sans inquiéter Louis et Pauline venus rechercher Pierre. Une cinquantaine de manifestants tendaient des calicots et portaient des drapeaux. Nicole, que le couple ne voyait plus depuis sa séparation avec Norbert, haranguait le petit groupe, debout sur un tas de pierres :

— Camarades, exprimons notre solidarité avec les deux délégués renvoyés de l'usine de Neuves-Maisons. Dénonçons cette gangrène galopante et les prétextes abusifs des patrons pour licencier à tour de bras. Ces délégués ont commis la faute de s'opposer à la distribution de tracts favorables au régime italien. Camarades, ne soyons pas aveugles ; les capitalistes qui nous exploitent dénoncent jour après jour les bolcheviks qui libèrent le peuple. Ils ne parlent pas de la véritable menace, double maintenant avec le gouvernement fasciste de Benito Mussolini et l'agitation nazie du nommé Hitler. Obligeons le patronat, et la presse, à rejeter ces puissances activistes qui écrasent les libertés, pourchassent les juifs, les socialistes, les communistes. La menace est grave.

Le cortège formé en direction de Frouard, le suburbain agitant sa sonnette pour écarter les badauds, reprit sa marche vers le terminus. Dans une entrée de garage près de la maison de ses grands-parents, Pierre observait des gamins qui jouaient au ballon. Sans souci de la partie, il ramassa son pull qui marquait un côté du but. Il rejoignit ses parents et plongea aussitôt dans le livre des monuments de Paris. Gustave, à côté de lui, triait les prospectus récupérés par Louis à l'Exposition. Il levait les bras devant les étagères métalliques de Le Corbusier.

— Rendez-nous notre sycomore et nos écailles de tortues.

— À propos, dit Pauline, je voudrais compléter pour Louis sa leçon de vocabulaire donnée avec le galuchat. Tu ne te souviens pas, parce qu'ils t'ont échappé, des chafarcanis redessinés par Sonia Delaunay pour les soyeux de Lyon. Il s'agit d'étoffes multicolores, d'origine turque, mises à la mode par les belles Provençales à leur débarquement à Marseille. L'Arlésienne portait des chafarcanis.

Louis confia à Pierre la lecture de la lettre d'Anthony, qui amusait Marthe :

— Ne comptez pas sur moi pour accompagner Elise en Amérique. Je la perdrais certainement pendant la traversée, peut-être même avant d'embarquer.

Gustave complétait le tour des informations familiales avec la grande nouvelle venue de Rabat : le maréchal Lyautey, avant son retour en France, avait accroché la médaille coloniale sur la blouse blanche du major Georgette, récompensée après une mission dans les camps de l'armée dans les montagnes du Rif. Pour ses soins à des enfants marocains, elle devenait chevalier du Nicham el-Anouar, ordre marocain des Lumières. Gustave nuançait son propos à cause de la reprise de la fatwa, guerre sainte proclamée par le farouche Abd el-Krim. Alphonse lui fournissait de temps à autre les communiqués officiels diffusés par ses stations habituelles. Il connaissait aussi la réussite particulière d'un vol Farman entre Paris et Londres, sans autre détail à cause d'une panne d'électricité dans la maison.

Georges participait à ce raid pour en laisser des traces photographiques. Le personnel de la compagnie connaissait le projet depuis quelques semaines par la circulaire qui invitait à se présenter les candidats serveurs en vol. Les conditions limitaient l'offre aux célibataires ou aux mariés sans enfant. Elle ne concernait pas les femmes. Sur quatre-vingts candidats, deux équipes de quatre s'entraînaient depuis le jour du choix. Ils portaient des plats garnis par la cantine sur des planches en équilibre, soudain penchées par des mains puissantes. Dans les mêmes conditions ils emplissaient des verres, seulement d'eau pour les essais, essuyaient à quatre pattes les dégâts des repas renversés. Georges subissait aussi l'épreuve du toboggan pour garder l'équilibre en cadrant le plateau des apéritifs.

La compagnie Farman accélérait la date de son premier vol d'avion-restaurant, formule essayée déjà par un concurrent. Le Goliath de cette expérience embarquait douze passagers entre Paris et Londres. La suppression des six autres sièges dégageait un espace pour le rangement de la vaisselle, la réserve des marmites norvégiennes, un plateau pour dresser les assiettes avec le menu préparé par la Compagnie des wagons-lits.

Au moment de l'envol, vers 11 heures, le responsable du projet invita une secrétaire du planning à prendre la place d'un voyageur en retard. Elle fut maquillée, recoiffée en quelques secondes, enviée aussi par ses camarades de bureau. Elle compléta une des tables de quatre couverts placées à hauteur des hublots. Georges et les serveurs se serraient sur un banc de bois dans le poste de pilotage pour le décollage. Le pilote poussa son Goliath sans paliers jusqu'à la hauteur de mille mètres, où le vol plat facilitait, au-dessus de Beauvais, les prémices de l'apéritif, whisky de préférence pour les Anglais, porto pour les Français, eau minérale pour la discrète passagère. Georges profitait de la confortable stabilité de l'avion pour réaliser des photos avec la lourde boîte à plaques posée sur un trépied. Le format carré convenait aux vues générales de l'ensemble de l'espace. Il reprit la commodité du viseur du Leica, après les hors-d'œuvre, pour les tablées de coquelets aux champignons accompagnés d'une côte-de-nuits, puis pour l'assiette de viande froide que le menu n'appelait pas « anglaise ».

Après la falaise de Folkestone, le commandant prit un instant pour lever sa coupe de champagne avec les convives enchantés qui croquaient des mignardises en roulant sur la piste de Croydon. Le Goliath ne repartait que le lendemain pour un autre repas au-dessus de la Manche, avec des plats préparés par la cuisine d'un grand hôtel de Piccadilly Circus.

La gagnante du jour s'appelait Colette. Pas fille de bougnat, elle était auvergnate. Son père fabriquait du saint-nectaire. Elle vivait chez une tante à Paris, embauchée à la Compagnie des messageries aériennes après deux années d'apprentissage de la sténodactylographie. Elle restait étourdie par son baptême de l'air sans vent, ni brouillard, ni trous d'air.

Peu de femmes travaillaient à la Compagnie. Elles arrivaient avec les besoins de la sténographie et les avantages des machines à écrire sur les vieux registres à l'écriture calligraphique. Elle gardait la timidité de son origine provinciale, que sa parente corrigeait en l'entraînant sur les boulevards, dans les étages des grands magasins et, le dimanche, dans les jardins et les parcs. La tante, vraie Parigote, glissait le plus possible de mots d'argot dans sa conversation. Colette donnait l'impression d'apprendre une langue étrangère : elle parlait de tortore, mornifle ou gigolette avec les précautions d'une adolescente qui récite les verbes irréguliers anglais. À Saint-Nectaire, elle prenait de l'audace en évoquant, devant ses parents effarés, les poiscailles, la barbaque et le beaujolpif, s'interdisant l'explosif puant chez un fromager.

L'équipage du Paris-Londres et les accompagnateurs logeaient dans un hôtel voisin de la gare qui desservait Croydon. Les autres préoccupés par la réussite du repas en vol, Georges entraîna Colette dans une promenade jusqu'aux rives de la Tamise. Sa compagne prolongeait son enchantement avec la découverte des autobus rouges à impériale, des bobbies flegmatiques entre les passages des limousines et des fiacres, des rigoureuses relèves de la Garde devant le portail de l'Amirauté. Son étonnement se prolongeait devant les gabarits des bateaux glissant sur la Tamise, chalands de promenade comme sur la Seine, yachts blancs à voiles ocre, cargos immergés jusqu'à la ligne de flottaison, torpilleur marqué sur la coque de chiffres en blanc derrière les lettres *HMS* de la Home Fleet.

Non loin de la résidence du Premier ministre, au 10, Downing Street, elle était la seule femme dans le pub aux lumières tamisées, enfumé des cigares des commis de bourse, joueurs de fléchettes, consommateurs de bière brune mousseuse à la pression. Elle célébra dans les embrassades répétées les liens solides de l'amitié franco-anglaise.

Il restait un moment avant l'heure du dîner, le temps de glisser sur le lac de Saint James Park, dans la barque d'un canotier, ancien combattant en Picardie. Georges prit quelques photos de Colette qui attirait des cygnes et des canards avec une coupelle de grains de maïs. En rejoignant sa place, il prit une main de la jeune femme et l'embrassa.

— Une chance comme ça ne se laisse pas passer. Nous n'avons pas fait tout ce tour pour rien.

Elle souriait, les yeux brillants, une mèche blonde dans le vent léger. Elle tint les joues de son compagnon pendant qu'il parlait. Le canotier, sans autre référence, chantait à tout va : *O sole mio !*

Parmi les pigeons londoniens, le premier baiser amoureux semblait vénitien.

# 10

## Les 24 Heures des « Lorraine »

— Magnifique ! Mais ça fait du bien de s'arrêter.

Le visage de Louis passait du rouge au vert puis du jaune au bleu sous le reflet des projecteurs. Le silence succédait aux dix minutes de rythmes effrénés des trompettistes noirs et de leurs voisins des cymbales et des batteries soutenues par les battements de mains et de pieds du cabaret Chez Joséphine. La reine du lieu, vedette de la Revue nègre du Théâtre des Champs-Elysées, prolongeait son succès dans un des établissements, opportunément rebaptisé. On l'attendait en scène après des instants plus doux réservés à des slows et des blues pour les amateurs de danse.

Le repaire de Joséphine Baker convenait bien à ces circonstances qui réunissaient, à Paris, Louis, Pauline, Norbert, Georges et sa compagne Colette : les Parigots, disait Léon.

Norbert reprenait le train pour Lunéville le lendemain après des essais de la Lorraine sur le circuit de vitesse de Linas-Montlhéry, anneau de tous les records. Louis accompagnait sa femme venue vérifier l'envoi de toiles pour une exposition du Comité Nancy-Paris.

Colette partageait l'appartement de Georges, pas plus éloigné des bureaux de la Compagnie au Bourget que du terrain de Toussus-le-Noble. Ils aimaient traverser Paris sur les nouvelles plates-formes des autobus, agréables dans l'air matinal, vitrées aux moins beaux jours. Les activités du photographe rythmaient la vie quotidienne, repas en commun à la cantine, retours partagés, nuits solitaires en cas de vols prolongés. Les nouveaux bimoteurs de Farman permettaient des liaisons directes de près de mille kilomètres avec plus de vingt passagers à bord, des repas, quelquefois des collations, toujours servis par des employés que la mode appelait stewards. Colette s'indignait que ce rôle soit refusé aux femmes, pas assez résistantes, disaient les responsables, pour la gymnastique entre les tables.

Pauline et Louis achevaient sur un tour lent l'air de *Sur les bords de la Riviera* quand l'orchestre, enchaînant sans transition, cuivres et tambours amplifiés par les microphones, annonça le numéro de la Miss. Sur un accompagnement en sourdine, elle glissait sur la scène, sculpturale, féline, langoureuse et provocante. Des plumes vertes ceinturaient sa nudité, l'auréole d'un projecteur reflétait le laqué noir de son crâne. Elle achevait son entrée à quatre pattes en agitant son paréo feuillu et le reste. Elle se relevait en même temps que les musiciens en habits rouges, debout, déchaînaient leurs saxophones. Les seins tendus, elle offrait le frémissement de son ventre, l'ondulation provocante de ses cuisses moulées. Le silence du public figé dans la magie du corps impressionnait.

Elle l'encourageait d'une main langoureusement tendue et par des mouvements de ses yeux provocateurs. Son numéro s'achevait sur la même mise en scène que l'entrée, avec une lente glissade de femelle de la brousse, assouvie.

Debout, la salle exultait, entraînée dans sa liesse par le jeu tournoyant des projecteurs bigarrés et le roulement de mélopée du plus gros tambour de la batterie. Certains criaient « Une autre ! une autre ! » Tous espéraient un retour sur la scène pour simplement un salut. La répétition des trois spectacles de la soirée empêchait tout supplément à l'horaire établi. Déjà les serveurs se préparaient à dresser le service de la séance suivante.

Le spectacle partageait la tablée. Norbert, le plus enthousiaste, accompagnait de battements de mains le fond sonore des timbaliers. Louis se réjouissait des applaudissements satisfaits de Pauline. Georges, plus circonspect, observait la moue sceptique de Colette, soudain volubile :

— Il manque une lanterne, ou un numéro, à côté de l'enseigne Chez Joséphine. Ce n'est pas du racolage, parce que ici, semble-t-il, les messieurs ne montent pas. Je cherche le mot. Cochonnerie ne convient pas. Pornographie ? Je dirai esclavage de la femme, livrée aux regards de tous, comme une panthère noire en chaleur.

Pauline tapotait des doigts d'une main sur la nappe. Louis attendait la réplique, qui vint, toute en douceur sereine :

— Ma chère Colette, à part Rodogune, Esther, Chimène, on ne voyait en scène jusqu'à présent que des femmes qui montraient leurs dentelles entre les fesses dans le french cancan ou les bécasses des revues pour bidasses. Souvent, on les évoquait par des allusions de comiques troupiers. « Oh, joue-moi-z-en d'la trompette », ce n'est pas un appel aux armes… Enfin une femme, fière de son corps, libérée de toutes les chaînes, offre avec une rare élégance l'affirmation de son sexe, la beauté du corps. Je ne cherche pas mes mots : j'appelle cela de l'art, nouveau lui aussi, à classer entre la musique, la peinture et la danse nouvelle.

— Tu t'offrirais ainsi sur les tréteaux de Chez Pauline ?

— Avec mes moyens, je demanderais seulement à Louis de me passer en revue. S'il applaudit, comme ce soir, je ne perdrais pas mon temps, ni pendant, ni après.

Georges, dès le dernier mot, entraîna Colette sur la piste de danse. En rejoignant les autres, celle-ci souriait :

— Nous avons décidé de nous marier.

— Ce sera une noce de plus à la Cure d'Air, contrairement à ce que craignait Léon.

— Il n'y aura pas de numéro de strip-tease, dit Colette.

— Qui sait ? minauda Pauline en remuant une croupe provocante.

Sa mission parisienne la conduisait le lendemain chez un peintre nancéien, Paul Colin, créateur de l'affiche de la Revue nègre avec une Joséphine Baker plus nue que nature. Son atelier perchait au quatrième étage d'un immeuble de la place de la République, au-dessus des Magasins Réunis. Une mezzanine voûtée comme un cloître conduisait à sa porte après celles des chambres de bonnes et d'étudiants. L'espace étroit de l'artiste se rétrécissait avec les chevalets, les tables couvertes de pots et de palettes séchées, toiles empilées ou appuyées ici et là.

— Pardonnez mon petit bordel, je suis ici depuis quatre ans. Depuis les Ballets russes et la Revue nègre, je suis l'affichiste le plus sollicité par les spectacles parisiens et le plus mal logé.

— Vous avez une agréable vue sur la cour et la belle façade en face.

— Ne le répétez pas : ce sont les fenêtres de l'hôtel Moderne. Le soir, avec mes copains, nous éteignons les lumières de nos deux fenêtres. Ça ne marche pas à tous les coups mais on se rince souvent l'œil.

— Vous n'êtes pas en manque !

— Sans vous choquer, là où vous êtes assise, j'ai croqué nues la Pavlova, la nymphe des steppes, et Joséphine, la liane des savanes.

— Je l'ai vue hier soir.

— Et alors ?

— Magnifique. Du grand art.

— Je vous pose la question, car elle donne de mauvais vertiges à des pisse-froid. Lisez ceci, un article de monsieur Robert de Flers, ce médiocrissime théâtreux qui a perdu son dentier en cherchant à reluquer en dessous des bananes.

Pauline lisait en regrettant de ne pouvoir communiquer le joli morceau à Colette. Robert de Flers, auteur à succès de *L'Habit vert* et des *Vignes du Seigneur*, titrait son article, sans confusion, « Obscénité ». La suite dépassait l'annonce : « La Revue nègre est d'un lamentable exhibitionnisme transatlantique qui semble nous faire remonter au singe, en beaucoup moins de temps que nous n'avons mis à en descendre… » Quant à Joséphine : « A l'instant même où elle paraît, elle contraint ses jambes aux cagnocités les plus affreuses, ses yeux à la loucherie la plus hideuse, son corps à une dislocation qui n'aboutit à aucun tour de force tandis qu'elle gonfle ses joues à la mode des guenons qui y cachent des noisettes. »

Paul Colin riait sans réserve :

— On parlera encore de Joséphine Baker que le marquis Robert de Flers sera inconnu au bataillon. Se souviendra-t-on davantage des artistes que vous souhaitez présenter à Nancy avec vos amis ? Pour l'heure, ce sont tous de pauvres gens qui vivent à la cloche de bois, ensemble, chez celui qui par miracle a vendu une toile. Depuis des semaines je les traque à la Coupole ou la Rotonde, sans collecter grand-chose. J'ai confié le regroupement des œuvres à un modèle qui a de vrais arguments. Je l'ai rencontrée hier avec Georges Sadoul, ce Nancéien fou de cinématographe, qui s'habillera bientôt avec un drapeau rouge du couturier Staline. Une camionnette vous livrera le tout avant quarante-huit heures. Y compris ma production.

Le peintre, dans sa cuisine, remuait des ustensiles.

— Vous tombez mal, je n'ai plus de café. Une Lorraine possède un gosier assez rude pour un doigt de calvados à 10 heures du matin. Oui, du calva… pas de mirabelle. Nancy s'éloigne de moi. Je n'ai plus que ma croûte lorraine, j'suis un vrai Parigot. Nous le sommes tous, les Espagnols, les Allemands, Miró, Max Ernst. Modigliani, qui est mort dans la dèche. Je les côtoie, j'observe leurs déchirures, ceux qui marchent au dada et au surréalisme, ceux qui lèvent le poing, même avec un pinceau ou une plume, Aragon, Eluard, liés avec mon copain Sadoul.

— Nous connaissons cela aussi dans notre groupe, secoué par des démissions et des brouilles durables pour des questions d'opinion.

— Moi, ils me bêchent un peu parce que je ne crève plus de faim. Ils me traitent de commercial parce qu'ils ne vendent rien. Je ne fais pas des cubes comme Picasso, ni des échafaudages comme Fernand Léger. Je suis un afficho-symboliste, avec l'image qui parle, qui vit. Gruber fait cela : sa verrerie de la poste de Bar-le-Duc montre en deux dessins, un bateau et un avion sur le côté, les nouvelles voies du trafic postal. Mon calva ?

— Rude.

— Votre coupe de cheveux me plaît. Comme Blaise Cendrars, je trouve qu'il n'y a rien de plus beau que la nuque d'une jeune femme rasée de près.

De la mezzanine, en repartant, Pauline voyait les femmes de l'hôtel Moderne secouer les tapis. Elle souriait en pensant aux voyeurs de l'atelier du peintre et à la curieuse absence de volets ou doubles rideaux.

Pendant les entretiens de sa femme, Louis marchait au long des quais, du chantier en cours d'un grand magasin baptisé La Samaritaine jusqu'au Châtelet. Il aimait cette promenade parisienne, entre une chaussée peu encombrée d'automobiles et la Seine fort active. Des péniches traversaient Paris accrochées en un train halé par un ou deux remorqueurs. Sur le quai Voltaire, sur l'autre rive, des chalands débarquaient des sacs et des caisses que des chariots attelés chargeaient avec les roues dans l'eau. Louis regrettait l'absence d'une rivière au cœur de Nancy. La Meurthe contournait la ville, le canal de la Marne au Rhin traversait un quartier en catimini. Contrairement à Léon ou Elise, il appréciait le mouvement des grandes villes, l'espace sans fin qui courait de carrefours en places, l'ambiance des agents de la circulation en pèlerine, des facteurs à vélo rasant les carrosseries des voitures, le ballet des garçons de café en veste blanche portant sur un plateau des tasses et des croissants à des commerçants attentifs sur le seuil de leur magasin. En observant de près les bacs des bouquinistes, Louis remarquait l'abondance des revues de la guerre, aussi terrifiantes avec les photos qu'avec les dessins, à la façon des couvertures des canards de faits divers d'avant 1914. Les bacs de cartes postales abondaient en souvenirs du front, jamais envoyées par des correspondants disparus avant l'expédition. Serrées dans un élastique, Louis trouva des images de trains, bradées à bon prix.

Le dimanche après le retour du couple, Alphonse ronchonnait contre son poste. Il l'apostrophait comme une personne quand Louis et Pauline apportaient leur cadeau. Alphonse poursuivait son invective :

— Un cheminot comme moi a vécu au son du sifflet et le combattant inconnu au son du clairon. Dans mon écouteur à galène, puis au début du récepteur branché sur le secteur, je découvrais des opéras, des retransmissions d'opérettes et même de pièces de la Comédie-Française…

— Qui t'endormaient parfois, glissait Marie.

— Oui, parce que, gazé par ceux qui se réarment déjà, j'ai besoin de sommeil, même malgré moi. Maintenant avec la concurrence de Radiola, Radio PTT, Radio Paris, voilà le programme : France-Ecosse en football, France-pays de Galles en rugby et, en prime, la finale olympique entre les footballeurs de la Suisse et de l'Uruguay. C'est ça, la vie moderne ? Je ne connaissais pas le mot rugby, je ne sais toujours pas où se trouve l'Uruguay.

— Pour ton anniversaire, je t'achèterai un phonographe.

— Pour écouter Mistinguett : *Moi j'en ai marre* ? Bien moi aussi j'en ai marre ! Quand le ballon ne va pas de machin à truc, on nous propose d'autres jeux. Écoute ça, Pauline : un concours de tabagisme entre femmes, combien de cigarettes à la suite ? Pourquoi pas aussi le grand prix de la gnôle ou des plus gros nénés ?

Louis tournait son enveloppe dans les mains sans pouvoir glisser un mot.

— Et le comble aujourd'hui, la pissotière ! Un type qui s'appelle Jean Nohain anime l'émission « Avec quoi faisons-nous ce bruit ? » Un moulin à café, un démarreur de voiture, un peigne couvert de papier de soie, aujourd'hui un bruit d'eau qui tombe... Dans une cuvette ? Non... dans un pot de chambre. Je reprends le mot que nous avions pour le jus quand je défendais l'honneur de mon pays : dé-gueu-la-sse !

Il ne pouvait en dire plus, la main sur la poitrine, le souffle coupé.

Marie servait le café, Pauline passait l'assiette de madeleines. Louis aligna sur la table sa récolte des bacs d'un boutiquier : deux images données en prime par le Chocolat d'Aiguebelles, l'attaque dans une campagne de Thrace de wagons de l'Orient-Express bloqué par les neiges, pris d'assaut par une horde de loups qui dévoraient un pope descendu en espérant un miracle. Alphonse détaillait les dessins avec la loupe qu'il portait comme un collier.

— Ceci, disait Louis, illustre le passage d'hier à aujourd'hui : la date 1888. Pour inaugurer l'ouverture de la ligne de Salonique, des paysans, comme pour tous les événements, immolent un mouton sur les rails.

Le reste concernait des photos plus récentes de wagons-restaurants, avec les voyageurs à table, et toute l'équipe des cuisines, parmi les contrôleurs et les douaniers devant une voiture de l'Express Méditerranée qui reliait Londres à Nice en vingt-quatre heures :

— Regardez, c'est amusant, un marmiton accroupi épluche des pommes de terre dans une bassine.

Le collectionneur savourait le présent, applaudissait, serrait les mains de Louis, reprenait les cartes une à une.

L'exposition du Comité Nancy-Paris s'achevait dans la semaine. Pauline souhaitait présenter à leur ami des œuvres récentes du peintre américain Edward Hopper, inspirées par des décors de voies ferrées. Ses huiles et ses gravures d'inspiration réaliste contrastaient avec l'imagination libre des artistes parisiens conviés. C'était l'occasion de sortir ces amis de leur univers clos, où seule la TSF coupait les rappels des convois ferroviaires de l'ancien combattant. Le public ne se bousculait pas dans les galeries Poirel, ouvertes à la deuxième exposition surréaliste organisée en France. Le samedi et le dimanche, les Nancéiens visitaient les audacieuses cimaises pour se montrer plus que pour voir. Aucun lien ne se créait vraiment entre la brillante cité créatrice de l'École de Nancy et la vitrine de l'avant-garde artistique. Entre un coin de rue à New York et le Manhattan Bridge, la *Maison près de la voie ferrée* symbolisait, avec tristesse et provocation, cet écart : une demeure dominatrice, solitaire devant les rails.

— Un passé immobile devant les voies du futur, commentait Pauline, qui transposait l'image du symbole dans le décor du Hameau.

Alphonse, avec plaisir, retrouvait dans la toile ces silhouettes de gares dressées à l'écart des villages par commodité pour la ligne. Impressionné par sa première visite d'une exposition de peinture, il conservait son calme dans la suite du parcours, passant d'un pas hâtif devant *L'Espoir*, affiche d'une présentation à Vienne de la femme enceinte de Gustav Klimt, nue parmi les symboles de la vie et de la mort, un *Nu couché*, de Matisse, *La Putain enceinte*, eau-forte du Nancéien Étienne Cournault :

— C'est le conseil de révision d'autrefois dans les lupanars de l'Europe dévergondée. Autrefois, les nus figeaient leurs formes dans la dignité et la beauté du marbre ou du bronze. Aujourd'hui, les modèles se traînent sur les toiles, comme la marchande de bananes des cabarets aux pieds des voyeurs et des désaxés.

Ses écoutes radiophoniques lui revinrent près de la sortie, devant une photographie de la porte de l'Exposition des arts décoratifs, sur la place de la Concorde : dix piliers hautement dressés entouraient la statue de *L'Accueil*, les bras ouverts :

— Je comprends maintenant. Radiola disait de ce monument que l'art moderne appelle porte ce qui n'est pas une porte. C'est une façon de se distinguer de l'art ancien. Ou d'enfoncer des portes ouvertes, sauf ici, où l'on regarde par les trous de la serrure.

En quittant Pauline sur les marches du suburbain, l'ami mêlait ses rancœurs dans le même ronchonnement :

— Et demain, quoi de neuf au programme de Radio PTT ? Les 24 Heures du Mans. Embarquez rillettes !

Il ignorait la présence sur le circuit de l'ami Norbert. Pauline n'en dit rien.

L'équipe des Lorraine campait depuis une semaine dans un pré voisin du circuit. De Dietrich engageait trois voitures dans la compétition. Les six pilotes dormaient dans le stand voisin de la piste ouverte aux essais de jour et de nuit, à des horaires précis de blocage des routes publiques. Les mécaniciens travaillaient par poste auprès d'eux, répétaient des gestes du ravitaillement en essence ou en huile, des changements de roue et des vérifications hâtives.

La kermesse commençait le vendredi avec l'arrivée des manèges, derrière les tribunes, des orchestres éparpillés au long des barrières. Les journalistes questionnaient le fils De Dietrich sur ses espérances, qu'il voilait mal, et sur les concurrents les plus redoutés :

— Nous aussi nous inquiétons les autres.

Le samedi matin, en arrivant aux stands, Norbert savait qu'il partait, comme les autres, pour un marathon sans sommeil imposé par la formule de la course et par l'excitation. Pour calmer les esprits, le patron des Lorraine affirmait se satisfaire de la coupe qui récompensait la plus grande distance couverte. Personne n'y croyait quand les quarante et un pilotes prirent place, contre les gradins, en face des voitures rangées en épi. Avant de mettre les moteurs en marche, au signal du directeur de piste, ils devaient tirer la capote sur la carrosserie, ce qui échelonnait le départ sur quelques secondes. Le favori Boillot, sur une Peugeot, boucla en tête le premier tour.

Jusqu'à la nuit, crainte par tous, dominait la longue mise en route pour les pilotes et les mécaniciens. Norbert et ses camarades effectuaient les contrôles de routine avec les conseils du pilote qui confiait le volant à son remplaçant. Jusqu'à minuit, la kermesse continuait. L'odeur des frites et des saucisses traînée par la fumée des bacs de cuisson rejoignait celles du circuit et des stands. Les haut-parleurs couvraient les rafales des moteurs, des tours de chant des Milton, Damia, Dranem, Fréhel.

À 4 heures du matin, à la mi-course, les commissaires éliminaient deux voitures pour leur trop faible moyenne, dangereuse pour la course. Peu après, ils arrêtaient la Peugeot classée troisième, bénéficiaire contre le règlement d'un changement de pare-brise. Les trois Lorraine gardaient une bonne position avec seulement quelques changements de soupapes pendant les ravitaillements. Les sandwiches et les tasses de café maintenaient Norbert en bon état de veille. Alors que le jour se levait, il restait vingt-trois voitures en course, vingt et une à 8 heures, avec la Lorraine des pilotes Bloch et Rossignol en tête, deux tours devant le second.

L'ambiance ne faiblissait pas dans les tribunes, entretenue par les messages d'un speaker : le record de la moyenne, avec 165,602 kilomètres, battu par la première Lorraine, l'abandon d'une Bentley après quatre cents tours, l'élimination d'un pilote italien qui avait reçu des outils dans le lent virage des Hunaudières, puis, avant 11 heures, l'annonce des trois premières places des Lorraine.

L'euphorie du stand De Dietrich dura peu, brisée par l'arrivée sur sa lancée, moteur coupé, de la deuxième voiture, la Decourcelles, du nom de son pilote. Le capot levé, les mécaniciens vérifiaient pièces et circuits. Le démarreur fonctionnait, entraînant le moteur, pour quelques instants seulement. Accroupi,

Norbert écoutait. Il se glissa sous la carrosserie levée par un cric. Il cria pour réclamer un arc de soudure et des chutes de tôle. La flamme orange de son chalumeau zébrait le châssis de ses éclairs. Son outil glissé avec les pieds, Norbert demanda l'allumage. Le moteur ronfla au premier coup d'accélérateur. Les parcelles de tôle soudées consolidaient l'alliage. Quelqu'un se pencha.

— On ne risque pas un échauffement ?

— Pas pour une heure. Ça tiendra.

La Decourcelles reprit sa place parmi les dix-huit rescapés confondus dans les tours de retard. Le junior De Dietrich serrait Norbert dans ses bras.

— On fêtera ça au Hameau, vieux. Si les trois Lorraine restent en tête, je t'offre une petite HP. Elle montera bien la côte.

L'annonce des records de l'écurie lunévilloise apaisait l'impatience du dernier tour. La coupe était acquise, avec un record de vitesse moyenne battu avec plus de trois cents kilomètres. Rapprochées au passage de l'avant-dernier tour, les trois Lorraine bleues passèrent dans l'ordre, l'une derrière l'autre, vers le drapeau à damier, aussitôt entourées sur le côté de la piste par l'équipe du stand. Le pilote Decourcelles portait Norbert sur ses épaules.

Au Hameau, sous la pluie, Léon et Gisèle marchaient à la hâte vers la maison d'Alphonse.

— La TSF a parlé des 24 Heures du Mans ?

— Je ne sais pas, dit Marie, le pauvre a pris un coup de froid. Il est au lit. J'ai téléphoné au médecin chez Elise. Moi, le poste, je sais le fermer mais pas l'ouvrir.

À la boutique de la gare du Mans, Norbert achetait des boîtes de rillettes pour tous les gens du Hameau.

— Peut-on en envoyer aux États-Unis ?

— Non, mais ce n'est pas grave : ils ont le corned-beef.

# 11

## Le grand voyage de Léon

Alphonse sortait peu. Il économisait son souffle autant que possible. La radiographie passée à l'hôpital militaire ne donnait pas de trace d'aggravation. Le médecin recommandait un séjour dans un sanatorium, sans être suivi. Léon jouait régulièrement aux cartes avec son frère, qui fermait son poste de TSF à son arrivée. Après plusieurs semaines il maîtrisait mieux la manille couverte, solution commode pour deux joueurs qui disposaient de huit cartes en main et d'un tapis de huit autres, dont la moitié apparentes. Le dix, la manille, dominait le manillon, c'est-à-dire l'as.

Le premier à atteindre cinquante et un points remportait la partie, rapidement, avec quelques bons coups de coinchée, ou laborieusement, avec des levées sans profit. Alphonse, cheminot méthodique, notait les points dans les colonnes d'un carnet, les siens à gauche, ceux de son adversaire en face. La marque était réglée comme un panneau d'horaires ou de trains. Vestiges de ses parties de combattant volontaire, il récompensait d'un B (bébette) trois donnes victorieuses, d'un N (nénette) une absence de points pour le perdant. Le

Z (zézette), rare, indiquait dix levées gagnantes de suite. Avant de distribuer les cartes, il disait : « À mes bras de faire ! » Après, il commentait ses succès ou ses erreurs, l'impasse sur une manille coupée, ensuite une relance à carreau plutôt qu'à pique, le sauvetage d'un as trouvé sec au début. Il ronchonnait quand Léon, privé d'une bonne carte au dernier pli, jetait les bras sur la table en disant :

— Quel jeu de cons !

Un après-midi qu'ils tapaient le carton, Marie annonça la visite d'un étudiant qui souhaitait interroger Léon sur le Pompey d'autrefois. Alphonse remit les cartes dans la boîte, le crayon entre les pages du carnet, puis roula le tout dans le tapis offert par Norbert et décoré des trois Lorraine sur la ligne d'arrivée du Mans.

Le questionnaire amusait les deux frères, replongés dans leur jeunesse sur un Hameau perché au sommet du village :

— En tout, nous n'étions pas plus de cent habitants dans la commune. Nous nous connaissions tous, avec des liens de cousinage ou des bouderies qui dataient de querelles de grands-pères pour un arpent de vigne, une vache broutant dans le champ d'un voisin, un fils chapardeur ou une fille promise et pas mariée.

L'intérêt du travail en cours portait sur l'usine, ses débuts. Alphonse, vigilant sur le sujet, évoqua la guerre :

— Pas celle-ci, l'autre, 1870.

Il racontait le barrage dressé sur le pont de la Moselle pour l'arrivée des Prussiens. Léon ne dit mot de son escalade de la cheminée de l'usine pour planter le drapeau tricolore. Il insista davantage sur la collaboration à la construction de la tour Eiffel :

— Que j'ai vue haute comme ça ! disait-il en montrant de la main la taille d'un gamin.

L'évocation captivait Alphonse, qui reprenait souffle avec des pastilles de menthe :

— Aujourd'hui, personne ne s'étonne de rien. Tout de même, notez ceci de notre vieux Pompey. Comme sous-chef de gare, j'ai placé sur une voie de garage les soixante-seize wagons d'un cirque, je ne sais plus son nom, rival du grand chapiteau de Buffalo Bill. Trois cent cinquante chevaux, des fauves, huit cents artistes. Tous sous contrôle médical. J'ai dirigé vers eux les wagons-citernes et les plates-formes de cantines roulantes de l'armée. Sur les quais d'embarquement des marchandises, des chevaux tournaient pour un décrassage, des clowns jonglaient entre les culbutes des dresseurs de chiens. Toute la ville profitait du spectacle gratuit.

L'étudiant revenait à Léon pour des informations sur le sort des ouvriers :

— Pas mieux qu'aujourd'hui : la peur de perdre un emploi, l'amertume de la fiche de paye, le mépris des patrons, pas beaucoup de réactions.

Depuis deux ans, on ne parlait plus de licenciements à l'usine, qui revenait peu à peu vers sa production de l'avant-guerre, le quart du tonnage d'acier des hauts-fourneaux d'Hayange. Les conditions politiques de la revalorisation du franc par Raymond Poincaré, après l'échec du Cartel des gauches, ne facilitaient pas les grèves. Seul le 1er Mai amenait des drapeaux rouges dans la rue principale. Nicole, l'ancienne amie de Norbert, continuait dans des réunions peu suivies son action syndicale. Elle vivait avec Luigi, le président de la « Casa Italia », interdit de séjour dans son pays par la police de Mussolini. À l'usine de Pompey et dans celles du bassin de Lorraine, il luttait pour les communautés immigrées, italiennes ou polonaises. Des prêtres venus de Varsovie ou Cracovie aidaient leurs compatriotes, surtout dans les régions de Jœuf, Giraumont, Briey, en créant des sociétés de musique ou de sports, ouverture vers une intégration dans la population française. Ils gardaient leur fierté nationale dans leurs chants folkloriques : « Tant que la Vistule coulera, la Pologne survivra. »

À Pompey, le vieil adage selon lequel les étrangers mangent la laine sur le dos des ouvriers locaux persistait, attisé par les querelles politiques autour du régime mussolinien. Officiellement, le gouvernement, pour compenser encore les pertes de la guerre et pour s'opposer à la « race germanique qui menace », acceptait des naturalisations pour stabiliser les familles et garder les enfants sur place. Pour les nouveaux venus, les cartes d'identité provisoires données à la frontière imposaient la déclaration des déplacements et des résidences, contrôlée attentivement comme les registres des hôteliers et des logeurs. À l'usine, la production des Italiens était surveillée avec sévérité. Luigi citait, dans les réunions, l'exemple d'un concitoyen du Frioul renvoyé parce qu'il s'était lavé les mains avant l'heure de sortie.

Norbert, installé à Lunéville, n'avait jamais revu Nicole. Motorisé, il ne fréquentait plus la gare, son lieu de travail, ni le tramway, lieu habituel des rencontres fortuites.

Chaque dimanche, la HP Lorraine, bleue comme les gagnantes des 24 Heures, devenait l'attraction au Hameau. Les parents, les amis réservaient leurs places d'une semaine à l'autre pour la promenade dans la torpédo quatre places. Elise prétextait les repas de midi et le bal du soir pour échapper à une expérience qu'elle estimait hasardeuse. Après une visite du dépôt de locomotives près de Nancy, Alphonse souhaitait une longue randonnée à Verdun pour découvrir l'ossuaire de Douaumont. Pour lui permettre un voyage confortable à l'arrière de la voiture, Norbert n'emmena que Marie.

Les flèches des panneaux Citroën sur la route attiraient le passager : monument de Jean Bouin, Les Éparges, fort de Vaux, écartés par le chauffeur par nécessité d'un retour à Pompey avant la nuit. Sans descendre de son siège, Alphonse regarda longuement les croix blanches devant le cénotaphe aux trois cent mille corps. Norbert, dans la descente vers la ville, lui accorda le détour par la Tranchée des Baïonnettes.

Moins aventureux, Gustave et Marthe limitaient leur excursion à la colline de Sion, célébrée des mois plus tôt pour l'inauguration du monument de Maurice Barrès, pour sa *Colline inspirée* et ses discours patriotiques. Marthe ne cherchait pas cela mais la quiétude du lieu et le panorama dégagé, ce jour-là, jusqu'aux crêtes des Vosges. Elle observait les villages ceinturant la colline avec leurs vergers de mirabelliers. Gustave s'ennuyait un peu.

Marthe s'affirmait fière enfant de la Lorraine. Elle gardait précieusement chez elle un vieux livre écorné qu'on distribuait en classe quand elle était élève. Une quinzaine de chapitres courts, suivis de questions à rendre en devoirs, racontaient les principaux événements de l'histoire des trois évêchés – Metz, Toul et Verdun, le répétait-on assez – et du duché de Lorraine. Les enfants découvraient les Romains à Metz, puis les Huns, Charlemagne et les rois fainéants. À Nancy, le duc René II se battait contre Charles le Téméraire. Louis XIII, Richelieu, Mazarin occupaient la Lorraine pendant la guerre de Trente Ans, illustrée dans les pages par des gravures de Jacques Callot. D'autres noms, mal perçus autrement, filaient de leçons en leçons : les Guise, Stanislas et Voltaire, puis un régiment de maréchaux de la région, aux noms gravés sur les plaques des rues. Venait l'époque des images d'Épinal, qui récompensaient ceux et celles qui se souvenaient de la date de la mort de Jeanne d'Arc à Rouen ou le nom du créateur de l'école laïque, publique et obligatoire.

Un dimanche vers midi, sa Lorraine garée près de la grande porte de la gare de Nancy, Norbert attendait sur le quai Georges, venu présenter Colette à ses parents et à sa grand-mère. La nouvelle venue dans la famille profita d'un tour de ville par la place Stanislas et la vieille ville, le grand cours avec l'université, en reprenant la route vers Pompey. Mathieu et Germaine attendaient à la Cure d'Air leur future belle-fille.

— Vous ressemblez bien à la photo envoyée par Georges.

— Il a le bon œil. Je suis heureuse de vous rencontrer et de découvrir le Hameau, dont il me parle souvent.

— Léon aimerait le repeupler, dit Mathieu.

— L'accroissement de naissances de l'armistice est fini, la France manque de bras. On ne va pas surcharger les classes d'école, mon cher père.

Colette embrassait tout le monde, se recoiffait de la main entre deux bises.

Elise l'observait avec curiosité, la jugeait moins audacieuse que Pauline dans ses vêtements, avec sa coupe de cheveux traditionnelle, bouclée jusqu'à la hauteur des épaules, maquillée sans les sourcils épilés et les lèvres carmin.

— Je vais vous montrer votre chambre.

Germaine sursauta :

— Vos chambres !

Colette attendait, embarrassée. Georges prit sa mère dans ses bras.

— M'man, le tarif élevé des logements parisiens oblige à la solidarité. J'héberge Colette dans mon appartement. À quelques semaines de notre mariage, je trouve cela normal et très humain.

Elise, alertée par son petit-fils au téléphone, trancha net :

— Françoise a préparé la belle chambre, comme l'appelle Sarah, notre Américaine.

Colette découvrait soudain le mobilier de Majorelle, l'ambiance de l'École de Nancy, deux des photos de vases Gallé de Georges.

À plus de 13 heures, il convenait de se mettre à table. Colette dit sa surprise de l'accueil de Norbert avec son automobile. L'histoire de ce cadeau de la maison De Dietrich l'étonnait plus encore, tout comme les moyennes annoncées des bolides du Mans.

— Il y a mieux, triomphait Norbert : des moteurs De Dietrich équipent des avions. Ce qui explique peut-être que les Goliath de Farman battent moins de records.

— Le meilleur record est celui du nombre de passagers. Tous nos vols sont complets vers Bruxelles, Amsterdam, Copenhague. Nous refusons du monde chaque matin sur notre « avion des journaux » qui apporte la presse à Londres et les livraisons des magasins de couture de Paris. Ces messieurs De Dietrich doivent bien, à l'occasion, approuver nos moteurs Gnome et Rhône sur nos lignes européennes.

Germaine s'inquiétait de l'ambiance de ce milieu d'hommes et de pilotes glorieux pendant la guerre pour une jeune provinciale.

— Il existe une solidarité née de toutes ces années passées en regardant le ciel pour guetter le retour d'un ami. Maintenant, l'angoisse ne compte plus : l'esprit d'équipe demeure, quelles que soient les fonctions et les responsabilités. Et moi j'ai mon copilote attitré.

Mathieu agitait la main devant lui comme un avion en vol plané :

— Les devoirs de calcul sur les distances à parcourir sont passés des chevaux, pour les dizaines, aux automobiles, pour les centaines. Voici déjà que, pour les milliers, les livres utilisent les bimoteurs et les hydravions. Norbert, un de mes confrères de Lunéville, m'a raconté qu'il donnait des problèmes à ses élèves avec les tours des Lorraine au Mans, avec question de moyenne, dans l'ordre, des trois premiers.

— Demande-t-il l'âge du mécanicien ? À propos de sport, j'ai volé l'autre jour entre Londres et Paris avec l'équipe de France de tennis, débarquée à Plymouth, après sa victoire en Coupe d'Europe. Je les ai photographiés devant le Goliath et seul, à la place du pilote, Lacoste, numéro un mondial.

— À l'école, les garçons ne s'intéressent pas au tennis ni au golf. Les plus costauds se prennent pour Rigoulot, qui soulève des poids comme des plumes. Tous jouent au ballon, avec la démonstration en récréation des gamins polonais, pour la résistance, et italiens pour les dribbles.

— Et les filles, elles jouent à quoi ? demanda Colette.

— À chat perché et au mouchoir.

— D'éminentes disciplines où il n'y a pas de Lacoste, Rigoulot ou Charles Lindbergh. Vos élèves ne seront pas Joséphine Baker ou Mistinguett. Elles ramasseront les mirabelles en Lorraine, comme d'autres épluchent les pommes de terre pour les frites de Lille ou tournent la pâte de saint-nectaire dans mon pays.

Elise, qui tenait méthodiquement son tableau de réservation, demanda à quelle date le couple nouveau comptait se marier.

— De toute façon, à une période de vacances, pour mes instituteurs de parents.

— Même en tramway, puisque nous n'avons pas d'automobile, la distance de Nancy à Pompey ne demande pas plusieurs jours, observa Germaine.

— Le déplacement à Saint-Nectaire, oui.

Georges avait saisi l'occasion au bon instant pour glisser le souhait des parents de la mariée, conforme aux habitudes. Un ange passa sur la table. Mathieu brisa l'instant de silence :

— Georges, tu abandonnes le Hameau ? Léon n'aimera pas ça.

— Il a tiré une croix sur les mariages ici, avec Ronald et Georgette.

— Saint-Nectaire, Puy-de-Dôme, dit Germaine. On ne va pas y aller à pied.

— Mère, tu connais la leçon. Un train A parti de Nancy à 6 h 12 roule vers Paris (342 km) à la moyenne de 84,600 km/h. Compte tenu d'un espace de 2 heures et 17 minutes à Paris pour la correspondance, à quelle heure arrivera à Clermont-Ferrand (417,500 km) le train B, qui roule à la moyenne de 72 km/h ?

— Je ne suis pas au tableau noir mais devant le fait accompli.

— Autrefois les parents des mariées, heureux d'avoir casé leur fille, assumaient l'union avec le trousseau, le contrat, la noce et même la vente de la jarretière. Voilà une tradition solide alors que mon père, manquant à tous ses devoirs, n'a pas demandé la main de Colette à son père, qui aurait répondu favorablement en lui offrant un chapon déplumé. Je ne me marierai pas non plus en sabots.

— Contente-toi de les mettre dans le plat. Malgré tes relations dans le domaine du music-hall et du tennis international, je reste le chef de famille. Ta situation, vos situations, impose que vous voliez de vos propres ailes. Il faut pourtant savoir d'où l'on vient, toi, Georges, de ce bout de terre appelé le Hameau, où sont noués les destins de diverses familles. Tu coupes tes racines.

— Je les greffe avec une jeune femme de Saint-Nectaire qui, malgré ses racines personnelles, m'autorise à manger du brie de Meaux, du camembert ou de la tomme de Savoie.

— Fromage ou dessert : je préfère les mirabelles.

Cela dit par Germaine, coupée par une Elise vigilante et prudente :

— Il s'agira donc d'une autre organisation. Quand ? On nous le dira. Comment ? Avec qui ? Où ? Combien de temps ?

L'approche de la retraite assombrissait la grande dévouée de l'enseignement. Tout en ressassant que nul n'est irremplaçable, elle n'imaginait pas qu'on puisse apprendre sans elle les règles de trois ou les chefs-lieux de département. Préparant déjà son départ, elle hésitait dans le tri de ses affaires, peu soucieuse de léguer à une inconnue, frivole par nature, des instruments ou des documents accumulés pendant une carrière méthodique. Elle retrouvait, comme des carnets intimes, ses cahiers de cours ou ses fiches de classement des élèves, nets et sans ratures, traits fermes de couleurs différentes, capitales bien arrondies dans les déliés.

— Tout cela pour marier un fils la tête en l'air à Saint-Nectaire, soupirait-elle en reprenant le fil de la conversation.

Avant d'autres détails de Georges, Colette plantait le décor : le moulin de ses parents, solide demeure auvergnate avec des annexes aménagées pour loger du monde, puis, pour satisfaire ses parents, l'église Notre-Dame du Mont-Cornadore.

— Georges n'est pas baptisé.

— On ne le dira pas au curé. Un autocar assure la navette en gare de Clermont-Ferrand : il passe par Gergovie, où tout bon Français se sent chez lui.

Georges souhaitait Léon comme témoin. Norbert, pour le fatiguer moins, proposait de le conduire en voiture. Elise, malgré elle, estimait improbable la présence de Ronald et Georgette :

— Les troubles terminés avec Abd el-Krim, ils restent au Maroc avant une affectation. Leur souci est de se retrouver, sinon dans la même ville et dans le même pays, au moins à proximité l'un de l'autre. Comme si nous n'avions pas besoin de médecins en Lorraine, et même à Pompey ! Voila les premiers exilés du Hameau.

Georges laissait Gustave et Marthe, Louis et Pauline libres de leur choix. Mathieu écartait tout déplacement lointain pour Alphonse, et Marie, obligée de le soigner.

Norbert comptait trois étapes pour la route par Troyes, Sens pour le premier tronçon, Auxerre, Avallon, Nevers pour le second, la fin jusqu'à Saint-Nectaire, le terminus. Léon, qui rechignait au début du projet, s'associait au plaisir de Gisèle de traverser la moitié du pays dans la voiture de son fils. Il admettait aisément son influence dans l'emploi de celui-ci chez De Dietrich.

Léon, attaché au moral des femmes du Hameau pendant les quatre années de guerre, s'efforçait de comprendre le remue-ménage qui l'entourait depuis. Il considérait les éloignements successifs, les choix d'apparence hasardeuse, comme un retour de balancier. Le premier mouvement de la création de l'usine semblait aussi une précipitation tête baissée vers l'inconnu. Était-il plus anormal de passer du Hameau à des tours de vitesse sur l'anneau automobile du Mans que de quitter son maillet, sa serpe, son sécateur à mirabellier pour l'enfer de la coulée des hauts-fourneaux ou le tremblement incessant des masses sur les plaques de fonte ? Il imaginait une sorte de sablier arrivé à son heure au vide du temps imparti puis retourné pour une autre étape inéluctable. Il attribuait sa patiente compréhension aux exemples de ses vieux Astolphe et Léopold, les Muller de la sagesse.

Sur le chemin paisible, le coffre de la HP servait de garde-manger. Par souci d'économie, Gisèle emportait dans des paniers un pain, du beurre, de la charcuterie pour le début, des quiches au lard et au fromage pour la suite, des biscuits et des madeleines, par prudence, pour le dernier repas, et du café pour les compléter. Elle doutait de réchauffer ses tartelettes.

En position d'éveil sur la banquette arrière, dans le dos de Norbert et de Léon, elle commentait avec perplexité les aléas de la route, avec la peur de l'arrivée d'un train à un passage à niveau ouvert, le croisement sur la route avec un large camion, les poules et les canards dans les traversées des villages, le niveau d'essence dans le réservoir. Norbert arrêta sa voiture dans une grande ligne droite sur le plateau de Langres. Il ouvrit sa portière et descendit.

— La route exige de l'attention. Je ne peux pas supporter ces jérémiades. Ou tu te calmes ou je te laisse devant le prochain arrêt d'autocar.

Sans attendre de réponse, il démarra. Léon souriait en regardant sur ses genoux la carte, bien utile à ce moment du parcours. Dans la traversée de Chaumont, Norbert repéra un café ou l'on pouvait « apporter son manger ». La chopine de vin de son ami, une bière et une carafe d'eau rassurèrent la passagère. On pouvait même à la pompe demander le plein au cafetier. Gisèle s'amusait de la montée de l'essence dans les deux ballons de verre.

Une auberge de campagne qui ressemblait à la Cure d'Air évitait une traversée du centre de Sens. À Nevers, un hôtel près de la gare permettait une découverte des vitrines. Gisèle choisit une carte postale pour Marie et Alphonse. À table, à une terrasse du buffet, devant son pâté de pommes de terre, Léon parlait des vertus de marcheur autrefois demandées aux gens des campagnes. Il regrettait de n'avoir pas emporté le bâton qui lui servait d'appui, de perche pour chaparder des fruits, d'arme pour briser d'un coup net le cou d'une vipère :

— Je me pose parfois, en roulant, la question de la façon de vivre, du bonheur tout simplement. Mon vieux cantonnier marchait entre les chants des rossignols et des cailles à lunettes, l'envol des nichées et les fuites de garennes. Je ne rencontre que des vaches, distantes, et des chevaux immobiles.

— Parce que nous sommes pressés. Imagine ce qui nous entoure. Tu n'es pas heureux ?

— Je crois, en effet, qu'il faut sortir de soi, regarder plus loin que le bois d'un mirabellier qui ne conserve de la guerre qu'un tronc cassé en un pilon de la vie perdue.

Sur la petite route de Clermont-Ferrand à Issoire, à l'entrée de Saint-Nectaire, une flèche marquée « Georges-Colette » indiquait le chemin du moulin familial. La rude bâtisse abritait la fromagerie depuis l'assèchement de l'Allier. Elle gardait son espace d'annexes, jardins et vergers. Sous un châtaignier, une toile abritait une grande table et les bouteilles de côtes-du-forez. Tout le monde se leva pour applaudir l'arrivée des derniers invités.

Doyen des deux familles, Léon bénéficiait pour lui et Gisèle de la chambre des parents. La fenêtre dominait le panorama vers le puits de Sancy, avec, plus proche, l'église Notre-Dame-du-Mont-Cornadore, dont la noce découvrit les voûtes du douzième siècle le lendemain. Le maire, en roulant les « r », insista sur le saint-nectaire du père et le grand air offert aux mariés par leurs métiers. Il salua la courageuse Lorraine et ses vaillants représentants, partagés entre la mémoire du temps et les aventures nouvelles de leurs enfants autour des bolides automobiles et les prouesses aéronautiques.

— Madame et monsieur les parents de l'heureux époux, enseignez au mieux vos élèves : ils en auront grandement besoin.

Tout le monde était satisfait. Des ronds moussus de saint-nectaire ornés de larges ailes formaient à la sortie de la mairie une voûte qui unissait la terre et le ciel.

Elise guettait le menu du restaurant rustique du village bas. Elle découvrit la façon de faire chabrot en buvant le reste d'une soupe avec du vin. La table criait :

— Cul sec, cul sec, Elise !

Le fromage s'imposait dans les recettes des entrées. Le reste respectait la cuisine traditionnelle française, sans chauvinisme. Une glace de Plombières adoucissait au dessert l'effet du gâteau aux noix.

Au petit déjeuner, avant le départ de l'autocar qui menait la moitié des invités à la gare de Clermont-Ferrand, Georges annonça la nouvelle, apprise la veille par téléphone, la mort d'Alphonse, décédé chez lui dans une quinte de toux trop prolongée. Dans l'émotion, Mathieu conseilla à Léon et Gisèle de repartir en train avec les autres. Georges ajoutait l'information du report de l'enterrement au surlendemain.

Norbert quitta le dernier le moulin avec dans son coffre, malgré tout, les fromages offerts par le père de Colette. Il poussa, davantage qu'à l'aller, le moteur De Dietrich pour saluer à temps un des derniers piliers du Hameau. Il arriva avant la mise en bière.

# 12

# Le meeting des acrobates

Marie, désemparée, fuyait la maison vide. Une housse couvrait le récepteur de TSF, dernière curiosité d'Alphonse. Un verrou condamnait la pièce des souvenirs des chemins de fer, si souvent partagés. Soudain seule, la belle-sœur de Léon repensait aux années délicates vécues après la mort de ses parents, victimes de la Commune de Paris. Elle mesurait l'apport de la chaleur familiale des Muller quand son mari commençait sa carrière de cheminot à la Compagnie de l'Est. Elle savait le rôle bénéfique du Hameau, réconfortant pour le blessé de guerre jusqu'à sa fin brutale. Elle imaginait mal une existence confinée dans un logement en bas dans la ville ou dans un quartier de Nancy. Elle doutait aussi d'une vie normale dans l'ancienne Bicoque devenue un vrai pavillon d'habitation. Aucune solution ne venait de la famille, avec Louis et Pauline à Nancy, Norbert à Lunéville, les mariés de Saint-Nectaire à Paris, un abandon qui assombrirait les familles.

Gustave, pour maintenir Marie chez elle, suggérait un aménagement pour une location de l'étage à un couple paisible. Pas hostile à une formule qui compléterait son maigre revenu mensuel, Marie insistait sur la qualité des locataires. La durée des travaux, fixée à deux mois par Gustave, avec l'aide de Louis pendant le week-end, laissait le temps d'un choix adéquat.

Marthe, mêlée aux activités de diverses associations, apporta une heureuse solution avec un couple, marié, précisait-elle pour Marie, de jeunes Italiens, tous deux étudiants en histoire à la faculté des lettres de Nancy. Le père de Vittorio travaillait à l'usine depuis dix ans. Carolina venait d'une plage voisine de Venise. La solution convenait à la logeuse et aux locataires. Louis se chargea de trouver un acheteur pour les illustrations des trains assaillis par les loups ou emportés vers la Grande Bleue, les tableaux d'horaires quand Nancy était à quatorze heures de Paris. Léon se réjouissait pour Marie de cette cession :

— Alphonse fut un des premiers frappé par la collectionnite. Aujourd'hui, le mal est partout, dans les paquets de chocolats avec les portraits des coureurs cyclistes, dans les sachets de bonbons avec les maréchaux de Napoléon. Dans les journaux, les réclames nous proposent des pièces d'avant-guerre, des photographies de chaque rôle de monsieur Rudolph Valentino, des calendriers illustrés avec les chats de madame Colette. Je ne vous parle pas des timbres du Mozambique, du Dahomey et de la Haute-Volta : là, au moins, on apprend la géographie.

Marie gardait le poste, qui lui tenait compagnie quand elle ne passait pas l'après-midi à Nancy. Elle profitait des boutiques aux entrées libres, parfois le dimanche, en matinée, des opérettes, plus souvent du cinéma, qu'elle découvrait. Elle assista à deux séances d'un *Mickey Mouse* qui mêlait aux images le son d'orchestres, de cloches à vaches et de sifflets. Personne au Hameau n'ignorait l'histoire du matelot Mickey, qui sauvait la douce Minnie des griffes du capitaine du *steamboat* Pat Hibulaire. Elle en savait plus sur Walt Disney que Ronald, arrivé chez Elise par surprise.

Il venait à Paris en consultation de l'ambassade pour une prochaine affectation d'attaché militaire ou médical. Le choix conditionnait une demande de Georgette, normalement en fin de séjour au Maroc, où régnait de nouveau le calme. Il manquait d'informations pour donner des réponses sérieuses à Elise. Avec prudence il écartait l'éventualité d'un retour en Lorraine :

— Mais nous ne partirons pas non plus aux États-Unis.

Georgette restait au centre de la conversation. Ronald ménageait les sentiments de sa belle-mère. Avec les Muller, en plus des Fischer, il découvrait peu à peu une famille à la diversité intéressante. Utilisant ses progrès en vocabulaire, il pensait : « Pas du tout pot au feu. » Les changements qu'il observait dans la destinée des couples correspondaient, à son gré, à l'évolution de son pays. Il n'imaginait pas Pompey l'industrielle devenue un jour le Detroit de Sarah et Anthony, mais se souvenait des *mushrooms towns*, les « villes champignons » des campagnes américaines, ou du *mechanical boom* qui équipait les exploitations agricoles dans des États plutôt conservateurs. Il constatait la différence entre le souci pragmatique et financier de ses concitoyens et le goût de l'aventure manifesté par Georgette, Norbert ou Georges. Il se demandait quelle influence aurait subie un héritier si la nature ne l'interdisait pas à son couple.

Ronald disait sa femme pleinement satisfaite de ses activités à l'hôpital militaire. Elle continuait de visiter des cantonnements dans le Rif et le Moyen-Atlas, surtout pour soigner les populations des villages proches. Avec lui, et dans ses rencontres sur le terrain, elle apprenait l'arabe, dont la musique les enchantait l'un et l'autre. Elle bénéficiait de l'estime de ses supérieurs, compétente, avec le grade de commandant, dans son rôle de major. Pour sa part, l'ambassade lui confiait des missions plus culturelles que médicales, sauf pour une étude sur les invasions fréquentes de sauterelles. Par des conférences ou des rencontres dans des villes importantes, il apportait des connaissances sur son pays mal connu de la plupart des auditeurs. On l'interrogeait sur Charles Lindbergh, le premier vainqueur de la traversée de l'Atlantique, l'affaire de Sacco et Vanzetti, les deux anarchistes italiens électrocutés, après un procès houleux, malgré les protestations soulevées en Europe. Il décrivait aussi New York, répondait aux questions sur les automobiles et sur le cinéma, Charlie Chaplin, en particulier. Curieusement, par courtoisie sans doute, personne n'évoquait la question raciale des citoyens noirs, que Ronald estimait mieux assimilés à New York que dans les États du Sud. Avec Georgette, pour quelques jours, par le train ou les autocars, il visitait des ports de la côte atlantique, dominée par les casbahs blanches, et les villages d'artisans du cuivre ou des tapis. Il détailla la recette du couscous, qui n'incitait pas Elise à l'inscrire à son menu.

— Je m'en tiens à leurs sardines. Seulement en boîtes.

Léon partageait les instants de détente du colonel américain qui errait dans le Hameau en treillis de sport, curieux de mieux découvrir l'univers passé de sa femme. Il ne fallait pas questionner beaucoup l'ancien sidérurgiste pour qu'il refasse l'histoire des vignes et des tonneliers, celle des premières grèves, de l'arrivée à Pompey du premier facteur. Au militaire de carrière, il racontait les grandes heures des conscrits, incorporés d'office ou désignés par tirage au sort :

— On les voyait partout, dans les fêtes patronales, les mariages, les défilés syndicaux parfois. Ils marchaient toujours derrière un tambour et un camarade portant une canne aussi longue que celles des tambours-majors, qu'il se gardait bien de lancer en l'air. Ils portaient des chapeaux claques entourés de galons de soie de couleurs différentes, des vestes bariolées de cocardes tricolores, médailles en carton, rubans, vendus par des camelots qui ne vivaient que de ça. À un moment, apparurent aussi les conscrites, nées dans la même année, les jeunes filles avec une cocarde blanche, les femmes mariées avec une cocarde rose. Les conscrits, après le service militaire, se retrouvaient entre hommes de la même classe d'appel, organisaient des banquets et des soirées dansantes. Certains gardaient précieusement leur quille.

— Une quille pour jouer ?

— Les soldats donnaient ce nom au jour de leur démobilisation. Depuis le « père cent », à cent jours, ils décomptaient le temps, en disant 50 au jus, 49, 48... À zéro au jus, c'est-à-dire au café du matin, la quille était à l'honneur. Elle tenait son nom, avec audace, du bateau qui ramenait à Brest ou à La Rochelle les forçats de Cayenne, la *Quille*.

Ronald apportait à ses amis des nouvelles de son frère et de sa belle-sœur. À la suite d'une croisière dans les Caraïbes, Sarah tenait à Detroit une galerie de peintures naïves haïtiennes. Quelques photographies donnaient le ton coloré et dépaysant de son catalogue : devant son étal et ses gigots pendus, un boucher digne comme un officiant, en blouse blanche sur son pantalon bleu, coupait avec un couteau démesuré des rondelles de jambon pour trois clientes peu argentées tendant de modestes casseroles. Un voisin de l'autre, peut-être, sous son enseigne créole « Co Apheur », rasait un client devant l'alignement de ses flacons de parfums. Une femme nue entourée de feuilles et d'orchidées posait près de sa case en cachant son intimité derrière un ananas. Une noce voguait sur des pirogues dans une baie bordée de palmiers, sous une citadelle haut perchée. Léon observait le coq de combat tenu dans ses bras par le mari, aléatoire gagne-pain des places dominicales.

— J'évoquais à l'instant les conscrits que l'on n'entend guère plus. Ta noce me fait penser à celle de Saint-Nectaire, pas endeuillée encore par le décès d'Alphonse. Sympathique mais figée. Nous ne nous connaissions pas entre familles, nous ne nous reverrons sans doute jamais. Des traditions rurales disparaissent : la chaussure de la mariée apportée le matin même du grand jour par le futur, le fil tendu entre deux arbres ou deux chaises avant l'entrée de la bru chez ses beaux-parents. On chante au dessert des gaudrioles qui n'ont pas le côté coquin de la vente de la jarretière récupérée, vrai ou faux, par un garçon d'honneur sous la dentelle blanche de la mariée. La barque de la peinture naïve transporte le coq. Nous appelions « poulaillers » les jeunes gens du village qui, après la messe, chassaient les poules blanches pour un repas le dimanche suivant. On pourrait écrire un livre avec ces vieilles histoires, victimes, après nos vignes, du phylloxéra de la mémoire.

À son dernier repas, Ronald amusa Elise et le vieux Muller, Gisèle, Marie, avec des mots arabes entrés dans le français courant, grâce aux soldats. C'était un jeu. « Chouia », « bezef » ne surprenaient personne. Léon connaissait « chaouch » :

— À l'usine, de mon temps, un ancien de l'armée du père Bugeaud appelait ainsi un petit chef d'atelier.

Elise dans sa cuisine utilisait « fissa » à l'occasion. Marie rappelait qu'Alphonse disait souvent « macache » ou « kif kif ». Tous ignoraient l'expression « aller à dache » :

— Dache était, dans un roman, le perruquier des zouaves. Devant les cheveux trop longs le caporal, ou le chaouch, disait : « Va chez Dache. » L'usage en a fait « aller au diable ».

La Cure d'Air apprit aussi que le « toubib » désignait le médecin militaire et au Maroc déplaisait au « docteur » du civil.

Ronald, en quittant le Hameau pour le terminus du tramway, emporta pour Georgette un carton de confitures de groseilles, mûres, framboises et… mirabelles.

— S'il n'y avait pas le tramway il faudrait l'inventer, disait Pauline en embrassant Elise.

Elle portait un costume de marin avec col bleu et pompon rouge sur le béret. Elle apportait, entre deux suburbains, des cartons d'invitation envoyés par Georges pour un meeting aérien à l'aérodrome d'Essey.

— Il survolera le public à bord d'un nouveau Goliath. Dans sa lettre à Louis, Georges précise que l'avion ne se posera pas : il espère convaincre le pilote de survoler Pompey. À son avis, ce sera le plus grand meeting aérien de l'année en province.

La date ne convenait pas à Elise, à cause de l'assemblée régionale des tireurs à l'arc et cent dix couverts à assurer. Gisèle adressa aussitôt une invitation à Norbert. Pauline réservait une autre nouvelle à ses amis : son embauche comme secrétaire à la direction des nouveaux Magasins Réunis, reconstruits après les bombardements de la guerre :

— Je suis chargée des expositions de peinture lancées par le patron, amateur d'art et mécène.

Elise s'interrogeait sur l'effet de l'uniforme de marin dans les larges escaliers de l'établissement. En retournant vers le tramway, l'audacieuse élégante confia à Marthe pour le meeting aérien l'organisation du déplacement des invités de Pompey que les Nancéiens attendraient à une terrasse de café proche du terminus de la gare. En fixant son rendez-vous, Pauline n'imaginait pas l'afflux de voyageurs pour la ligne 3 qui aboutissait à proximité de l'aérodrome. Une file d'attente serpentait autour de la statue d'Adolphe Thiers. Mathieu, Gisèle prenaient rang dans le cordon. Louis et sa femme guettaient les voitures en provenance de Pompey. L'intrusion de six personnes derrière les deux amis provoqua des remous et grognements autour d'eux. L'âge de Léon et ses cheveux blancs calmèrent les impatiences. Les passagers occupaient les voitures venues de Laxou et limitaient les places. Arrivèrent en secours des tramways équipés de baladeuses qui soulagèrent les voyageurs en attente. Dans les deux grandes lignes droites avant le terminus, des groupes, résignés, marchaient d'un bon pas vers le lieu de la fête.

À l'entrée, un panneau indiquait un passage prioritaire pour les invités. Pauline craignait quelque oubli du carton, mais chacun présentait fièrement son laissez-passer. Au large des hangars, des chaises entouraient l'estrade des officiels. Norbert attendait au bord d'une rangée, gardant comme un placier deux fois cinq chaises :

— Il n'est pas nécessaire de se trouver au premier plan puisque tout se passe au-dessus de nous.

Mathieu estimait à vingt ou trente mille personnes le public massé derrière les mains courantes sur toute la longueur des pistes, à un écart surveillé par des policiers. Les haut-parleurs diffusaient des chansons à la mode entrecoupées de marches militaires qui rappelaient la ceinture de terrains de 1915 à 1918 sur les collines de Nancy.

Peu avant l'heure des vols, un animateur rappela le programme : Mathieu leva le doigt quand il cita le survol du Farman Goliath. Il présentait certains pilotes titulaires de victoires aériennes ou de records d'altitude ou de vitesse. Il donnait, comme un des clous de l'après-midi, le passage à basse altitude de l'hydravion italien *Santa Maria*, recordman du monde de la distance en ligne droite avec 7 188 kilomètres entre Montcello en Italie et Natal au Brésil. Léon secouait la tête avec effarement.

Le commissaire général de la fête, lui-même pilote d'essais des Latécoère, ouvrit la manifestation par quelques mots de satisfaction. On l'applaudissait encore lorsque parurent à basse altitude quatre parachutistes accueillis au sol par des gerbes de fleurs. L'autre surprise, comme le disait l'animateur, venait des pâquerettes, avec un envol massif de pigeons militaires qui piquèrent aussitôt, en diverses directions, vers leurs gîtes habituels.

— Enfin un avion ! dit Germaine au décollage rapide d'un biplan présenté au micro comme le Breguet 14, modèle qui, en 1919, réalisa la première liaison

Toulouse-Rabat. Deux cents exemplaires assurent la liaison en Afrique.

Il ne s'agissait pas de célébrer un avion issu de la guerre mais d'admirer un acrobate qui survolait le terrain à 130 km/h accroché par la mâchoire à un trapèze sous le train d'atterrissage. Mathieu, dans le programme, releva qu'il détenait le record du monde avec trois kilomètres parcourus dans ces conditions. Reprenant l'expression de sa belle-mère, Pauline annonçait :

— Enfin une femme !

Descendaient vers la piste quatre parachutistes, des jeunes filles tirées au sort parmi une vingtaine de candidates. Debout, Pauline agitait son chapeau rose pour les saluer. Elle partagea les applaudissements des rangées voisines avec les audacieuses sportives décorées par un officiel de gerbes autour du cou et de la combinaison militaire.

— Je trouve, disait Léon, que les numéros s'enchaînent bien. Ils alternent les genres. Ils entretiennent les surprises !

Un fort ronflement enflait en tête de piste, en provenance de Nancy.

— Georges, peut-être, dit Pauline.

— Il ne va pas se poser, tout de même !

Le transatlantique *Santa Maria* voguait au minimum de sa vitesse, à moins de cinquante mètres au-dessus de la piste. Les ailes striées de barres rouges sous deux moteurs jumelés dominaient une coque de bateau soutenue par deux flotteurs. Il n'y eut pas de réaction devant le grand I du fuselage, symbole d'un pays préoccupant. Norbert applaudissait sans dire que le double moteur Isotta venait des ateliers Lorraine-De Dietrich.

Les acrobaties, appréciées du public explosant au terme d'une chute en feuille morte, dominaient.

L'animateur, après un second passage du *Santa Maria*, annonçait le numéro de Roland Toutain, le cascadeur sollicité par les réalisateurs de cinéma. Il marchait devant les chaises des invités, pantalon blanc, pull rouge, svelte comme un gymnaste. Il embarqua dans un Caudron au nez d'espadon. L'avion passa une première fois en effectuant des vrilles, puis lentement, en battant des ailes. Au troisième passage, Roland Toutain se tenait debout au-dessus de la carlingue, laissant flotter dans la vitesse une écharpe qu'il lâcha au-dessus de l'estrade officielle.

Avec gravité, le Caudron garé à sa place, le préposé à la sonorisation annonça une interruption momentanée du programme. Il interrogeait le commissaire général du meeting :

— Comment dire ce qui se passe ?

— Un passager clandestin est monté à bord d'un appareil.

— Seul ?

— Le pilote reste à son poste.

— Que veut l'individu ?

— Survoler la manifestation.

— Est-il armé ?

— Il porte dans les bras deux bouquets de roses et des chardons lorrains.

— Porte-t-il une combinaison d'aviateur ?

— Il est en soutane. C'est le curé de Saulxures, ici à côté.

— La police de l'air interviendra-t-elle ?

— J'ai permis au pilote de mettre les gaz. Le denier du culte nous offrira une attraction supplémentaire. Regardez !

Derrière le pare-brise du cockpit, le prêtre levait ses roses. L'appareil, sans prendre de l'altitude, virait en bout de piste pour un large cercle qui aboutissait au-dessus des spectateurs arrosés par les fleurs et les branches de chardons. Le pilote amorçait une montée comme pour un tonneau mais bloqua son moteur pour se poser en vol plané.

— C'est lui !

Pauline, debout à son tour, une main en visière au-dessus des yeux, regardait le trimoteur aux phares allumés qui descendait lentement vers l'aérodrome. Le Goliath approchait du sol sans modifier son axe de vol. Il rasait l'herbe sans la toucher dans le simulacre d'un atterrissage puis sur une accélération amorçait une montée. Germaine guettait les trois hublots derrière le poste de pilotage sans rien voir d'autre que le reflet des vitres. Le trimoteur, après une boucle dans une élégante position inclinée, traversa le terrain une troisième fois, très bas, sans couper sa vitesse. Les roues à quarante mètres au-dessus d'eux, les invités baissaient la tête en protégeant leurs oreilles. Pauline tenait son chapeau. Germaine protestait :

— Il aurait pu au moins nous faire signe.

Trois appareils de voltige tournaient en se croisant, reprenaient dans leur numéro d'acrobatie les boucles des chasseurs des batailles aériennes. Le Goliath, disparu, poursuivait sa route en diagonale vers le promontoire de Liverdun, au-dessus de la Moselle. Navigateur de circonstance, Georges guidait le pilote qui se repéra mieux à l'aplomb de la rivière. Habitué aux prises de vues, il penchait son appareil pour écarter une aile de l'angle de l'objectif. Georges cadrait dans son viseur la boucle complète des eaux bleues, le meilleur endroit du site. Le Hameau, à moins d'une minute, trônait sur la colline de la rive gauche. L'avion signala sa présence après le survol des arbres de la proche forêt. En deux boucles, Georges, préparé à ces rares instants, multipliait, au rapide Leica, les images de la Gueule d'Enfer, où la Meurthe rejoint la Moselle, de la commune, de l'usine, et du pont de Frouard. Au Hameau retrouvé, des silhouettes agitaient des serviettes et des écharpes. La prudence empêcha le pilote de passer une ultime fois au-dessus de l'aérodrome d'Essey, où s'achevait la belle journée.

Le chemin de la sortie traversait un hangar. Le public découvrait au passage le Caudron du pilote nancéien Christian Munch, saboté la veille par des coups de hachette dans l'hélice et arrivé malgré tout sur la piste du meeting sans pouvoir montrer ses pointes de vitesse. Des panneaux photographiques montraient les récentes évolutions des avions et la concurrence des marques : Douglas, Fokker, Dornier, Tupolev, Latécoère, Blériot, Caudron, Junker, Boeing, Spad. Norbert paradait devant les images du Blériot équipé en moteurs de son usine. À Mathieu, il dit que les mêmes cylindres en V de 450 CV propulsaient *l'Oiseau-Blanc*, du même type que celui des malheureux Nungesser et Coli, disparus un an plus tôt dans les tourmentes de neige au large du Groenland.

Les tramways sans ailes décollaient moins vite du terminus que les avions présentés. Acrobates à leur façon, les passagers s'agglutinaient sur les marchepieds. Norbert, pour reconduire Léon et Gisèle en voiture, entreprit un détour pour éviter les rangs serrés de la foule massée sur la chaussée et sur les rails du 3 à la cloche impuissante. Plus à l'aise sur un trottoir, les autres marchaient sans impatience. Marthe ne regrettait pas cette « belle leçon de choses ». Gustave s'inquiétait de la rapidité du progrès pour le tourbillon de l'avenir. Louis rejoignait l'avis de Pauline, qui rêvait d'un vol et surtout dans un hydravion. Germaine, peu bavarde, ne s'estimait pas rassurée par les démonstrations développées un jour de beau temps, sans nuages, sans neige, sans brouillard et même, insistait-elle, sans gros oiseaux percutant les moteurs. Mathieu attendait la découverte des clichés de Georges.

Absente du meeting, Elise ne tempérait pas son enthousiasme sur le spectacle du Goliath tournant dans la vallée puis glissant sur le Hameau. Norbert, amenant ses passagers, lui dit :

— Tu es prête pour aller saluer Anthony et Sarah aux États-Unis ?

— Au-dessus de la mer ? Je ne sais pas nager.

## 13

## Changement de propriétaire

Vittorio n'avait pas le choix. Carolina encore à la faculté, Marie « absente jusqu'à ce soir », disait le papier collé à la porte, il se trouvait, selon la formule, « enfermé dehors ». La Cure d'Air s'imposait. Installé à l'écart des bruyants joueurs de billard, il étala livres et cahiers devant lui, avec plus d'espace que dans l'appartement. Il avançait avec plaisir dans son travail de licence sur les relations aux seizième et dix-septième siècles du duché de Lorraine avec la Toscane. Les recherches terminées sur Christine, la fille du duc Charles III, mariée au duc Ferdinand Ier de Médicis, Vittorio étudiait les échanges d'artistes entre Florence ou Rome, avec une attirance particulière pour Jacopo Calloti.

En découvrant ses dessins des fêtes florentines, des courtisans et des élégantes de la cour, il le croyait italien, ce que démentait la fiche biographique : « Jacques Callot, né à Nancy en 1593, mort à Nancy 1635, fils de Jean, héraut d'armes du duc de Lorraine ». La sûreté de ses lignes jetées d'un seul trait, la finesse des gestes des personnages, le respect des perspectives, la profusion des matamores et autres personnages de la commedia dell'arte révélaient un studieux séjour en Italie, la fréquentation d'artistes de talent. Vittorio cherchait les liens de ces échanges plutôt que la biographie du graveur.

Sur la table de la Cure d'Air s'étalaient les deux pages du recueil de la bibliothèque municipale consacrées au marché du village toscan de l'Impruneta. L'étudiant, debout, regardait les détails à la loupe.

— Eh, Vittorio tu deviens bigleux ?

— Bigleux… ah ! *Strabico ! No, signor Léon...*

Léon prit la loupe.

— Regardez le réalisme des personnages.

— Ceux-ci se battent à coups d'escabeau. Là ce militaire pisse un bon coup sur un tronc d'arbre… C'est le marché de Pompey. Tout juste, Vittorio… voici un chien qui saute une femelle. C'est le cinéma qui ne bouge pas…

— Je garderai la formule, en détaillant un peu.

— C'est Léonard de Vinci qui dessine si bien ?

— Non, Jacques Callot, un Lorrain.

— Et c'est un Italien qui m'apprend ça ! Montre-moi ton livre d'images.

Côte à côte, sur la table dégagée, ils tournaient les pages une à une, hâtivement pour les œuvres des débutants, posément pour ce qu'un titre appelait « le printemps florentin ». Les fresques larges de la « Guerre d'amour », avec le combat des sections d'infanterie sur la piazza Santa Croce, les comédiens Zerbinio, Fricasso, Cassandre et Scapino, le marché encore, puis des paysages. Léon savourait avec ou sans le verre grossissant. Entre deux silhouettes de gueux, une femme en haillons et un estropié sur deux béquilles, se trouvait une feuille verte, imprimée.

— Quelqu'un a oublié ça dans le livre.

— C'est à moi, dit Vittorio. *Giustizia e Libertà*. C'est un tract qu'on m'interdit de distribuer à la faculté, une page en italien, une en français.

— Chacun chez soi.

— Croyez-vous ? Hitler, l'ami de Mussolini, hurle dans ses meetings qu'il n'accepte pas les frontières fixées par le traité de Versailles.

— La ligne Maginot, décidée par le gouvernement, lui fermera la porte. Que raconte le tract ?

— Il explique aux étudiants italiens de la fac, et aux autres, que des patriotes se dressent contre les Chemises noires. « Justice et Liberté » réunit des intellectuels du nord du pays. En plein midi, à Milan, un avion a arrosé la foule de tracts contre Mussolini. Deux militants ont libéré un ami prisonnier dans sa villa et mis à l'abri en Corse. D'autres courent encore après leur évasion des îles Lipari. *Giustizia ?* La police fasciste garde en prison les épouses et les frères de ceux-ci. Mon pauvre Léon, Jacques Callot aussi rêvait de justice et de liberté.

L'examen des gravures des sièges de Breda et de La Rochelle, des scènes pitoyables de la guerre de Trente Ans suivaient l'intermède politique. L'intérêt de Léon ne diminuait pas. Elise guettait la fin de la conversation des deux hommes. Vittorio liait livres et cahiers dans une sangle quand elle prit une chaise à son tour devant trois verres de porto. Elle expliquait aussitôt, pour Léon davantage que pour son compagnon, la visite dans l'après-midi d'un notaire de Nancy et d'un avocat. Délégués par une société, restée anonyme, ils proposaient l'achat de la Cure d'Air pour l'installation d'un complexe – c'était leur mot –, un hôtel, moderne insistaient-ils, brasserie, salles de banquet et de danse :

— Une cure d'air, sortie du sana, quoi.

— La question se posera un jour ou l'autre. Je ne vois personne de nos familles s'installer à ta place avec « Maison fondée en 1887 » sur la façade. Avant toute chose, et sans décision, il s'agit de définir les héritiers.

— Mathieu et Germaine, normalement. Il n'existe plus de descendant Evrard depuis longtemps. Mon second mari, Colin, était le dernier survivant de la lignée.

— C'est déjà bien pour la clarté de la succession.

— Une vente aujourd'hui ne m'intéresse pas. Je ne rêve pas d'une vie de rentière dans une ville d'eau. Ce que je retirerai à mon départ suffira à ma petite retraite. Dans tous les cas, je ne traverserai pas les mers pour rejoindre Georgette si elle s'installait au pays des Sioux.

— Nous pouvons aussi former le dernier carré du Hameau sans mirabelliers. Les héritiers porteront des fleurs sur nos tombes à la Toussaint. Ronald, Pauline, Mathieu, et Norbert non plus, ne planteront pas d'arbres entre nos caillasses. Fais croire au notaire et à l'avocat que tu vends ton auberge à l'usine pour changer un peu d'air. Vittorio, si tu trouves d'autres gravures de Jacopo Calloti, fais-moi signe.

Les ouvriers ne disaient plus « la chiotte », comme après la guerre, en parlant de l'usine époussetée de ses vieilleries. En compensation d'un capital multiplié par quatre depuis 1920, le personnel et les familles disposaient d'une salle des fêtes et d'une garderie où Marthe donnait des cours de lecture aux plus jeunes. Sévissaient encore les baisses autoritaires de salaires comme dans l'ensemble de l'industrie. Les syndicats protégeaient au mieux les conditions de travail, la sécurité des postes, l'entretien du matériel. Aucun mouvement de soutien n'accompagnait les grèves régionales ou lointaines comme le long arrêt des usines textiles et sidérurgiques du Nord. Séparée de Luigi parti en Belgique, Nicole, militante au Parti communiste, n'animait plus de réunions clairsemées. Pour retrouver l'élan révolutionnaire, elle espérait une affectation dans une gare de la périphérie parisienne, la banlieue rouge. Ses camarades s'en occupaient.

Plus que la situation économique outre-Rhin, le krach financier aux États-Unis frappait les exportations des fontes spéciales et des profilés spécifiques de Pompey. En Allemagne, dans un pays enfiévré par les succès électoraux du parti nationaliste de Hitler, les faillites augmentaient de 50 % par an, le chiffre des chômeurs atteignait les quatre millions, les semaines de travail ne dépassaient pas quarante heures. Aux États-Unis, après le « Jeudi noir » de Wall Street, le chômage passait de deux à sept millions. Les journaux français montraient les photographies des files d'attente devant les soupes populaires de New York.

Le Hameau attendait, pour en savoir davantage, le retour de Ronald à Washington pour régler la suite de sa carrière. Georgette annonçait un mois de séjour chez sa mère, pendant un stage d'ophtalmologie à l'hôpital militaire Sédillot de Nancy. Grâce à Georges et Colette, organisateurs du rendez-vous, Norbert l'accueillit au Bourget, solution avantageuse pour le transport de la cantine solidement amarrée dans un atelier Farman sur le toit de la HP. Le conducteur savourait son arrivée à la Cure d'Air, sans encombre ni contrôle de l'arrimage par la gendarmerie.

Georgette rayonnait, hâlée par ces longs mois sous le soleil marocain, svelte dans son uniforme, les cheveux courts dans les limites permises par l'armée. Pour sa commodité, une table de travail mêlait sa banalité aux meubles Majorelle. Une nappe vert tendre fournie par Louis limitait l'insolite du voisinage. Le stage de l'hôpital militaire se limitait aux après-midi. Le bon vieux 10 assurait les navettes aux heures choisies pour un repas au mess ou pour une tournée des magasins.

Les retours au Hameau embarrassaient la fille d'Elise. Elle savait que Ronald ne méprisait pas la modestie des lieux et que sa sœur Sarah en gardait le meilleur souvenir. Elle ressentait quelque gêne, un brin de peine, devant l'isolement imposé à sa mère. Elle n'imaginait pas d'autre vie que celle choisie après des années de front. Bien avant de rêver à un diplôme de médecine militaire, elle excluait toute reprise de la Cure d'Air, cet isolement laborieux en un lieu où s'effilochaient les racines des uns et des autres. Elle limitait les distances en écartant tout projet de son mari d'un retour aux États-Unis. Elle renonçait autant à convaincre Elise d'une existence commune au Maroc. L'orgueil de son métier, la conviction de l'aide apportée dans des lieux défavorisés, sa vie harmonieuse avec Ronald atténuaient son faible remords.

À l'hôpital de Nancy, Pierre, le fils de Louis et Pauline, interne civil dans l'établissement, se présenta lui-même au major Fischer, qui ne se souvenait de lui qu'en culottes courtes dans les broussailles du Hameau. Il ne se destinait pas à la médecine militaire mais à la gynécologie. Elle l'invita un samedi avec ses parents pour un repas à la brasserie Thiers, à deux pas du terminus du suburbain. Le cinéma voisin affichait, avec un grand portrait de Falconetti, le film *La Passion de*

*Jeanne d'Arc*, de Carl Dreyer, succès de l'hiver précédent à Rabat. Le restaurant, réputé, alignait ses vitres sur la place, avec, en bonne clarté, des box discrets pour les clients. L'ennuyeux fond sonore d'un pianiste langoureux ne dépassa pas l'heure de l'apéritif.

Le premier, Pierre occupait la conversation. Pauline se félicitait de son choix par solidarité féminine devant la grossesse et les accouchements :

— Je n'ose parler des avortements, disait-elle. Parce que les cours d'assises montraient trop d'indulgence pour les inculpées, on les envoie maintenant en correctionnelle, où règne vraiment la moralité. Aux états généraux du féminisme, à Paris, j'entendais s'opposer les besoins de la natalité du *birth control* pour que celles qu'on appelle les anges de la maison puissent dire : « Je n'appartiens qu'à moi. »

Toujours élégante, Pauline, fidèle au béret de feutre mais sans pompon rouge, acceptait les crans dans ses cheveux courts et des guipures de fil sur la robe qui descendait au ras de ses chevilles.

Georgette ne possédait aucune nouvelle de Ronald, déterminante pour leur devenir :

— La crise américaine n'arrange rien. Ford, qui célèbre la sortie de sa dix millionième voiture, réduit ses effectifs. La production des six derniers mois de l'industrie automobile est tombée de 3,7 millions à 2 480 000, par rapport à l'année précédente. Pour sauver sa place, Anthony a accepté un poste dans l'usine de Trieste, en Italie, en attente de la création d'un bureau d'études dans un nouveau centre Ford à Livourne. Sarah reste à Detroit. Elle connaît le marasme des commerces de luxe : ses peintures haïtiennes prennent de la patine sans vraiment vieillir.

Louis dit que la France ressentait le contrecoup de l'effondrement bancaire de New York. Il citait l'exemple des aciéries de Pompey, pénalisées par les barrières douanières établies dans tous les États. À cela s'ajoutaient, selon lui, les progrès techniques spectaculaires dans l'automobile, l'aviation, le transport.

— Ce *Normandie* qui augmente sa vitesse sur l'Atlantique, le chemin de fer avec ce train qui permet de s'endormir dans sa couchette à Londres et de se réveiller pour le breakfast ou le cappuccino à San Remo… Pour construire tout cela, il faut des compétences, du haut en bas de l'échelle. La génération précédente, descendue des vignes et des villages, donnait de bons bricoleurs ou des artisans habiles : aujourd'hui, sur les chaînes, il faut des ouvriers spécialisés qui ne s'accrochent pas avec leur clef à molette au cadran de l'horloge.

Pauline, après une visite de grand magasin pendant son congrès de femmes à Paris, détaillait l'arrivée de ces progrès dans les arts ménagers. Elle citait, en disant que l'épouse et la mère continueraient de gérer ces inventions, le grille-pain, pour ne pas cramer les tartines, la machine à laver avec essoreuse qui permettait de ranger le linge sans le laisser pendre pour sécher dans les cuisines.

— Louis, ajoutait-elle, ne veut pas en parler encore pour ne pas troubler Marthe et Gustave, Léon également ; Majorelle n'est plus le fournisseur adulé d'autrefois : on parle plus des jardins de Marrakech de Jacques Majorelle que des meubles conçus par son père. La standardisation des modèles réduit la création : Louis manie de moins en moins le crayon fusain ou la gouge à moulures. On lui propose une responsabilité dans le magasin de Lyon ou celui de Lille.

Louis expliquait l'avènement tardif des idées boudées en 1925 aux Arts décoratifs. Avec Le Corbusier, le Finlandais Alvar Aalto, l'Allemand Walter Gropius, le design offrait, à la place du confort luxuriant, un équipement de fonction humaine organique.

— Les mots paraissent secs comme les tubes d'acier des pieds de table et froids comme la dalle de verre posée dessus. Les alignements de casiers aux murs renvoient les portes sculptées dans les musées. Il s'agit d'un cadre de vie animé par le sens de l'existence, la couleur des fleurs et des gravures, la rêverie des livres, l'ambiance d'un concert à la TSF ou sur un pick-up.

Pauline, face au choix, préférait Lille, proche de la mer, à Lyon, voisine des montagnes, avec la garantie d'une faculté de médecine ici ou là. Georgette rappelait son séjour lyonnais. La table s'amusa au souvenir de la visite de Marthe et d'Elise, de la découverte de la cuisine régionale de la mère Matefaim.

Louis choisit le bon moment pour l'annonce de sa décision. Chaque dimanche, les parents et les enfants, Pierre parfois, se réunissaient à Pompey ou à Nancy. Pauline réussissait mieux qu'Elise le baeckeofe, plat préféré de Gustave. Par habitude, l'invitée apportait le dessert. Au lieu de la tarte, trop fréquente, Marthe proposait un assortiment de gâteaux individuels, aucun en double. Privilégié par un bon résultat trimestriel, Pierre choisit le puits d'amour, un cornet feuilleté garni de crème pâtissière. Les autres hésitaient, mêlaient le privilège de l'âge à celui de l'hospitalité. Gustave, résolument, prit le baba au rhum, sa femme, servie en dernier comme responsable du choix, hérita du millefeuille.

L'après-midi se prolongeait à la Pépinière, derrière la place Stanislas. Les activités animaient le parc : match de football dans le stade en bois proche du canal, exercices de chiens de défense à l'écart des marronniers, jeu de boule sur des pistes caillouteuses. Après le bassin, où régataient vaille que vaille les voiliers des garçonnets, les Muller trouvèrent le calme dans la Roseraie, lieu de repos des dames âgées et des septuagénaires nostalgiques.

Nancy bénéficiait ainsi d'un grand choix de jardins. Depuis longtemps, la ville entretenait une vocation botanique. Autrefois, on offrait un album de fleurs peintes à l'épouse de Bonaparte en route vers une cure à Plombières, ou à Marie-Antoinette sur le chemin de Versailles pour son mariage avec Louis XVI. À la fin du dix-neuvième siècle, avant l'éclosion des œuvres d'Émile Gallé, les bégonias nancéiens enchantaient les marchés parisiens. De la Grande Exposition de 1900, il restait le parc Sainte-Marie, fréquenté par les nurses et les amateurs d'ornithologie. Comme à Pompey, une Cure d'Air, sans restaurant, dominait la ville depuis le coteau le plus élevé. La Pépinière offrait un choix de distractions et, en même temps, des coins de repos, comme la Roseraie.

— Le lieu m'enchante, disait Marthe, moi qui n'ai pas de jardin et qui vis sous un ciel souvent obscurci.

— Pourquoi ne pas déménager ?

— À cause des liens avec le Hameau, une vie entière tout de même. Nancy ne me déplairait pas.

Pauline observait Louis, qui se levait entre les bancs et les chaises de fer.

— Ce décor convient à ce que je vais vous dire. La maison Majorelle, qui limite son personnel, me propose une place intéressante dans son magasin de Lille. J'accepte.

— Sans nous en parler ?

— En réfléchissant, Pauline et moi, depuis des semaines. Un peu plus de salaire, un logement assuré, une faculté pour Pierre, un poste de secrétariat à dénicher, des trains rapides par Paris pour nous et pour vous.

— Quel esprit de décision !

— Gustave n'en manquait pas non plus.

Discrète allusion, qui échappait à Pierre, de l'engagement du frère de Léon chez les zouaves d'Algérie. Marthe soupirait :

— Que dire de plus ? Accepter puis mettre son mouchoir mouillé par-dessus.

Pauline souriait à Louis, revenu à sa place. Reprenant la phrase de sa belle-mère, « Nancy ne me déplairait pas », elle proposait de laisser l'appartement aux parents :

— Vous vivrez au cœur de la ville pour profiter des commerces, des Magasins Réunis, n'oubliez pas, des cinémas, du théâtre, de la Pépinière. Je parie que Gustave n'a jamais vu un match de football.

— Je ne verrai jamais autant de buts que les Barcelonais : Espagne 8, France 1. Le sport mis à part – je préférerais les courses cyclistes au vélodrome de Vandœuvre – l'idée non du départ mais du déménagement ne me déplairait pas. Mais, comme ses élèves avant dans ses classes, j'obéis à ma directrice.

— Ceux qui ont réfléchi deux mois pour m'envoyer aujourd'hui sur les roses me laisseront bien quelques jours pour décider de mon sort. Surtout que rien ne gêne les études de Pierre. Nous reparlerons de ces projets la semaine prochaine à la maison.

Marthe connaissait l'attrait de la ville chez ses voisins, d'anciennes élèves ou leurs parents. Les habitants de Pompey les plus attachés à leur ville travaillaient à l'usine, entretenaient méticuleusement un potager ou un jardin fleuri, pratiquaient la pêche sur le cours de la Moselle ou fouinaient dans les bois proches pour cueillir des jonquilles, du muguet ou des champignons. Rien de cela ne concernait Gustave qui, à son tour, suivait les programmes des radios quand elle participait aux réunions d'associations. Comme avec la jeune génération du Hameau, avec Louis et Pauline, elle mesurait dans ces assemblées les changements d'aspirations et de préoccupations : elle pensait encore éducation, ses interlocuteurs parlaient de loisirs, mot peu usité au Hameau.

Pour le dessert du dimanche suivant, Marthe resservant une coupe aux fruits, Pauline apportait l'entrée : une flamiche au maroilles.

— La prochaine fois, dit Gustave, ce sera hareng saur et frites.

La conversation, attendue, du repas débutait par des échanges ordinaires, rien de personnel. À propos de Georges et Colette, l'aviation occupait les propos avec le succès de Mermoz et de son hydravion bouclant les trois mille quatre cent cinquante kilomètres entre Saint-Louis du Sénégal et Natal, au Brésil. Pauline mettait en avant le duel pour les records entre l'Allemande Léna Bernstein (35 h 46) en avion léger et Maryse Bastié (près de trois mille kilomètres en ligne droite).

— À Washington, ajouta Louis, Ronald a peut-être rencontré Costes et Bellonte, précurseurs entre Paris et New York avec leur *Point-d'Interrogation*.

— Bonne occasion, dit Marthe. Alors déménage-t-on, point d'interrogation. Qu'en penses-tu, Pauline ?

— Je penche pour oui.

— Gagné ! Malgré le Hameau, l'isolement pèse aussi à Gustave. Profitons de la grande ville sans un abonnement au 10. Nous prendrons le tramway dans l'autre sens pour saluer Léon et Gisèle ou tirer les rois chez Elise.

Il ne s'agissait plus de tracer des plans sur les trajectoires des records aériens mais de fixer un calendrier du double déménagement. Louis disposait de six semaines. La vente de la maison n'inquiétait pas Gustave, prêt à la louer si nécessaire. Marthe souhaitait profiter du cadre nouveau pour organiser mieux l'appartement de cinq pièces, avec une chambre pour Pierre. Gustave et Louis se chargeaient de la remise en état en retrouvant leur collaboration d'autrefois, quand le maître formait le débutant. Cette fois, l'influence du plus jeune s'imposait à l'ancien :

— Je ne veux pas de tubes d'avion pour mes pieds de table, avertissait Marthe.

Pauline, libérée avec un certain regret de ses activités aux Magasins Réunis, se chargeait de l'aménagement à Lille, découverte en deux jours. L'appartement proposé donnait sur la Grand-Place, à quelques minutes de la succursale Majorelle. Grâce à l'alignement des pièces, cinq fenêtres donnaient sur la statue de la Déesse avec, seulement, sur l'arrière, l'ouverture de la cuisine et celle de la salle de bains, une nouveauté appréciée. Elle fixa sur place une date pour le déménagement avec un dépôt en garde-meubles. Il en résultait quelques jours de camping dans les pièces nancéiennes parfumées de peinture fraîche et de colle à papier. Les meubles autrefois conçus par Gustave convenaient au gain d'espace souhaité par tous. Le couple de retraités s'installait dans un cadre jeune, aéré, éclairé. Pierre disposait d'une chambre pour achever son année de faculté. Louis l'avait conçue fonctionnelle, colorée par une reproduction du peintre Kandinsky dénichée par Pauline. *Monument de rêve,* qui incitait, disait-elle, à la tranquillité intérieure.

Louis, une semaine avant sa prise de fonction, découvrait son nouveau logement, vide, décoré seulement, sur une cheminée, d'un hortensia en pot, déposé avec la carte que serrait Pauline : « *Le Hameau ne vous oublie pas. Léon.* »

Message surprise, plein d'émotion.

— Pas mal, cet enchaînement de pièces. Avec de la couleur, ce sera vivant au possible.

— Tu n'as pas tout vu. Viens à la fenêtre. Regarde !

— Un tramway. Rien n'a vraiment changé.

Avant de gagner l'hôtel provisoire, les nouveaux ch'tis mangèrent leurs premières moules-frites en pensant à Gustave.

# 14

## Un Hameau des orangers

Anthony tombait mal. Il arrivait sans crier gare, pas même un appel téléphonique, un samedi de fête à la Cure d'Air. Diverses associations aux activités multiples célébraient, avec le député de la circonscription Louis Marin, l'élection à la présidence du Sénat du Lorrain Albert Lebrun. Avant d'entrer dans l'auberge, le voyageur subit l'examen de ses valises par les gendarmes de la protection officielle. Norbert, prêt à sortir, le guida à l'écart des tables, fort animées en ce milieu d'après-midi. Sur le conseil d'Elise, il le conduisit à la chambre Majorelle, libérée par Georgette, partie pour une semaine au Val-de-Grâce à Paris.

— Nous reviendrons après le départ des bons citoyens. Je soupe chez Gisèle, ma mère : tu seras le bienvenu.

Devant la maison de Léon, stationnait une berline bleue.

— Les chevrons dans la calandre : Citroën ! Une bonne idée pour vendre la marque, dit le dessinateur des usines Ford.

— De Dietrich lâche peu à peu les automobiles. Ses modèles intéressent les collectionneurs. Ma HP, bien vendue à l'un d'eux, a payé ma C4, fournie à bon compte par un ami du quai de Javel.

— Pardonne-moi, sa coque, monopièce *I suppose*, ressemble à celle des Ford, qui plaisent tant aux gangsters de Chicago et aux cinéastes de Hollywood.

Léon eut la primeur de l'aventure d'Anthony. Le gouvernement italien, après la fermeture de l'usine américaine de Trieste, refusait la nouvelle succursale de Livourne :

— Un décret de loi de Mussolini déclare l'automobile industrie de base de la défense nationale. Il ne veut pas dire que Ferrari et Fiat ne construiront que des tanks ou des automitrailleuses, mais que les Italiens rouleront italien et pas yankee ou *francese*. Vigilant sur cet inquiétant pays, je ne suis pas rancunier : comme je m'invite chez vous à la hop là, je vous préparerai des macaronis au gratin. Norbert me conduira à l'épicerie. En voiture, j'espère.

La C4 sentait encore le neuf. Anthony observait un détail : les trois vitesses dont deux synchronisées, son siège indépendant, réglable pour sa position et pour le dossier, le tableau de bord avec une montre, un totalisateur partiel sur le compteur kilométrique, le silence du moteur.

— Tu répares toujours les Lorraine sur les circuits de vitesse ?

— Je travaille pour les livraisons au chemin de fer. Je surveille la suspension des wagons de luxe que fournit De Dietrich, avec d'autres sociétés françaises ou européennes. A Lunéville, on appelle l'usine « les Wagons ».

— Ça m'intéresse. On peut voir ?

— Oui, la Western Union ne nous concurrence pas.

La préparation d'Anthony encombrait Gisèle. Il alignait devant lui les ingrédients pendant la cuisson des macaronis : tranche de jambon, crème fraîche, œufs, gruyère râpé, farine. Le plat proposé lui semblait trop petit, la température du four loin des deux cents degrés. Norbert souriait. Léon se démenait avec le bouchon récalcitrant de la bouteille de chianti. Le cuisinier d'un soir attendait que ses amis prennent place autour de la table pour poser avec fierté un plat joliment coloré sous les noisettes de beurre.

Les nouvelles familiales fournissaient d'abondants thèmes de conversations avec des pensées pour Alphonse. Anthony espérait rencontrer les étudiants italiens logés par Marie. Léon évoquait Jacques Callot. Ses explications éclairaient l'origine d'une gravure exposée dans le bureau du directeur de la Fiat italienne : le grand duc Ferdinand Ier de Médicis surveillant les fortifications du port de Livourne.

— Pendant les réunions, j'observais les maçons grimpant vers le niveau de la muraille, les marbriers taillant les pierres à emporter. Il y a de la ressemblance avec ce que tu expliques.

De son beau-frère, Anthony pensait qu'il souhaitait garder un poste à l'étranger :

— Pas en Europe, où tout se complique, en Italie, Allemagne, Espagne, Russie soviétique. Les transports facilitent tous les déplacements, sauf les wagons en bois sous le tunnel du Mont-Cenis.

Léon raconta le meeting aérien de Nancy dont Gisèle apportait quelques photographies, celle, agrandie, de la maison avec son trait de fumée sur le toit et la trace malingre du mirabellier amputé :

— C'est ma Tranchée des Baïonnettes, comme aurait dit Alphonse. Je ne demanderai pas à être enterré debout, en dessous, avec mes expériences ratées au bout du bras. Mon père, Léopold, avait planté les plus vieux mirabelliers de l'allée, moi les jeunes. Le grand Émile Gallé, passé par ici en cherchant les vivaces des clairières, m'a dit un jour : « Vous êtes perché entre la nature qui recule et la machine qui avance. Il fait bon, chez vous. » Avec la forêt, là-haut, la nature avance dans le vide et moi je sens le sapin. Dans ce siècle déboussolé, j'aurai au moins la chance de partir là où je suis né.

— *The roots*, dit Anthony. Les racines ! Les nôtres sont bien éparpillées.

À Lunéville, le passager de la C4 ne reconnaissait plus l'usine visitée après le mariage de son beau-frère. Les ateliers se succédaient entre la route et la voie de chemin de fer, utilisée comme dépôt pour le matériel neuf. La Citroën garée à l'extérieur, les deux hommes marchaient vers les bureaux. Celui de Norbert voisinait avec un studio de dessins du centre de recherche, avec sur la porte la mention « Chef de section ».

— Les De Dietrich qu'on n'appelle plus Lorraine roulent encore, bien même. Le jeune pilote Jean-Pierre Wimille a raté de peu la victoire au rallye de Monte-Carlo avec un coupé dénommé « 20 CV ». Des indépendants participent encore aux 24 Heures du Mans avec de vaillantes 15 HP. Je suis plus utile ici.

Anthony découvrait avec intérêt la tradition de l'usine dans la fabrication des wagons. Depuis les rames de la compagnie franco-algérienne, les voyageurs du Maghreb, de l'Égypte et de l'Afrique occidentale, Sénégal, Soudan, Mauritanie, Côte-d'Ivoire, roulaient De Dietrich. Norbert montrait au mur des photographies de trains rapides entre Londres et la Côte d'Azur. Le Train Bleu, la Flèche d'Or, réplique de la Golden Arrow anglaise :

— Pour une voiture de luxe, le confort prime tout, de la décoration des cabines à la souplesse et à la discrétion des suspensions, mon domaine.

Des documents en disaient plus que des discours. Un plan indiquait la disposition des deux voitures jumelées, l'une avec cuisine du restaurant, l'autre sans, mais fournie par les traiteurs. Une gravure détaillait les compartiments à deux places avec sièges de velours marron foncé sur la moquette verte, armoiries et panneaux en acajou massif, marqueteries colorées, lavabo avec eau chaude et froide, veilleuse bleue au plafond, lampe de chevet.

— Quelle vitesse ? Londres-Paris en 6 heures et 35 minutes, à 70 de moyenne, transfert en bateau compris.

— Par ferry-boat, comme dans la baie de New York ?

— Pas encore. Une rame anglaise se range le long du quai, à Folkestone ou à Douvres. À Calais ou à Boulogne, le relais français attend dans les mêmes conditions.

— Comme tu dis pour l'Afrique, ces voyageurs roulent tous en De Dietrich ?

— Loin de là, hélas : la fabrication est répartie, modestement chez nous. D'origines diverses, les voitures, polonaises parfois, sont identiques, aux rivets près, étêtés et fraisés pour garder lisse et rutilante la livrée bleu et crème.

La suite de la visite, en atelier, coïncidait avec la pose sur la caisse métallique de la toiture avec ses courbes en cornière.

— Les couleurs marron et crème correspondent à la Flèche d'Or. Les locomotives sont peintes en chocolat…

En route vers le Hameau, Anthony exprimait son admiration pour un matériel élégant avec finesse :

— Les Américains roulent « grand luxe ». Ce verbe me plaît. Les compagnies, cent cinquante différentes, offrent aux voyageurs un confort de paquebot ou de grand hôtel : bureaux pour les hommes d'affaires, salons de coiffure et de manucure, salles de bains avec choix entre eau douce et eau de mer, voiture dancing-bar. La concurrence, avant la crise des faillites et du chômage – trois cent cinquante mille cheminots en moins –, était forcenée : dix-huit lignes concurrentes entre Chicago et New York, avec une obsession de western pour descendre en dessous des dix-huit heures de trajet.

— Le plus cocasse, pour moi, c'est la rivalité entre nos wagons et les Farman de Georges : quarante-trois mille passagers sur les vols pour Londres il y a cinq ans, près de cent mille aujourd'hui. Les aléas de la traversée par bateau et les retards inévitables pénalisent en train la clientèle dite d'affaires.

— *American way of life* : circulent à la Twentieth Century Limited les premiers wagons à air conditionné.

Norbert déposa son passager devant la Cure d'Air pour rejoindre aussitôt Lunéville. Elise, après le bref moment de déjeuner matinal, trouvait enfin, avec le repas de midi, le temps de bavarder avec le beau-frère de sa fille.

Pour cet étranger attentif à sa cuisine, elle proposait un menu qu'il n'oublierait pas. Les cuisses de grenouilles frites servies avec une crème d'orties bravaient la réputation entretenue par les Anglo-Saxons sur les goûts des Français. Elise garda secret jusqu'à la dernière goutte de sauce le nom de l'assiette de rognons sautés au pinot rouge de Toul. Dans sa dégustation parfumée du mélange d'herbes, Anthony rêvait à haute voix d'un restaurant français au sommet d'un immeuble de Detroit :

— Nous ferions un triomphe avec « Chez Elise ».

— Pourquoi pas « Casa Antonio », avec des macaronis au gratin, réussis paraît-il ?

— D'abord, pour que je ne l'oublie pas, ce message de Vittorio, le pensionnaire à côté de chez Léon.

— Il m'appelle *Signor* ! La gravure évoquée par vous est sans doute l'œuvre de Jacques Callot, une des seize eaux-fortes gravées pour une vie de François de Médicis, décédé. Sa veuve Christine de Lorraine gouvernait alors la Toscane. *Va bene ? Buon viaggio, Vittorio*. C'est très gentil.

— Après ces bonnes nouvelles d'Italie, en apportez-vous d'autres du voyage de Ronald aux États-Unis ?

— Il cherche peut-être à m'alerter à Trieste, mais je suis parti sans laisser d'adresse. Rassurez-vous : Ronald ne peut pas s'éloigner longtemps, et si l'armée américaine réduit ses frais, elle ne renvoie pas ses colonels dans leurs foyers. Georgette revient quand ?

— Dans une petite semaine. Pour m'annoncer quoi, une nouvelle fois ?

Anthony retrouvait dans le restaurant, dans leur cadrage complet, les photos prises par Georges au passage du Goliath sur Pompey. Lovée entre les bras de la Moselle, l'usine reposait dans un cadre bucolique comme en rêvait Léon. Avec l'aide de Mathieu, alerté, le voyageur inattendu emportait dans ses bagages une gravure du Capitano dei Baroni, un de la série des *Gueux* gravés par Callot :

— Si la peinture créole ne survit pas au krach, Sarah consacrera sa boutique aux eaux-fortes de Lorraine, qui ne manquent pas. Je lui suggérerai d'appeler sa boutique « The Hameau ».

Leur nouvelle vie nancéienne plaisait à Marthe et Gustave. En plus des spectacles ou des concerts des musiques militaires qui jouaient des airs d'opérette à la Pépinière, ils sortaient ensemble pour les achats ou simplement pour errer dans les rues commerçantes. Ils fréquentaient le marché couvert presque chaque jour ouvrable. Les présentations de fruits et légumes des maraîchers de la banlieue leur rappelaient les bons étals tout frais de Pompey. Gustave se souvenait de sa mère Mélanie installée près de l'église pour vendre des mirabelles aux citadins privés de vergers, des pommes, des salades qu'elle cultivait elle-même dans la terre retournée par ses fils. Ils marchaient volontiers sur les rives du canal, qui offraient un air de campagne à la ville. Des pierres, des caisses abandonnées servaient de sièges. Les enfants des péniches saluaient en glissant jusqu'au bassin des quais Sainte-Catherine. Des promeneurs passaient, indifférents.

— Quelle différence, observait Marthe, avec une petite ville. Je croisais d'anciens élèves, les plus anciens avec un ou deux petits-enfants déjà, et toi des vieux copains de la brasserie Carcel ou des habitués récents de la Cure d'Air. Je t'assure que je ne me sens plus fille du Hameau.

— On ne refait pas l'histoire. Léon s'y accroche. Je ne suis pas toujours à l'aise quand il ressasse l'avant-guerre. Des anecdotes, des dates, qui rappellent, sans allusions directes, le temps de mon engagement en Algérie, mon retour pour te retrouver, te reprendre, fatalement après tout, à lui. Alphonse ne manquait pas de hausser le ton de sa TSF quand Mistinguett chantait *Mon légionnaire* en notre présence. Mais je ne sens plus le sable chaud.

Pierre interne à la maternité des mines de Forbach, Norbert occupait souvent sa chambre, plus intéressé par des jours de repos à Nancy que chez sa mère. Ses amis profitaient de sa C4 pour apprécier les côtes de Meuse aux arbres encore décharnés par les obus, Metz, où Gustave se régalait du porcelet en gelée, les étangs du Saintois peuplés de cigognes appréciées et de goélands chassés à coups de pierres par les enfants.

Avec leur accord, Norbert inscrivit sa voiture dans un rallye original de l'Automobile Club, placé sous le signe de la gastronomie. Ces manifestations nombreuses profitaient de la curiosité des nouveaux conducteurs et de l'intérêt de la population des communes traversées. Les concurrents percevaient des tickets de restauration s'ils trouvaient une anomalie à chaque étape du parcours. La vivacité de Marthe offrait un bon atout. Le conducteur connaissait bien le parcours vers Lunéville, avec une route à l'aller, une autre au retour. Il s'agissait d'obtenir quatre bonnes réponses pour bénéficier de bons de hors-d'œuvre, chevreuil, légumes, dessert. Marthe, prête à noter les découvertes sur une feuille de carton, visait les huit trouvailles pour obtenir avec le bonus les trois repas nécessaires.

À la première halte pour le tampon obligatoire, Gustave repéra à une terrasse voisine la tenue insolite du cafetier qui, en ce jour ensoleillé, servait sa bière en pardessus avec cache-col. Devant des salines, il trouva normale la présence de mineurs casqués. Marthe riait :

— Idiot, tes hommes du fond ont des gueules noires ! Ils descendent pour le charbon, pas pour le sel.

À un carrefour en pleine campagne, près de la table du contrôle, rien ne semblait suspect. Norbert montra les panneaux routiers avec la flèche ajoutée qui indiquait « Port de plaisance ». Devant le chemin du monument du Léomont de la bataille d'août 1914, le soldat en uniforme napoléonien constituait un anachronisme, tout comme le clown avec une crosse de bedeau sur une marche de l'église Saint-Jacques à Lunéville. Devant l'usine des Wagons, Gustave et Marthe restaient cois en souriant.

— Drôle, dit Norbert, trois chariots de bois sur la plate-forme du Train Bleu.

La collecte progressait : il manquait un ticket de légumes et un dessert.

— Ça tombe bien, dit Marthe en prenant le macaron de Nancy offert par une contrôleuse de la commune de La Madeleine.

Il restait six ou sept kilomètres. Devant la porte Saint-Nicolas, à huit cents mètres de l'arrivée, Gustave s'applaudit lui-même :

— Et de huit !

— Pas de quoi être fier, dit Norbert. Un Père Noël à la place du titulaire, facile !

Les voitures attendaient pour le contrôle sur l'esplanade de la place de la Carrière, en face des limousines garées pour le concours d'élégance de l'après-midi sur la place Stanislas. Norbert détaillait les marques :

— L'increvable 8 CV Citroën, la belle Rosalie, Panhard, Rosengart, Licorne, Renault. Madame et monsieur mes passagers, saluez, s'il vous plaît, la 20 CV De Dietrich, aussi belle que sa voisine, l'illustrissime 3 litres 100 de Bugatti.

Tout le monde semblait gagnant au rallye gastronomique, pas trop épicé. Gustave profita du dernier carré de chevreuil devant les deux autres soumis au filet de raie, avec beaucoup de câpres et très peu de beurre noir. Marthe proposa de prendre le café dans l'appartement, ce qui au passage, hors de la foule de la place, offrit le spectacle des élégantes installées dans les coupés et autres décapotables. Les passants chuchotaient les noms de Miss Paris, la reine du Vél' d'Hiv', la chanteuse Mona Goya, au nom peu connu, la comtesse Waleska, qui devait, à son titre et au souvenir de Napoléon et de l'île d'Elbe, le luxueux coupé Chrysler, beau comme un wagon de la Twentieth Century Company.

On sonnait rarement le soir chez Marthe. Gustave, en découvrant Georgette sur le seuil, crut à une mauvaise nouvelle. Il fut rassuré en entendant sa question :

— Reste-t-il une chambre à l'hôtel ?

Marthe, déjà, mettait un couvert de plus en apprenant que l'amie de passage choisissait de rester à Nancy pour attendre son mari, le lendemain en fin de matinée.

— Il arrive de Londres par le train. Il reste à Paris pour la nuit à cause du décalage horaire. Je ne tiens pas à rentrer à la Cure d'Air sans lui.

Georgette trouvait l'appartement plus agréable que la maison de Pompey. Après une absence d'une dizaine de jours, elle n'attendait guère de nouvelles, sauf quelques détails sur le séjour d'Anthony évoqué au téléphone par sa mère.

Interrogée par Gustave, elle reparlait volontiers de l'Exposition coloniale de l'année précédente, aux fastes bien éloignés de la réalité locale :

— Les spectacles perdent de leur sincérité dans un décor artificiel où, par surprise, ne bêlent pas les biquettes. La cuisine adoucit les épices, mais le geste des verseurs de thé à la menthe assure la dose de folklore pour les visiteurs éreintés par les détours et les piétinements. La couleur des étals crée l'ambiance, mais il manque les véritables parfums. Ronald et moi adorons les marchés dans les douars autour des villes, les marchandes de poissons qui se chamaillent sur les quais des ports entre les pirogues vérifiées par les marins après les passages des barres.

— Tu ne connais pas notre marché. Tu m'accompagneras demain matin. Tu choisiras le menu pour Ronald. Tu connais le résultat de son voyage en Amérique ?

— Peu. Dans les deux lettres que j'ai reçues, il parle surtout du changement de vie, du moral abattu de toutes les catégories de la population. Il compte sur Roosevelt, qui se présente, pour remonter le moral et redresser la barre.

— Chez Anthony, d'une nature optimiste, la confiance résiste même si les peintures de Sarah risquent de devenir des croûtes.

Au milieu des étals du marché, Marthe hésitait sur l'allée à emprunter :

— Tu connais les goûts de ton mari. Qu'est-ce qui lui plairait ? Une belle entrecôte dorée ?

— Je ne le crois pas en manque de viande rouge. Il regrette toujours de ne trouver nulle part les fameux T-Bone steaks de Broadway, filet et faux-filet couplés.

— Poisson ?

— Il n'est pas chauvin mais pour lui rien n'égale dans la Vieille Europe le *king crabe* de l'Alaska. Cherchons quand même de ce côté-là. Pas de truite, ni sole, ni saumon. Ah, des rougets barbets bien vifs.

— Je connais une recette pour les servir avec des épinards, des croûtons, des lardons.

— Vendu. Je ne m'en occupe plus. Restons dans le genre : ces huîtres de claire sont larges et bien creuses. Je préparerai une pommade d'ail et de beurre pour les couvrir en revenant de la gare. Avec les rougets, tu n'as pas besoin de four.

Georgette ne voulait pas que Gustave l'accompagne à la gare.

— Si bagages il y a, je louerai une consigne.

Perchée sur un banc, elle observait les portières et le quai pour apercevoir la casquette kaki. Ronald la remarqua du haut du marchepied puis agita le bras. Il portait un costume civil, une gabardine beige, un borsalino sur la tête qui attirait les regards. Après un rapide baiser pour ne pas encombrer la sortie, Georgette dit :

— Je quitte le *surgical group captain Ronald* et je me retrouve avec Al Capone ou Humphrey Bogart. Si tu embrasses comme celui-ci, ça marche.

Il tenait sur l'épaule un sac noir en forme de boudin et une petite valise à la main, plate et rigide, un attaché-case à la mode à New York.

— Ma cantine attend notre retour à la consigne de la gare du Nord.

Il se dirigeait vers le terminus du 10 :

— Surprise, Gustave et Marthe nous invitent chez eux. Ils habitent Nancy.

Pendant que les huîtres tiédissaient à feu doux Gustave paradait avec le borsalino. Il fronçait les sourcils, tenait un bras d'une main pour arroser de sa mitrailleuse un invisible Scarface :

— Ce serait un bon rôle pour Anthony, dit Marthe. Avec son bronzage italien il jouerait bien les Paul Muni.

— Bronzage italien ?

Ronald ignorait le passage de son beau-frère au Hameau après son abandon de Trieste et Livourne :

— On se sera croisés de loin. Des surprises l'attendent. Les Américains qu'on rencontre dans le train, le métro, au drugstore, ne parlent que de chiffres : 320 millions de dollars perdus à la Bourse, le Dow Jones en perte de 43 points, le sucre en augmentation de 14 %, la production d'acier réduite à 30 %, 6 millions de balles de coton bloquées par l'effondrement du marché... Les scores de base-ball ne comptent plus. Même le nez dans de pareilles assiettes, je n'oublie pas les mines pâles et les yeux rougis rencontrés. Les suicides tuent davantage que Big Louis Costillo, Scarface et Guidi Ronaldo.

— Tu as passé ton séjour au cinéma ?

— Avec Carole Lombard, puis, quand elle m'a quitté pour Clark Gable, avec Greta Garbo, une divine.

Le baiser de Georgette laissa une moustache d'épinards au-dessus des lèvres de Ronald.

En quittant ses invités sur le trottoir, Marthe, discrète, lança sur un ton badin :

— Donnez-nous de vos nouvelles.

Quand sa fille et son gendre descendirent de la chambre Majorelle pour l'apéritif, Elise dit :

— J'ai acheté cette bouteille de whisky pour vous, Ronald. On m'a dit « 25 ans d'âge ».

— Le seul autorisé à bord du Golden Arrow emprunté jusqu'à Douvres. Très peu, *please*.

— Georgette ?

— Un doigt.

— De l'eau ?

— Sec.

— Alors ?

— Je reviens donc de Washington. Avec l'autorisation de mon commandement, je bénéficierai, comme Georgette, d'un statut de militaire en mission civile.

— En mission, d'accord, mais où ?

— Au Maroc. Nous dirigerons le dispensaire médical, civil, dans la vallée du Souss, entre Agadir et Taroudant.

— Vous croyez que la Lorraine compte trop de médecins ?

— Ou l'Alabama ou le Tennessee, ou le Hameau.

— Que me reste-t-il à faire, à espérer ?

— Un peu de travail encore, puis la retraite. Vous nous rejoindrez au soleil, pour des semaines ou plus longtemps.

— Et je baptiserai votre coin le Hameau des orangers.

— Je reprendrai volontiers un autre doigt de ce breuvage d'un quart de siècle, dit Georgette, une larme à l'œil.

# 15

## Léon prend la plume

Gisèle retenait l'anse de son panier sur le rebord du guichet de la poste. Avant le marché, elle disposait les neuf paquets préparés par Léon, des enveloppes épaisses serrées dans de la ficelle mince.

— Le même poids pour toutes ? demanda l'employée.

— Je ne sais pas.

— Vérifions… Oui, pareil… Ah, ceci est à part : Detroit, USA, ce n'est pas le même tarif, ça n'arrivera pas demain matin.

— Quand ?

— Un petit mois… Eh bien dites donc, vous arrosez la terre entière : Taroudant, Maroc. Par bateau ou par avion, le triple du prix ?

— Avion tout de même.

— Il faut que j'ouvre le paquet pour le contrôle.

— Tout est plat comme ma main.

— Les tracts aussi. Je connais Elise, là-haut, Léon a travaillé avec mon père à l'usine : allez, un coup de tampon, entre nous. Ne le répétez pas.

Il restait peu de monnaie sur le billet de cent francs. Léon aurait volontiers payé davantage pour l'expédition rapide de ce qui l'occupait depuis deux mois, « mon roman », disait-il en le relisant parfois à haute voix :

« À quatre-vingts ans, on n'attend plus de cadeaux. Pas plus des proches que de la vie. Je me propose de vous en faire un pendant qu'il est temps encore. Pour garder la surprise, j'ai demandé à Vittorio plutôt qu'à Marthe de corriger mes fautes d'orthographe et de participes passés, ma vieille hantise. Carolina et ses amies, habiles à la machine à écrire, fournissent les doubles de ma copie. Pendant un séjour à la Cure d'Air, Georges a photographié des détails, que je reste seul à connaître, et reproduit des cartes postales. Voilà donc en quelques pages, confiées aux Postes, Télégraphe et Téléphones, aux transatlantiques ou à l'aéropostale, "l'Ame du Hameau".

« Le pionnier s'appelait Astolphe, mon grand-père, notre homme de Cromagnon. Un paysan, un grognard rescapé du passage de la Berezina qui gardait ses belles bacchantes. Bénéficiaire d'un terrain sur les hauts de Pompey à titre de compensation et de retraite, il défricha les hectares de la crête de la colline, taillant arbres et broussailles. Il planta des vignes que certains d'entre vous arrosèrent de bouillie bordelaise, du jus du mildiou, pour combattre le phylloxera. Une carte postale, jointe, le montre, les moustaches collées à une timbale, pendant un instant de repos dans un champ. À part sa campagne de Russie, qu'il racontait en reprenant des détails des romans d'Erckmann-Chatrian lus par nous, nous savons peu de choses d'Astolphe, rien, pas même le prénom de sa femme, ma grand-mère. Ingratitude. Nous connaissons leur fils Léopold, mon père, qui fut l'âme du Hameau avant de me confier le titre comme aîné de la famille. La veille de sa mort, il planta le premier des mirabelliers, aujourd'hui victimes de guerre. Ce jour-là, il me dit :

« — Tes petits-enfants auront de l'ombre quand ils passeront.

« Je n'ai qu'un petit-fils, que je partage avec Gustave : il prend son ombre sous les carcasses des géants des Flandres. À part ce petit Quinquin, les autres, de la famille ou amis, paressent sous les palmiers marocains, les ailes d'avions londoniens, les boogies de la Flèche d'Or. De toute façon, le mirabellier ne fait plus d'ombre à personne.

« Aujourd'hui la HP et la C4 de Norbert, après la limousine de son patron, grimpent à bonne allure jusqu'au stationnement de la Cure d'Air. Pour monter là, autrefois, nous disposions d'un chemin de terre bordé de broussailles et d'églantiers. Cantonnier municipal, Léopold laissait à la nature ce large sentier en bordure de la grande rue du village habité par une centaine d'habitants. Il dégageait plutôt les abords des futaies et des vignes du plateau ou des coteaux pour faciliter le passage pendant les vendanges, dégager les bornes des limites des propriétés, querelles habituelles des droits de passage : des familles se haïssaient à cause de cela. Des chemineaux, des colporteurs grimpaient la colline, nous ne manquions pas d'almanachs. Le plus amusant était missié Kawoua, un faux négrillon, coiffé d'un chèche de zouave délavé, qui tirait une caissette à roues décorée d'une cafetière en contre-plaqué peinte en rouge. Il arrivait en criant : "Missié Kawoua, missié Kawoua !" Notre premier fournisseur de café pour le moulin, à tourner en s'appliquant.

« Seuls les Muller survivent de cette époque. Les Evrard disparurent les premiers, juste après les châtaigniers abandonnés, disait le vieux tonnelier. Les Colin leur succédèrent : ils laissent une trace avec Elise, remariée au défunt dernier fils. Le père Colin, Ernest, travaillait comme maçon. Il a construit les premiers bâtiments de la Cure d'Air, qui ne garde du passé que quelques vieilles pierres comme moi, ici, deux ruines de l'ancien château de l'Avant-Garde, les bancs de l'allée du… mirabellier.

« Ernest Colin aida Léopold à bâtir la maison où je survis, la réserve du matériel de vigneron, conçue comme un pressoir avec ses grosses poutres, devenue la Bicoque, triste sans Gustave, colorée all'dente par Vittorio, mon correcteur, et Carolina, distributrice de lasagnes, raviolis et, ce que vous ne connaissez peut-être pas, pizzas.

« Avant le début de l'exode – où sont donc nos terres promises ? –, Ernest Colin, Louis Evrard, Léopold unissaient leurs moyens et leurs forces pour la culture des vignes de gris de pays, aigrelet, et de pinot noir. Après les travaux ordinaires, les vendanges amenaient la fête. Le Hameau se suffisait à lui-même pour la main-d'œuvre, avec le fils Colin et sa femme Léontine, ma mère Mélanie, mon frère Gustave, Alphonse, Julie notre sœur, la plus jeune, pas la plus empruntée. Nathalie, la femme Evrard, paroissienne bigote de Sainte-Euchaire, mitonnait le frichti pour la compagnie.

« Tous les paysans, qui subsistaient plus qu'ils ne vivaient, heureux à leur manière, sentaient dans leur âge adulte le vent tourner. Les pères disaient : “Les garçons, à l'heure d'aujourd'hui, je ne vois pas ce qu'on en fera."

« J'ai débuté comme garçon de ferme dans les villages voisins, le nez dans le cul des vaches sept jours sur sept. À l'occasion, comme mes deux frères, je tenais la varlope chez le tonnelier, pas en manque de main-d'œuvre avec la maladie des vignes, la cause de son départ.

« Dans le sillage de Léopold, les habitants cultivaient l'esprit du Hameau, cet écart verdoyant, hors de ce nous appelions "le quartier d'en bas". Ma quasi-solitude se console dans le souvenir des carrés de choux qui nous entouraient, notre Blanchette, la dernière vache des Muller, le petit couarail des mères en fin de soirée, les parties de quilles sur un terrain de terre battue, les visites surprises des belettes et des renards, des daims, parfois des sangliers, par temps froid. En ces jours divers, mon père avec l'âne et la limonière des Colin descendait Mélanie, ma mère, au marché avec les caisses de pommes de terre, de choux et de pommes fournies par ses parents, fermiers à la limite du département de la Moselle. Ils emportaient un brasero qui réchauffait la vendeuse et attirait les acheteuses.

« Les circonstances de la vie actuelle, ce modernisme mécanique et frigide, secouent ce qui reste du Hameau : les fruits tombent, s'éparpillent. La première secousse date de la guerre de 1870, pour Léopold, le père, avec une réplique comme on dit pour les tremblements de terre, l'implantation de la fonderie dans la vallée, au milieu de notre panorama des collines et des bras de la Moselle. Les événements nous volaient la vue imprenable, un peu de la vie privée aussi.

« Souvent, Alphonse, à bout de souffle, racontait ses misères de la guerre (formule de Vittorio à la place de “souvenirs de guerre”). À chaque quart de siècle, le Hameau fournit son combattant : Astolphe, notre conscrit de 1813, Alphonse, le cheminot volontaire, et entre les deux Léopold, le patriarche pacifiste. Un demi-siècle, est-ce donc si long pour oublier, déjà ? Les mémoires n'ont pas de concession à perpétuité. Comme ses arbres sous les balles d'un Junker, des obus ont retourné sa tombe au cimetière. Je sais que vous ne célébrez pas beaucoup la Toussaint. Le souvenir ne dépend pas d'un pot de fleurs.

« J'écris patriarche pacifiste. Je classe sans hésitation Léopold parmi les 92 % d'électeurs pompéiens ayant voté pour Napoléon après le coup d'État du 2 décembre et les 92 % de déçus à la fin de son règne. Les Prussiens occupaient Frouard, prêts à franchir la Moselle, victorieux comme partout. Mon père – je vous devine citant Victor Hugo – et le maréchal-ferrant, qui s'appelait Thirion, ameutèrent les villageois pour dresser une barricade de tonneaux, ferrailles et carrioles à l'extrémité du pont.

« Après la reconnaissance de quatre uhlans, casqués, bottés, cuirassés, l'ennemi envoya des attelages de paysans réquisitionnés pour forcer le barrage dominé par l'agitateur Muller. Voici pour le patriote. Il nous raconta la suite un jour de confidence : sa fuite, son engagement dans la Garde nationale, les combats à Lagny sur les bords de la Marne pour résister au véritable ennemi, les massacres de la “Semaine sanglante” contre les fédérés de la Commune, des gens comme lui, qui n'avaient pas livré Sedan aux Prussiens ni souhaité la guerre. Les parents de Marie comptaient parmi ces adversaires-là, déportés et morts en Nouvelle-Calédonie. Léopold ne s'en remit pas. Je l'entends encore me recommander de bien arroser son mirabellier au début du printemps. Il confia ses remords à la Moselle. Pierre, le plus jeune de la famille, le sait-il ? Sa mère Pauline faillit payer de son innocence ma rancune filiale.

« Elle ne m'en voudra pas, chère enfant, de rappeler son père allemand, lié à une infirmière de Metz pendant la cruelle période de l'annexion. Nous pensions à la revanche : les Prussiens construisaient des forts sur les collines de la Moselle. Je me souviens d'une affichette sur les murs de Nancy pendant la visite du président de la République Sadi Carnot, venu inaugurer un festival de gymnastique. Une paisible Lorraine marchait devant un drapeau tricolore et sa garde de fantassins : dans le coin opposé, grondait un Prussien casqué, penché sur un nœud de serpents voraces. Après une autre guerre, nous attendions une paix durable, compromise par le peintre moustachu qui présidait une assemblée de députés en uniforme. Pendant ce temps, Einstein se réfugia chez nous, où on lui contesta une chaise au Collège de France, au-dessus du stade de Wembley à Londres, 80 000 spectateurs venus pour une finale de football acclamaient le Zeppelin qui glissait sur la Tamise avec sa croix gammée sur le fuselage.

« Je ne divague pas. Je trace le chemin : Astolphe, la neige de Moscou, Léopold, la poudre de la Butte-aux-Cailles, Alphonse, l'ypérite des combats de la Marne. Ici, l'usine qui tourne grâce aux commandes des pièces blindées pour les coques des croiseurs et les fortins de la ligne Maginot. Faudra-t-il ajouter à l'ordre du jour Pierre Muller, notre dernier mobilisable ?

« Vittorio, qui affirme me lire *aperto libro*, et me fait perdre mon latin, me rappelle que j'évoque deux secousses pour le Hameau. Léopold, c'est fait. L'usine donc, maintenant, le virage de ma si lointaine jeunesse. Arrivent, avec armes et bagages dans notre Eden blotti entre rivière et forêts, les industriels Dupont, qui reconstruisent chez nous leur usine annexée d'Ars-sur-Moselle. Imaginez le cheval de Troie entrant dans la vallée. Haut perché, fumant par les naseaux des cheminées, suivi d'une armée de Mosellans, Lorrains annexés, Belges, Luxembourgeois, et de compagnies locales descendues de nos villages, comme moi de mon Hameau. Faut-il raconter cela ? *Avanti !* écrit Vittorio dans la marge de mon cahier. Julie, notre cadette, écrivait ainsi ses remarques quand elle nous faisait sérieusement l'école, à Gustave et à moi, pour nous sortir de notre ignorance.

« Les syndicats n'existaient pas encore. Le troupeau avançait, tête basse, avec des petits chefs comme chiens de garde. La direction pouvait difficilement condamner ma première manifestation, l'escalade d'une cheminée pour planter le drapeau tricolore le jour du départ des Prussiens. J'y gagnai une amende, la notoriété dans l'usine et la commune, une surveillance accrue. Je devenais le porte-parole face au maire pour réclamer un bureau de poste et un relais de gendarmerie, devant les patrons pour un vestiaire à l'intérieur, quand il gelait à moins dix, ou la chasse aux rats dans les dortoirs des célibataires venus de partout et suspectés comme des romanichels.

« Ah, mes enfants, comme la vie de la commune changeait à vue d'œil, comme si les tombereaux de pierres et de terre sortis des chantiers de l'usine en expansion emportaient le passé, sans pitié ni regret, pour faire place nette au futur, que voici, avec, pour beaucoup, les mêmes soucis d'emploi, de salaire. Achetez donc des billets de la nouvelle Loterie nationale et silence dans les rangs.

« Arrivaient, poussées par le vent revendicatif du bassin sidérurgique de Nancy, puissant aux usines de Neuves-Maisons, des grèves. L'amalgame des étrangers, des anciens vignerons placides et satisfaits de tenir un gagne-pain, ne facilitait pas la révolte sur les salaires, les heures de travail, le respect aussi de l'être humain. Des agitateurs, mêlés aux anarchistes ou militants du Parti ouvrier français de Jules Guesde, apportaient leur mot d'ordre et leurs vindictes. Je me souviens de mes propres cris contre Dupont et son gendre Fould : "Singes, rapaces, chacals !" Nicole, qui vivait avec Norbert, m'entendit-elle, enfant, dressé sur les grilles de la porte de l'usine ? Sortie de notre giron, elle poursuit sa vie professionnelle au triage de Villeneuve-Saint-Georges, près de Paris, où elle est, me dit-on, conseillère municipale du Parti communiste, sa vocation.

« Après l'effort que j'accomplis, in extremis, beaucoup des noms que je cite s'effaceront peu à peu, le mien avec les autres. Je dois situer dans l'arbre généalogique du Hameau, pas hostile aux greffes, les Fischer, Elise, Mathieu, Georgette. Cette famille venait de Metz pour fuir les Prussiens. Employé à l'usine, le père, Alfred, périt dans une coulée. Sa femme choisit de rester à Pompey. Marthe lui trouva un emploi et un logement chez Albert et Léontine Colin, qui aménageaient en Cure d'Air les bâtiments abandonnés par les Evrard. Leur grand-père Fischer, resté à Metz, nous croisait à l'occasion aux fêtes patriotiques célébrées à Mars-la-Tour, où trente-cinq mille hommes périrent en 1870. Alphonse, chef de gare à Pompey, organisait le train spécial, pris d'assaut.

« Notre vieux puzzle ressemble peu à peu à celui d'aujourd'hui. Une pièce manque : mademoiselle Pompey, ma sœur Julie. Vous connaissez sa sortie de scène, dans un déraillement en Angleterre. Elle débuta comme figurante dans *La Tour de Nesle*, par hasard, à cause de la défaillance de la titulaire. Elle grimpa très vite en haut de l'affiche de la compagnie Roba, habituée de la foire de Nancy. Certains d'entre nous, après la mode des « Mademoiselle » dans les coulisses – Mars, Raucourt, Plessis –, l'ont applaudie dans le rôle de Suzel de *L'Ami Fritz*. Gloire pour nous, elle choisit de s'appeler Julie Muller. Les Muller, à Paris pour l'Exposition universelle, avec la tour Eiffel estampillée Pompey, applaudirent à tout rompre la demoiselle Hélène, un personnage d'*Oncle Vania*, du Russe Anton Pavlovitch Tchekhov, précise Vittorio. Sa petite gloire ne lui tournait pas la tête : elle restait fidèle au Hameau, comme nous tous, alors, sans difficulté pour Marie et Alphonse, chef de gare de Vézelise puis à domicile, et locataire de la Bicoque. Quand il refusa un avancement à Bar-le-Duc, je claironnai à table : “Les Muller sont accrochés au Hameau depuis des lustres, quand il y avait un roi de Pologne à Lunéville, et quand Astolphe a trempé ses bottes dans la Berezina. Nous sommes trois frères et tous les trois au Hameau ou presque : la famille tient bon."

« Je considérais le bercail, *the roots*, dit Anthony, accueilli *at home* (*dixit* Vittorio) chaleureusement, avec Sarah et Ronald. Les mirabelliers croissaient, les fleurs poussaient dans les parterres entre les pavés alignés par Léopold. Ce cadre de paix servit un jour de repos à Émile Gallé en promenade. Avec son appui, Louis rejoignit les ébénistes de la maison Majorelle. Tenté un moment par cet artisanat, Mathieu choisit d'enseigner. Nous échafaudions une autre génération. Troisième secousse, écrirait mon Italien, qui se dit "*tintore*", c'est-à-dire teinturier. Image peu flatteuse pour l'auteur que je suis. J'ai lu dans un dictionnaire de la bibliothèque une réflexion d'un nommé Bachaumont : "Il fait cela avec un teinturier, se dit d'un homme qui s'attribue un ouvrage d'esprit qu'on l'a beaucoup aidé à faire." J'ai lu également qu'on considérait le secrétaire du roi Stanislas comme son teinturier. Alors, entre confrères, supportons *tintore*.

« Bref, troisième secousse après l'exploit de Léopold et l'implantation de l'usine : la guerre, et plus qu'elle, ses conséquences. Nous vivons, paraît-il, des années folles. Monsieur Maurice Chevalier chante : "Dans la vie, faut pas s'en faire, moi je n'm'en fais pas." Léon Muller, si ! Par pour vous, pour le Hameau.

« Je reviens à Léopold. Il possédait de l'autre côté du village d'autrefois une vigne baptisée les Écrivains parce qu'elle fournissait des raisins au jus aussi noir que de l'encre. Il refusa toujours de la vendre à l'usine pour libérer un espace de construction de maisons. Le bout de terre l'intéressait moins que les ceps noueux plantés par Astolphe. La veille de son suicide, il signa l'abandon de ce souvenir. Il y a peu, d'autres bâtisseurs souhaitaient racheter à Elise la Cure d'Air pour créer un mélange d'hôtel, brasserie, salle de spectacle. Avec à l'affiche la célèbre comédie d'Édouard Bourdet *Les Vignes du Seigneur* ? Pauvre de moi. Devrai-je jurer que je n'en sortirai que par la force des baïonnettes ? L'intarissable *tintore* ajoute : "signé Mirabeau". Je le garde par hommage à cet Italien cultivé.

« Ne pleurez pas maintenant. Je tiendrai encore un peu. Marie souhaite quitter la Bicoque pour vivre avec d'anciennes amies dans un pensionnat de religieuses. Du clan, il reste ici Elise et moi. Vos traces, aussi, dans celles des anciens que vous retrouverez mieux dans ces quelques feuillets.

« Je pensais à ce texte depuis longtemps. Je le réservais au moment où tout est en place, à peu près, pour vous, messeigneurs, en fin de dynastie en ce palais des mirabelliers. Depuis mon banc, je regarde le bois tordu du dernier d'entre eux, mort vivant lui aussi. Dans ma mémoire, plus solide que mes jambes, je retrouve, grâce à cette silhouette meurtrie, ce vers que m'apprenait Julie, en déclamant déjà : "Objets inanimés, avez-vous donc une âme ?" Dans le vide obscurci de la vallée, debout comme autrefois quand on applaudissait "le Léon", je crie, les mains en porte voix : "Ah oui, cré nom de nom !"

« P.-S. : en toute hypothèse, ne changez pas le nom du Hameau pour reprendre celui de la vigne du Léopold : les Écrivains. »

Sur une feuille complémentaire, Léon, avec des numéros par documents, donnait les légendes des illustrations de Georges qui accompagnaient son texte. L'école dirigée par Marthe, la gare au temps d'Alphonse, un carton tricolore avec dans le blanc une tour Eiffel et les initiales A.P. des Aciéries de Pompey, les outils de tonnelier retrouvés à la Cure d'Air complétaient les images vivantes de l'auberge, de la Bicoque et de la cour du dernier mirabellier. Les cartes postales des séries paysannes montraient Nathalie Evrard occupée devant son rouet, Mélanie, la mère de Léon, avec ses produits du marché étalés devant elle. Comme celui d'Astolphe buvant sa timbale, les gestes restaient figés comme si le moindre mouvement compromettait la prise de vues. Le regard brillant d'Astolphe montrait une complicité ; la main retournée de Nathalie, une volonté de bien faire malgré la timidité. Les vues aériennes semblaient d'un autre temps.

Mathieu Fischer, le mieux placé dans l'écheveau des familles dispersées, prit l'initiative, après les remerciements d'usage au patriarche, de coordonner un rendez-vous commun que permettait seule une longue préparation. Il proposait le réveillon de Noël de l'année suivante, circonstance chaleureuse, échéance confortable. En deux mois arriva la lointaine réponse d'Anthony et Sarah, satisfaits du tonus national retrouvé grâce au New Deal du président Roosevelt : *Nous rêvions de venir avec votre* Normandie, écrivait Sarah. *Selon Anthony, les trains français ne sont plus des cages à poules. À bientôt.*

De leur côté, Georgette et Ronald bloquaient leur congé annuel, ce que prévoyaient également Georges et Colette. Les Lillois craignaient seulement l'absence de Pierre, à la merci d'examens ou de gardes. Gustave et Marthe organisaient au plus simple les logements des uns et des autres. Elise retenait sa date pour libérer le restaurant un jour où les familles comme celles du Hameau aiment se retrouver entre elles.

Léon, prévenu par nécessité, ajouta à la liste des invités les noms de Vittorio et Carolina pour ce premier Noël aux pizzas.

## 16

## Dans les sables de Georgette

En marchant de sa salle de classe vers l'appartement, Mathieu retournait dans ses mains l'enveloppe tamponnée de Beyrouth sur un timbre bleu célébrant un cèdre majestueux. La vignette « par avion » couvrait l'écriture de Georges, déliée avec application comme toujours. Il hésitait à ouvrir la missive avant Germaine, plus attentive dans le journal aux disparitions des aviateurs qu'aux progrès rapides des liaisons lointaines et de la capacité du transport. Il choisit la découverte commune avant l'instant du potage.

Sans parler de sa situation personnelle, Georges évoquait la concentration des moyennes compagnies aériennes en sociétés nationales : la Sabena en Belgique, KLM aux Pays-Bas, Lufthansa en Allemagne, Swissair dans la Confédération :

*« Même en avion, la France traîne les godillots pour donner un coup d'envoi à une alliance nationale. L'affaire avance grâce à Air Union qui réunit le personnel, les appareils, et les lignes de Breguet, Farman, les grands express aériens : Colette et moi portons désormais l'uniforme bleu, elle en jupe trois quarts,*

*moi avec une veste croisée échancrée, une casquette souple avec une torsade dorée qui me donne du galon. La visière gêne pour les prises de vues photographiques, mais ma carrière change d'objectif.* »

Georges et sa femme entraient dans la catégorie du personnel au sol développée avec le nombre des destinations, des passagers et des escales. Il entreprenait, seul, cette reconversion par quelques semaines de formation à Beyrouth, base de relais des lignes vers l'Orient, Damas, Bagdad, Karachi ; destinations ouvertes par un pionnier ancien pilote de guerre :

« *Nos hydravions, avec quatre passagers, partent de l'étang de Berre près de Marseille, le samedi à 6 h 30, arrivent à Beyrouth le lundi à 15 heures, après escales et changements d'équipage à Corfou puis à Athènes. Les massifs biplans, hauts de sept mètres, glissent dans l'avant-port vers nos hangars. Je ne me lasse pas de regarder la percée de la coque et des flotteurs des deux ailes, la sèche coupure blanche dans la mer faussement épaisse.* »

— Pas très familial, tout cela.

Post-scriptum sous la signature : « *J'ai reçu par Colette les Mémoires de Léon. À pied, à cheval ou en hydravion, nous serons là pour le Noël de fête.* »

— Rien d'autre ?

— Après Beyrouth, ils choisiront tous les deux un poste de chef d'escale et de responsable commercial, « quelque part sur le réseau ».

— Après Beyrouth, il reste Saigon, puis Yanaon, Chandernagor et Karikal. Je penserai à lui quand j'apprendrai les comptoirs de l'Inde à mes élèves.

La nécessité du double poste pour le couple limitait le choix sur les possibilités offertes par Air Union. À cause de la langue, Colette éliminait Oslo. Naples semblait trop proche pour Georges. Marrakech, qui était pour l'Afrique un relais comme Beyrouth pour l'Orient, les hydravions en moins, apportait le soleil, le dépaysement, la proximité de Georgette et Ronald du côté d'Agadir. Le choix s'imposait.

L'aéroport partageait ses pistes avec une base militaire renforcée pendant la guerre du Rif. Les locaux civils, encore exigus, abritaient les bureaux des pays européens les plus engagés dans l'espace colonial africain, Sabena, British Airways, Lufthansa, Air Union. Chaque compagnie fournissait pour un mois le chef de piste qui dirigeait l'escale, Georges gérait le personnel, l'équipe du contremaître mécanicien, le secteur commercial de Colette, occupée sur place les jours de vol et en activité d'informations dans les sociétés de la ville, pour les passagers et pour le fret. Le couple habitait à proximité dans une ancienne maison de notable entourée de palmiers et d'oliviers, entretenue par une fatma polyvalente.

Des taxis, des fiacres qui véhiculaient les voyageurs, assuraient des navettes avec le centre de Marrakech. Georges retrouvait le plaisir de photographier. Colette, qui adoptait les babouches pour les longues marches, le suivait vers les souks aux multiples activités, teinturiers, marchands de peaux, cordeliers, vendeurs d'épices, de pois chiches. Les couleurs changeaient en chaque lieu, du plus vif autour des chaudrons, où trempaient les bains dans une odeur largement répandue, au plus sobre des marchés hebdomadaires dominés par les djellabas unies des paysans et les capes grises des épouses, parfois voilées sous le capuchon sans bijoux ni fioritures.

Georges, comme sa femme, ne regrettait pas leur affectation. Encouragée par les actions du maréchal

Lyautey, nancéien lui aussi, une réelle chaleur imprégnait les relations avec les autorités marocaines et la population. L'Exposition coloniale de Paris, le souci du développement touristique du pays, la paix revenue dans le Rif, l'intérêt des peintres pour les décors des douars et des casbahs, l'attrait littéraire de Tanger profitaient à l'activité de Marrakech retrouvant un lustre grâce à l'économie. Germaine, sans préciser l'avis de Mathieu, n'envisageait pas un séjour de vacances dans ce lointain pays. Elle continuait de considérer son fils comme un déserteur de l'école publique, « où l'on pense plus aux autres qu'à soi ». Sans grande surprise, la visite venait du Sud, avec Georgette et Ronald, sollicités dans les grandes villes pour des conférences et des débats. Ils arrivaient à domicile sur les pistes communes de l'armée de l'air, nouvellement créée, et des compagnies civiles. Par obligation, ils descendaient dans un important hôtel de la ville, mais réservaient à leurs amis la journée du vendredi, repos hebdomadaire et religieux. Les conversations évoquaient le double séjour des deux couples :

— Vous viendrez un jour dans le Souss, disait Georgette. On retrouve les couleurs de Marrakech mais noyées dans les teintes monochromes des tours de pisé et de pierre des haltes des caravanes. Le vert des orangeraies domine entre des espaces plus désertiques où les chèvres acrobates grimpent sur les arbres malingres.

Le samedi, les visiteurs invitèrent Georges et Colette au restaurant de leur hôtel, la Mamounia, qui devait son nom à la vieille résidence du sultan Arsal el-Mamoun. Dans un parc d'oliviers et d'orangers, il cachait son bâtiment d'un étage en bordure de la rue principale. Des tours carrées à toits de tuiles vertes abritaient des chambres.

Ronald, simple client, effectua le tour du propriétaire pour montrer à ses invités le salon-fumoir, le salon de musique et celui, réservé aux joueurs de cartes, qu'on appelait le salon Majorelle. Ce n'était pas le Hameau mais Nancy, qui se manifestait soudain avec les décorations de Jacques, le fils de Majorelle, l'ancien patron de Louis.

— J'entends souvent son nom ici, mais nous gardons pour une bonne occasion la visite de sa villa Bou Saf Saf, à la limite de la palmeraie.

— Ne ratez surtout pas ça. Il impressionne avec son costume blanc deux-pièces et son chèche raccourci en calotte, mais il est aimable et convivial, tout comme sa femme, qui dirige un atelier de trente artisans compétents. Nous les rencontrons parfois : ils séjournent à Taroudant, pour travailler dans des villages proches ou pour descendre jusqu'à Ouarzazate. Une escorte de légionnaires les accompagne, pour le transport, avec une roulotte quand l'artiste plante ses chevalets en face du panorama des vieilles cités des peuplades qui marchaient vers *Al-Maghrib*, le pays où se couche le soleil. Le colonel de la Légion garde dans son bureau un groupe de moghaznis, les policiers supplétifs, peints devant la demeure du glaoui de Ouarzazate, une gouache offerte en remerciements.

Dans la salle à manger de la Mamounia, sous le plafond aux losanges de Majorelle, les serveurs, avant le tajine, proposaient en amuse-gueule de petites quiches lorraines.

— Je serais curieux, dit Ronald, de connaître le menu concocté par Elise pour notre fameux Noël. Sans la vexer, nous pourrions participer aux frais, ne serait-ce que pour les vins. Anthony tient ses places sur le *Normandie*. Il travaille sur un projet de voiture familiale inspirée des véhicules utilitaires : il appelle cela un break et attend un succès pour les déplacements à longue distance. Sarah élargit sa galerie d'art à d'autres peintres naïfs allemands, italiens, d'Europe centrale, qui séduisent nos nombreux émigrés. Elle a racheté le fonds d'un naïf américain, mort il y a dix ans. Comme Léon, il célèbre les maisons de campagne, à la mode de chez nous, comme dit votre marchand de choux.

Georgette, revenant au projet de réveillon, indiqua qu'ils emprunteraient un avion de liaison militaire :

— Tant pis pour Air Union !

— Il n'y a plus d'Air Union.

— Faillite ?

— Progrès ! Marseillaise ! Air France est née, autour de nous et de quelques autres. Le nom sonne bien, entre Panamerican, les British et les Scandinavian. Notre aviation renaît une seconde fois. Mais nous viendrons chez vous par le train. Je suppose qu'il n'y a pas de tramway, à Taroudant.

— Pardon, nous l'appelons « *el bourrico* ». Sinon, nous prendrons une ambulance.

Colette bénéficiait du quasi-monopole de la compagnie vers Paris et Marseille. Les secrétariats des hommes d'affaires, personnels, politiques ou administratifs, la consultaient avant d'arrêter leurs rendez-vous en France. La capacité limitée à deux ou quatre passagers frenait le développement commercial. Aux États-Unis, les DC2 de la firme Douglas équipaient 80 % des sociétés aériennes avec un appareil pour trente-quatre passagers, les Fokker allemands atteignaient le même nombre de sièges disponibles. Longtemps soumis au monomoteur, les constructeurs privilégiaient depuis des années les bimoteurs avec carlingues effilées, au confort réduit mais avec un embarquement de plus de trente personnes. Le Potez 58, utilisé vers l'Afrique, faisait le plein à chaque vol, avec des groupes de touristes réunis par des agences et des associations. Georges ne photographiait plus les vedettes de cinéma ou des music-hall arrivant de Paris. Il consacrait sa passion aux prises de vues de bracelets, fibules, colliers et dagues, avant de les retrouver dans le Souss, sur les marchés ou dans les fêtes.

Un jour, à son grand étonnement, se pointa au bout de piste, bien avant de se poser, un appareil minuscule qui semblait devoir se casser en touchant le sol. Il portait un liseré tricolore près de la carlingue. Vêtu à l'ancienne, avec casque de cuir et col de fourrure, le pilote se présenta à Georges :

— Je m'appelle Henri Mignet. Inventeur. Je vous apporte mon *Pou-du-Ciel*. Si vous le souhaitez, je dispose de brochures sur la façon de le construire et de le piloter. Ma réputation est faite, mon engin est devenu une sorte de nom commun. Les Français, qui n'admirent jamais tant que ce qui vient de l'étranger, m'interdisent le vol et la vente. Les Anglais s'arrachent mes modèles. Je suis là d'ailleurs pour un magazine de Londres qui veut un reportage au-dessus de la mosquée de la Koutoubia. Je ferai un passage sans prévenir personne, devant les photographes, puis je filerai incognito vers Casablanca pour reprendre le bateau. N'en parlez pas. Je me poserai près d'un village où personne ne me trouvera. Bénéfice ? Mon *Sky Loose*, c'est son nom en anglais, séduira encore plus les British, qui ne manquent pas de fair-play.

Georges ne revit pas l'original chercheur de pou dans la tête des étoiles. La tranquillité diplomatique atténua les remous soulevés par le muezzin. La presse marocaine ne reprit pas, après la parution du reportage, la photographie largement diffusée.

Le train pour Agadir ne traversait pas les monts du Haouz, en bordure de l'Atlas. La ligne vers le sud rejoignait à Safi celle des chemins de fer marocains descendue de Rabat avec les voitures utilisées pour les nombreux déplacements du roi ou des sultans. À faible distance de la côte, le paysage, moins luxuriant, offrait des villages, des caravanes, des camps de nomades. De loin, à l'approche de la ville, la casbah blanche, immense cône perché, dominait de virage en virage.

Ronald attendait à la gare.

— Ce n'est pas le tramway nommé désir mais un solide véhicule de commandement : nous disons « *command car* ».

Le chauffeur marocain plaça le modeste bagage dans le coffre. À la sortie de la ville, il indiqua l'aérodrome militaire, sans envergure, reconnaissable à ses deux hangars et à sa biroute blanche et rouge, le nez dans l'herbe.

Colette et Georges connaissaient peu les routes de campagne. Ils retrouvaient dans les communes récemment édifiées en bordure de l'itinéraire les silhouettes et les groupes qu'ils rencontraient dans les souks de Marrakech, l'arbre à palabres dominateur au cœur des maisons et des baraques, entouré de paysans qui juraient bien d'avoir le dernier mot.

— Je comprends mieux Léon depuis que je vis parmi ces gens, remarquait Ronald. Ils semblent détachés du temps, mais plus que tout compte la continuité de la famille. Bergers, artisans, marchands, anciens des troupes coloniales sur la Marne ou la Somme, ils gèrent le fil des années devant un olivier trop sec, comme Léon devant son mirabellier trop meurtri. Comme lui, ils subissent l'exode des proches vers les villes, les usines de sardines à Agadir, les grues des dockers à Casablanca. Quelques-uns partent en France pour des études, ce qui n'est pas toujours facile. Ils gardent la sagesse et la fierté de leurs pierres accrochées au sable. En vous rencontrant ils vous disent « *La Bés* ». Et le pensent encore en vous quittant : « Pas de mal pour toi. »

— Tu apprends un peu d'arabe ?

— *La Bés* se dit *lâ bâs arhlïk.*

Le chauffeur sourit :

— *Ba ba ba !*

— Il me félicite : *Ya baba* signifie « Ô mon père », quand on se veut admiratif. Les pieds-noirs, les Français d'ici, disent « Po… po… Po… ». Et à Alger, c'est du papaouéte.

La maison des deux médecins longeait le champ de Mars, après les casernes de la Légion étrangère. Sobre de façade et marocaine par les murs blancs et bleus, elle offrait, au-delà des pièces du rez-de-chaussée, un jardin d'arbres et de plantes vertes autour d'une fontaine jaillissante.

— Avec un rocking-chair acheté à Casablanca, soulignait Ronald en s'asseyant. Un Américain se trouve partout chez lui avec un tel siège et de la glace pilée. Nous retrouverons Georgette demain, dans son dispensaire d'Igoudar, un douar isolé qui profite désormais d'un silo à grains.

Jusque-là s'élargissait la vallée du Souss, drainée de canalisations vers les orangeraies et les oliveraies. Personne ne parlait dans le *command car* pour profiter de paysages aux couleurs exceptionnelles, verts et ocre vers le sud, Goulimine et la route des caravanes, rouges sans zones d'ombres à l'est, dans les premiers contreforts de l'Anti-Atlas, au-dessus du djebel Bani. Le décor naturel, les constructions donnaient une impression de force ou de sérénité, avec la fausse image qu'on pouvait ne vivre qu'heureux dans de tels lieux. Le pisé monochrome enserrait à la hauteur du chauffeur la stature d'un cavalier, droit sur un cheval noir, la main gauche sur la rêne de sa monture, la droite dressant une longue canne, montrant fierté et vigilance.

Le douar commençait en bordure de la route avec des boutiques de planches, des étalages de fruits et de légumes, une pompe à essence gardée par un adolescent qui l'astiquait pour enlever le sable sur les deux réservoirs de verre près de la manivelle. Un chemin conduisait vers le silo, bâtisse grisâtre sans respect des teintes locales, laide comme un château d'eau sur une route de campagne française. Sans autre effort d'architecture, le dispensaire alignait la salle de consultations, entourée de femmes et d'enfants et, à côté, un dortoir de garde pour des malades obligés de rester entre les tournées hebdomadaires de Ronald et Georgette. Un poste de moghaznis surveillait l'ensemble. Ronald consultait sur place, soignait des blessures provoquées par les travaux des champs et les dérapages des outils de l'artisanat ; il opérait à Taroudant. Les enfants l'appelaient « missié toubib ». Il confia Georges à un ancien tirailleur qui tenait lieu d'infirmier et qui facilita des prises de vues de bijoux et des portraits. Sur le tissu noir ou indigo de leurs robes ou de leurs larges foulards, les femmes présentaient des pendentifs en coquillage, symbole de fécondité, ou dans un mélange de fer, cuivre, laiton, ivoire, spécialités des forgerons touareg. Les noms énumérés par son guide échappaient au photographe, qui s'en tenait au vocabulaire usuel des fibules, bracelets de cheville, bagues et bracelets.

Dans un coin lumineux mais sans éclat vif du soleil, Georges réunit quelques femmes touareg ou berbères qui jacassaient de plaisir, réservées de nature mais flattées du choix. Elles apportaient, par leurs coiffes rouges, bleues, jaunes, l'éclat de leurs couronnes de pièces. L'objectif révélait la surprenante origine : centimes, douros, marks, pence. Une jeune fille portait autour du cou un collier de perles d'ambre, grosses comme des œufs de caille. Une fillette mauresque offrait sur sa robe indigo, ornée de colliers de cuir et de perles de verre, le sourire intemporel d'une espérance universelle. Ses cheveux, courts encore, coloraient leurs tresses de disques de coquillages sculptés. Georges s'appliquait à donner du relief à ses photos privées de la couleur.

D'une façon spontanée, ces femmes jetèrent une couverture à l'ombre du silo à la fin de la consultation. Un feu de bois commençait à rougir à l'écart. Des plateaux de cuivre en forme d'assiettes, des verres larges comme des tasses recouvraient la table. Georgette et Ronald portaient leurs blouses blanches et leurs toques, qui donnaient un ton officiel à l'amical repas improvisé. Les connaissances en arabe des deux médecins complétaient le français sommaire des femmes. Le chauffeur traduisait, si nécessaire.

Après le thé à la menthe, annoncé par des youyous et des battements de mains, apparurent sur le terre-plein devant les installations six chameliers en gandoura bleu clair, blanche, indigo, noire, un fouet et une baguette à la main. Les femmes chantaient. Un chamelier du bout de son bâton enleva le foulard de l'une d'elles puis, en criant, poussa sa monture sur l'esplanade de sable. Les autres piquèrent des deux, en fonçant derrière le fugitif ou en cherchant à couper sa retraite. Le carrousel, qui soulevait de la poussière sous les pattes maîtrisées par les assauts, mêlait les chameaux dans des positions chorégraphiques ou de combat. Le possesseur du foulard acheva sa course au pas autour de la tablée debout. Avec sa baguette, il disposa sur l'épaule de Colette le foulard alourdi d'une fibule émaillée.

Le lendemain matin, Georgette, qui raccompagnait seule ses amis avec le chauffeur, imposa un départ bien avant l'heure du train pour une visite de la casbah d'Agadir. Les ruelles qui serpentaient entre les maisons blanches, aux fenêtres décorées des tapis et des couvertures aérés au vent frais, ne ressemblaient pas aux autres. Des filets de pêcheurs pendaient à la place des lianes vertes et des canisses de paille. Ce n'était pas encore l'heure de la fête vespérale, mais l'instant du travail devant les boucheries et les poissonneries. Les artisans rangeaient leurs boutiques. Dominait, au-dessus des étals bariolés, le parfum des épices.

Sur une place qui dominait le port et la rade, un vieil homme barbu, enveloppé dans sa gandoura, le regard vif sous son capuchon, regardait vers le large, silencieux, paisible.

— Il a son Hameau, lui aussi, dit Georgette.

## 17

# Le mariage du docteur Muller

Le facteur, pour solliciter les timbres, surveillait de près le courrier de Léon, destinataire de cartes postales peu courantes à Pompey : Marrakech, Detroit, Agadir, Nouakchott, même, à l'occasion d'un déplacement de Georgette. Folkestone, avec la sobre effigie du roi George VI, suscitait moins de curiosité chez l'agent des Postes. Louis et Pauline signaient la carte à l'occasion d'une journée d'excursion en Angleterre.

Après des escapades en Flandres et sur le littoral belge dans les sableuses stations de bains de mer, ils profitaient des incessantes navettes des malles pour l'Angleterre, steamers rapides équipés en salons pour une traversée de quatre-vingt-dix minutes. Les bateaux aux deux cheminées jaunes à larges bandes noires reliaient Calais à Douvres et Boulogne à Folkestone. Malgré la nécessité d'un changement de train, ils préféraient la seconde ligne à cause de l'animation sur le port de départ et du caractère de la ville de destination, plus commerciale et plus pittoresque.

Lille bénéficiant ainsi vers la côte de trains spéciaux, dits « trains de mer », qui, à de bas tarifs, conduisaient vers les plages autour de Dunkerque ou au long de la côte d'Opale les familles des cités ouvrières de l'agglomération, Roubaix, Tourcoing, Loos, Lambersart. Pierre préparait sa thèse de médecine à la faculté de Lille. Il assurait des gardes à l'hôpital de Boulogne, qui le dépaysait avec ses activités de pêche et le trafic des paquebots allemands ou scandinaves ancrés en rade pour leur dernière escale avant la traversée de l'Atlantique, jusqu'au Brésil ou l'Argentine parfois. Il y séjournait pendant une ou deux semaines, à proximité des bassins, du centre de la ville, du quartier de la marine, folklorique et populeux.

Il prenait ses instants de détente sur les quais, assourdi par les cris des mouettes en compétition autour de poissons rejetés du pont des chalutiers, saisi par l'odeur tenace des cargaisons débarquées. Marins et dockers s'interpellaient en patois avec bonne humeur. Il aimait aussi, plus au calme, dominer la ville du haut des remparts de la vieille ville, refuge de personnes âgées, d'amateurs de footing et de garçons jouant aux billes ou au ballon. Il rencontrait parfois une jeune femme qui comme lui flânait pour s'évader. À part l'échange de quelques sourires de connivence en se croisant, ils restaient sur leur réserve polie. Le hasard les plaça côte à côte dans une taverne de la basse ville connue pour sa spécialité galloise, le welsch rarebit – on s'en tenait à welsch –, variante du croque-monsieur, avec une tranche de fromage fondue dans la bière, posée sur une tranche de pain puis dorée au four.

Pierre ne l'avait pas remarquée en prenant place. En la reconnaissant, il l'invita à partager sa table. Elle s'appelait Louise. Étudiante en histoire à l'université de Lille, elle étudiait le personnage d'Auguste Mariette, égyptologue boulonnais.

— Je le connais grâce à sa pyramide sur le boulevard où j'emprunte l'escalier pour monter aux remparts.

— La pyramide honore son titre de pacha. Créateur du Service des antiquités de l'Égypte, il découvrit, parmi beaucoup d'autres choses, les tombeaux des taureaux Apis dans le Serapeum de Memphis. Ses livres constituent une bible de la connaissance archéologique d'Abydos et Karnak. Après ma thèse, je voudrais écrire sa biographie, si l'enseignement m'en laisse le temps.

— Vous restez longtemps ici ?

— Trois mois. Mes parents, qui sont avocats à Lille, possèdent une villa à Hardelot, une plage à vingt kilomètres d'ici. Ils viennent chaque week-end. Je loge chez une amie de ma mère, dans la haute ville.

La croûte des welsches crépitait doucement sous la dorure. Louise buvait de l'eau. Pierre lui conseilla une bière ambrée, galloise elle aussi. Il dit l'essentiel de ses activités à l'hôpital, sa thèse prochaine, l'activité de son père, ébéniste, responsable du magasin Majorelle de Lille. Il parla de Nancy.

— Je rencontre assez souvent un chanoine de cette ville, Drioton, qui dirige les Antiquités égyptiennes au musée du Louvre.

Louise paraissait fille de Pauline par ses cheveux courts, son allure souple et décidée. Elle ressemblait aux jeunes femmes qui s'engageaient de plus en plus dans l'enseignement des collèges, comparaison justifiée par son assiduité à la lecture et à la recherche. Elle s'appliquait à son travail pour réussir dans un domaine contesté par ses parents, déçus de voir une rupture dans une double lignée du barreau. La rencontre de Pierre éclaircissait son emploi du temps. Passionnée par l'égyptologie, elle ne souhaitait pas ignorer le reste, y compris le quotidien, comme son père et sa mère, qui auraient bien déjeuné avec le Dalloz sous le nez. L'attrait des fouilles dans les archives ou les ruines venait des interminables conversations professionnelles subies dans les réunions avec les amis de sa famille, tous confrères de l'Ordre. Pierre lui semblait homme à la curiosité plus élargie.

L'interne manquait de temps, avec ses fréquents séjours à l'hôpital. Il retrouvait Louise sur les remparts ou à la bibliothèque. Ils partageaient des repas, des promenades vers les falaises qui dominaient la rade. Elle l'invita, de la part de ses parents, à un week-end à Hardelot, bourg du littoral entre forêt de pins et plage interminable. L'accès, pas facile par l'autocar, s'acheva sur la remorque d'un pêcheur qui conduisait sa barque en bordure de mer. La Licorne de l'avocat facilitait le repérage de la villa dans les allées sans nom, peu habitées, entre les monticules de dunes.

— Voici donc Pierre, dont on nous parle tant. En quelques semaines, l'intérêt de Louise pour Mariette Pacha s'est décuplé.

— Attaché par métier à la morphologie, je développe mes connaissances, grâce à elle, avec les momies du musée.

Le soleil envahissait la maison, toute en rez-de-chaussée avec plusieurs terrasses, près de la cuisine ou du salon, qui assuraient la meilleure exposition. Grâce à l'entretien d'un jardinier, employé selon les besoins, la pelouse offrait un tapis uni et court, à la manière anglaise. La mère de Louise, en jupe blanche de tenniswoman, préparait l'apéritif sur une table abritée par un large parasol.

— Je me contenterai d'un jus de fruit, dit Pierre, pour me réserver un doigt de vin à table.

Des plats froids amenés de Lille composaient le déjeuner, avec un supplément pour l'entrée de crevettes grises apportées à domicile par les pêcheuses locales encordées dans leurs filets.

Laissant les parents à leur partie d'échecs, les deux jeunes gens descendirent jusqu'à la digue du front de mer, devant des villas d'inspiration anglaise ou normande. Louise pensait que la famille royale belge possédait une de ces propriétés aux vitres brillantes mais sombres comme à Bruges. Ils marchaient main dans la main pour la première fois, saisis par le calme, la douceur de la pénombre qu'éclairaient sur la mer les lampes des bateaux de la petite pêche côtière. Ils descendirent vers la plage, attirés par le ressac des vagues dont on percevait encore l'écume. Le phare le plus proche balayait de son rayon émoussé le large, plus obscur.

— Louise, notre heure n'est-elle pas venue ?

— Dans une telle quiétude, comme dans *Le Lac*, de Lamartine.

— Je n'attends pas le prochain signal du phare pour te serrer dans mes bras et t'embrasser.

— Presse-toi, il arrive dans ton dos.

— Qu'il tourne donc sans arrêt.

La marée montait, frôlait les chaussures des amoureux. Plus haut vers la digue ils s'allongèrent sur le sable sec. Pierre amassa un petit tas pour donner un coussin à la tête de sa compagne. Allongés côte à côte sur le dos, ils suivaient la mise en place des étoiles dans le ciel, l'éclairage progressif de la Voie lactée.

Les fenêtres éclairées des villas formaient un discret feston en camaïeu au-dessus du parapet. Louise répondait aux confidences de Pierre par les siennes, ses doutes, son attente, son impatience. Ils se roulaient en riant dans le sable, multipliant les baisers dans le tourniquet.

— Louise, je souhaite un mariage aussi rapide que possible. Ma thèse est finie, je la relis pour que ma mère la fasse taper à son secrétariat. Je devrai ensuite me décider : officine privée, maternité, hôpital ? Où ? Le choix dépendra en partie de toi et de l'avis de tes parents.

— Je ne l'imagine pas défavorable. Ma mère brûle d'envie d'être grand-mère pour se consoler de n'avoir qu'une fille. Nous en parlerons dans la semaine. Il me faut un an encore pour passer le doctorat. Après, entre une grossesse et une biographie, je me reposerai momentanément sur les lauriers de mon époux.

Louise préférait Boulogne pour cadre de la première rencontre entre les parents que Pierre invitait, avec quelque audace, dans la brasserie des welsches :

— Ils ne connaissent pas ça, ni les uns ni les autres. C'est l'occasion ou jamais.

Pauline, élégante, joviale, spontanée, avait tout pour plaire à l'avocate, plus stricte mais qui se voulait dans le coup. La carrière artistique de Louis dans les ateliers Majorelle intéressait le père, amateur de design, admirateur des chaises de Mackintosh, meublé dans son cabinet d'un bureau Ruhlmann. Les welsches copieux éparpillèrent les conversations sur les familles. Le personnage de Léon fut salué d'un toast de bière ambrée. Pierre promit de communiquer le texte de « L'Âme du Hameau ».

La date du mariage appartenait à Louise, en un lieu à débattre. Personne chez les Muller ne pensait à la Cure d'Air. Les futurs beaux-parents de Pierre ne souhaitaient pas de solennités mondaines. Le cadre d'Hardelot leur convenait. Aux enfants aussi :

— Avec une nuit de noces sur le sable, sous la lampe du phare, murmura Pierre à Louise en réglant l'addition.

Louis et Pauline reprenaient le train à la gare centrale, bâtisse imposante entre les bassins. Après leur départ, les autres longèrent les quais pour marcher sur le boulevard du front de mer, après le casino, vers la statue du général San Martin, héros argentin qui libéra le Chili espagnol et offrit l'indépendance au Pérou. Chassé par Bolivar, il finit sa vie à Boulogne, escale annuelle du croiseur de l'école navale de son pays. Le boulevard portait le nom d'un célèbre écrivain d'origine locale, Sainte-Beuve, grand critique, auteur des *Causeries du lundi*. Louise fit un bref cours de littérature achevé sur l'intérêt amoureux de l'auteur pour madame Victor Hugo. Dans ses recherches sur Mariette Pacha, la doctorante croisait une foule de visiteurs célèbres de Boulogne, de César aux Napoléon, le premier et l'autre, en passant par les Mousquetaires à la poursuite de Milady.

Avec la marée haute rentraient les chalutiers alourdis par une semaine de mer. Certains freinaient leur vitesse pour le passage d'un cargo tiré par un remorqueur au panache noir.

— Vous aimeriez vivre ici, Pierre ?

— Nous l'évoquons quelquefois. Pour Louise, ce n'est pas le lieu idéal pour des recherches élargies. On verron ben… comme disent les Boulonnais.

Pauline prit quelques jours de congé pour apporter à Marthe et Gustave des informations sur leur nouvelle petite-fille :

— Louise est belle, grande, mince, brune aux yeux sombres. On la sent à l'aise, mûre, bien dans sa peau déjà à moins de vingt-cinq ans. C'est une jeune femme libre comme je les aime, souriante, détendue, fière de son objectif professionnel. Et, pour vous rassurer, amoureuse. On dirait qu'elle est faite pour Louis, qui cultive bien les gènes d'équilibre et de sagesse des Muller, comme son père et ses aïeux.

Marthe souhaitait un mariage aux beaux jours pour profiter un peu du bon air du littoral iodé. Elle rêvait de voir le cap Gris-Nez, que ses élèves confondaient toujours dans les leçons de géographie avec son voisin, le Blanc-Nez.

— Il faut être en mer pour voir la différence, mais la corniche vaut le détour. Nous irons y déguster à midi les moules cueillies le matin même.

Germaine, au seuil de la retraite, ne souhaitait pas voyager, même pour un mariage.

Pauline savait pro forma l'invitation envoyée à Georges et Colette, comme celle de Georgette et Ronald, assurés les uns et les autres de la rencontre future au Noël du Hameau. Léon se satisfaisait de cela. Chez lui, tout dépendait de cette échéance. Il ménageait ses efforts pour limiter les risques d'un souci de santé. Il surveillait ses tenues selon les aléas de la température, acceptait les aménagements culinaires de Gisèle, qui dosait le beurre et les matières grasses, emplissait au tiers la carafe de vin rouge du midi. Il occupait ses instants à la lecture d'une vie de Jacques Callot illustrée d'une trentaine de vignettes, trouvée chez un revendeur par Vittorio. Sous sa couverture bleu foncé de la « Bibliothèque des Merveilles », le livre, rescapé, offrait quelques taches ocrées d'humidité :

— Ça ressemble à la peau de mes mains, disait Léon en serrant les poings.

Norbert, qu'on n'attendait pas, annonçait à la dernière minute sa venue, avec sa cavalière, précisait-il, créant, au moins pour les Muller, un événement dans l'événement. Pour faciliter le séjour, Pierre louait en bordure de la digue d'Hardelot une maison du syndicat d'initiative, confortable pour ses parents et ses grands-parents, avec un bow-window qui dominait à marée basse l'immense plage de sable séché et offrait à marée haute le roulement des vagues. Les oncle, tante, cousins et cousines de Louise bénéficiaient ainsi de l'hébergement familial. Tous y trouvaient leur indépendance. Norbert, pour son compte, aviserait.

Marthe et Gustave arrivèrent les premiers. Pauline les attendait à la sortie de la gare, où le contrôleur reprenait les billets, coupés en deux pour laisser les retours. Elle portait un bouquet de fleurs :

— Pour vous accueillir et décorer votre table à la villa.

Gustave s'inquiéta :

— Pierre n'est pas là ?

— Si, dehors, il garde le taxi.

Ce n'était pas un lapsus mais une ruse pour ménager la surprise de la Rosalie Citroën dont le jeune médecin tenait le coffre ouvert.

— Voici un bon début dans la vie, dit Marthe.

— Avec l'aide des parents de Louise, ce sera la voiture de la mariée. Elle s'imposait pour le proche avenir.

Avant de quitter le stationnement, Pauline proposa un rafraîchissement. Marthe se réjouissait de prendre un café après les sandwiches du train.

— Grâce à votre Rosalie, nous verrons le cap Gris-Nez, et en prime, s'il fait beau, le Blanc-Nez.

En quittant la gare, au joli nom de Tintelleries, entre les arches noires de deux tunnels, le chemin longeait l'hôpital où, sans éclats extérieurs, Pierre avait brillamment obtenu sa thèse.

— Toujours pas de décision pour la suite ?

— On y pense.

La visite du port et de la ville remise au lendemain, la Rosalie emprunta la route vers Hardelot, à travers des communes d'abord, puis en ligne droite entre les arbres de la forêt. La location enchantait Marthe, malgré le concert aigu des rieuses opposées aux goélands autour des bâches laissées sur la plage par la mer en se retirant. Autour d'une table ronde, les chaises du bow-window offraient un belvédère sur le panorama. On apercevait les traces des navettes des barques de pêche qui raclaient le fond pour réveiller des carrelets, des soles par chance.

Louise entraîna Marthe vers le coin du centre commercial, limité à l'essentiel en dehors des périodes de vacances. Au rez-de-chaussée d'immeubles bas aux toits d'ardoises, quelques boutiques alignaient leurs vitrines derrière des arcades, protégeant des rafales de vent qui entraînaient les grains de sable. Gustave et Pierre poursuivaient leur conversation face à la plage. Des enfants disputaient une partie de football qui les obligeait à courir loin, hors du terrain, pour récupérer leur ballon véloce sur la pellicule de sable humide.

— Le coin est charmant, remarquait Gustave.

— Je crois que nous resterons ici.

— À Hardelot ?

— À Boulogne. On retrouve là les mêmes problèmes sociaux qu'à Pompey. La pêche domine comme l'aciérie. Elle n'est pas seule : une usine fabrique des postes de radio, une autre les plumes d'écoliers Sergent-Major, une troisième des boîtes de conserve. La taille des chalutiers, leur équipement de sondeurs à ultrasons accroissent le tonnage de poissons mis à terre et diminuent le nombre de pêcheurs artisanaux.

— Ça ne profite pas à une clientèle de médecin.

— Il y a autre chose. Ce qui se passe en France, en Europe, ne t'inquiète pas ?

— Oui, pour votre génération.

— Le Troisième Reich dispose de plus de pouvoirs que le dictateur italien. Ils font rêver ensemble l'extrême droite française, on l'a vu avec les émeutes parisiennes de l'autre février. À Boulogne, les gens des ligues, les cagoulards soutiennent la droite en place. On me propose de figurer sur la liste de gauche aux prochaines municipales, dirigée par un de mes professeurs de l'hôpital. Je suis d'accord, Louise aussi, son père également, qui est proche de Roger Salengro, le maire de Lille.

— Tu possèdes une carte dans un parti ?

— Je suis coopté par les radicaux socialistes.

— Je t'approuve. Ce n'est pas la peine de donner tant de détails à ta mère.

Louise entrait de plain-pied dans la famille Muller en cette soirée sur le balcon. Elle demanda qu'on éteigne toutes les lumières quand la nuit fut venue. Les lampes des pêcheurs sautaient derrière les vagues de la plage comme des feux follets. Puis surgissait le ruban blanc du phare d'une proche falaise. Pierre enlaçait

Louise pendant que sa mère amenait le plateau de coquillages.

— C'est décidé : notre médecin compte s'installer à Boulogne.

— Tant mieux. Je passerais volontiers quelques semaines de printemps, ici.

L'intérêt de Marthe pour le lieu progressa le lendemain, avec le décor plus âpre du cap Blanc-Nez, dans un vent qui courbait les échines. Louis et Pauline arrivaient le soir, à la gare centrale, dans le bon sens du retour de la Rosalie. Eux connaissaient déjà la limousine inaugurée à Lille. Ce fut une autre soirée de welsches rarebit :

— Faites-moi acheter du chester avant de reprendre le train, je veux faire goûter cela à Léon.

Comme convenu, les Muller saluèrent en passant la famille de Louise, au complet, elle aussi. Il ne manquait que Norbert. La C4 attendait devant la villa sur la digue.

— Ah, vous voilà. Nous patientons depuis deux heures, heureusement après un repas à Montreuil-sur-Mer en passant.

On attendit le rassemblement dans la salle à manger de l'étage pour les présentations :

— Voici Magdalena, ma belle Argentine.

— Je me croyais plus brune que Louise, dit Pauline, je parais blonde à côté de ces cheveux magnifiques.

Louise tendait une chaise à la jeune femme, enceinte de quelques mois.

Plus que le brillant de ses cheveux, on remarquait le sourire de cette inattendue Magdalena. Ses dents blanches éclairaient son visage déjà épanoui par la luminosité de son regard noir. Elle parlait un français chantant mais sans fautes, qui sifflait parfois dans un léger zézaiement. Elle tenait ce bilinguisme d'une belle-sœur de sa mère d'origine bretonne qui l'avait recueillie à Rosario après la disparition de ses parents dans un tremblement de terre au sud du pays. Elle travaillait au secrétariat de direction d'une compagnie de chemin de fer. Elle accompagna à Lunéville, comme interprète, une délégation commerciale venue commander des wagons identiques à ceux fournis à une société du Brésil. Norbert dit :

— La campagne lorraine que je lui montrai lui a plu, moi aussi modestement. Je ne l'ai pas suppliée pour qu'elle reste en France qui, par ses lectures, est un peu dans son cœur. Pour nous marier avant la naissance du bébé, nous attendons des papiers qui, semble-t-il, ne viennent pas par avion.

Pierre se préparait à ouvrir une bouteille de champagne :

— Elle était prévue pour demain ou après-demain, Ouvrons-la tout de suite : *bienvenida,* Magdalena !

Elle souriait de son bel éclat d'émail, à l'aise malgré son appréhension, soulagée après le séjour prolongé à l'extérieur.

Malgré le petit parc de voitures, les parents de Louise préféraient un cortège pédestre, permis par les courtes distances. Pour animer ce qui n'était qu'une cérémonie civile, la fanfare municipale prêtait son concours, avec un difficile passage de son répertoire de marches militaires aux plus douces mélodies. Les fifres ouvraient la marche vers la mairie. Derrière les familles, Marthe et Pierre précédaient Louise et son père. Magdalena tenait lieu, seule, de demoiselle d'honneur, son ampleur atténuée par les couleurs vives d'un paréo de ville. Elle tenait la légère traîne de la mariée, souriante au-dessus de son bouquet de roses. Des enfants emboîtaient le pas.

Le patois du maire donna au discours final un ton savoureux qui atténuait, pour les Lorrains, les difficultés de traduction :

— Nou z'aut' din la marin' quand eun femme a vous attrap' on dit qu'on sommes péquéyes, comme les pichons des batiauws. Eh ben, m'sieur l' docteur, on z'êtes ben péquéye !

Sans doute ne fut-il jamais autant applaudi. Doublement quand on découvrit à la sortie le nuage des coiffes de dentelles de sa famille, les soleils traditionnels des femmes de marins, les matelotes, ou mieux, ces « dames de la marine ». Pour le photographe, les mariés posèrent entre les coiffes bordées de dentelles de ces femmes remerciées par les cornets de dragées de la mère de Louise et de Marthe. Magdalena prolongea son succès en trônant parmi les quelques conscrits de l'année qui portaient encore le bonnet de moussaillon.

Le soleil permettait le pique-nique sur la pelouse de la villa, qui servit aussi de piste de danse grâce aux violonistes de la fanfare habituée à passer de la *Marseillaise* du 14 Juillet au *Plus Beau de Tous les Tangos du monde*. En dansant, Louise demanda à Pierre :

— Tu tiens ta promesse d'un début de nuit de noces sur le sable, au balancement du faisceau du phare ?

— Sous les fenêtres de ma grand-mère ? Elle serait capable de braquer un projecteur sur nous. Cachons-nous dans ta chambre.

— Vite, hein, fiu, com'i diro m'sieur l'maire…

# 18

## Le Noël du patriarche

Deux mois avant Noël, commença ce que Pierre appelait « l'opération Léon ». Depuis son cabinet de Boulogne, en face du beffroi de l'hôtel de ville, il coordonnait par téléphone les arrivées des uns et des autres. Anthony et Sarah débarquaient les premiers, avec en projet un circuit de plusieurs semaines en Italie et en Grèce. Le *Normandie* arrivait au Havre le 28 octobre, une occasion d'évasion pour le médecin et Louise, privés de voyage de noces. La campagne électorale terminée, avec un poste d'adjoint aux affaires sociales pour le jeune candidat radical-socialiste, l'escapade de quatre jours n'engendrait pas d'inconvénients.

Le couple gagna la Normandie en amoureux avec une étape à Étretat, face au panorama de la falaise préférée des peintres paysagistes. Avant Le Havre, l'horaire permettait d'observer depuis Sainte-Adresse l'approche du paquebot vers le fond de la rade, dans le sillage des remorqueurs crachotant leur fumée noire. L'essentiel des passagers descendu à Southampton, le débarquement du dernier contingent n'apportait pas plus de bousculade que celui des ferries en provenance de Brighton. Pierre ne connaissait pas Anthony. Dans le hall de la gare maritime, il tenait une pancarte « Léon » au sommet d'un parapluie. Le mot de passe suffit à la vive Sarah pendant que son mari guidait le porteur et son chariot de bagages.

Dans les premiers kilomètres de la route vers Paris, défila un documentaire sur le fleuron de la French Line. Les deux touristes se coupaient la parole pour détailler le bâtiment de 315 mètres et douze ponts. À laisser parler Anthony, leurs accompagnateurs auraient eu le détail du tirant d'eau, de la hauteur entre la pomme du mât le plus élevé et le dessous de la quille – « 73 mètres quand même ! » criait-il –, la quantité d'œufs, poissons, fourchettes et soucoupes utilisés pendant la traversée. Pierre se contenta de l'effectif médical : trois médecins et deux infirmières.

Sarah, en plus de la tranquillité du bar l'après-midi, préférait la salle à manger, la descente du grand escalier vers cet espace éclairé par les parois de verre et les bas-reliefs. Anthony, sans détailler la carte, souligna l'étonnante variété des jambons du buffet froid : Virginie, Parme, York, Bayonne, Westphalie, Aoste. Il regrettait, dans les salles de jeux, l'absence de machines à sous :

— Pour la première fois de ma vie, j'ai lancé des boules contre des échafaudages de boîtes de conserve. D'autres visaient des portraits, changés chaque jour pour varier les plaisirs. J'ai tenté ma chance à ce jeu de massacre qui me donnait une leçon de géographie politique. Je découvrais, en visant les caricatures et en retenant les noms, messieurs Laval, Henriot, Anthony

Eden, Franco, le Négus, Tchang Kaï-chek, Ribbentrop. On se demande parfois de quel côté est le massacre.

À Paris, Sarah préféra le calme à une autre soirée au Vél' d'Hiv'. Louise proposa un dîner sur un bateau-mouche. Elle parla de l'Égypte avec un tel enthousiasme qu'Anthony promit d'abandonner le détour par la Grèce pour préférer Le Caire et les pyramides de Gizeh. Le temps leur appartenait.

À Boulogne, on attendait Pierre avec impatience, à cause de l'arrivée prématurée d'un convoi de réfugiés espagnols fuyant la répression franquiste.

Prévu pour deux semaines plus tard, leur accueil nécessitait des aménagements d'urgence, en particulier pour l'hébergement. Dès sa connaissance des faits, le médecin se rendit au gymnase rapidement équipé pour le secours. Louise, qui parlait espagnol, traduisit les propos de son mari, au nom de la municipalité, favorable aux républicains. Pierre ne contourna aucune des difficultés qui se présentaient, annonçant dans l'ordre des logements, voire dans les communes voisines, des bons de nourriture, la recherche de travail avec une participation municipale pour aider les entreprises, l'organisation de classes primaires pour les plus jeunes, une intégration assistée dans les classes du collège :

— Vous n'êtes plus chez vous mais vous êtes libres. Il est clair que le régime en place ne cédera pas demain malgré les combats des patriotes. Soyez confiants. Vous arrivez dans une ville fraternelle. Je mobiliserai dès demain les hispanisants de la ville pour éviter votre isolement. Un bureau fonctionnera aussitôt pour répondre à vos questions, enregistrer vos besoins. Sous ma responsabilité d'élu et de médecin, ma femme coordonnera les actions.

Louise ne manquait pas d'ouvrage, avec la fourniture de l'équipement des maisons en ustensiles et en linge, les échanges pour rapprocher les familles dispersées, les commodités des transports par autobus et par tramways. Pierre et des internes ou externes de l'hôpital tenaient des gardes quotidiennes, avec consultations et vaccinations. Il combattait l'ennui, l'isolement, instaurant chaque dimanche un repas collectif avec danses et jeux pour l'après-midi. Il encourageait la formation d'une équipe de football pour les hommes, des adolescents, et une autre de basket-ball pour les femmes. Il partageait le meilleur compliment adressé à son épouse :

— Louise, nous revivons !

L'ambiance de cet accueil, soutenu par la traditionnelle solidarité des gens de mer, récompensait le médecin du choix de son installation et de son engagement municipal.

Louise, habituée par sa mère aux communications répétées, s'inquiétait à longue distance des projets pour Noël des deux couples en provenance du Maroc.

Georges et Colette ne prévoyaient pas d'empêchement grâce à l'imminence d'un changement de poste. Ni l'un ni l'autre ne souhaitait une affectation proposée en Italie ou en Allemagne. Peu sollicitée par les agents d'Air France, l'escale de Copenhague les attirait plus que Londres, bien connue de l'un et de l'autre. Leur arrivée au Hameau dépendait de leur installation, avant ou après Noël. Leur présence ne faisait aucun doute. Des rendez-vous dans leurs états-majors respectifs à Paris confirmaient le respect des dates pour Georgette et Ronald. De leur côté, hâtivement mariés après la réception des papiers d'Argentine, Norbert et Magdalena de la Pena se réjouissaient de présenter à leur famille au complet leur fils Simon.

Pour limiter son absence et assurer une soirée du 31 décembre pour ses réfugiés, Pierre renonçait à amener les voyageurs américains de Paris à Nancy. Après des déplacements hasardeux en Italie et surtout en Égypte, Anthony supporta au mieux les wagons ordinaires de la Compagnie de l'Est, fort éloignés du confort des voitures de la Flèche d'Or. Il évita la monotonie des compartiments en s'installant pendant tout le trajet dans le wagon-restaurant. Il contourna aisément les souhaits des serveurs de libérer la table entre le service du matin et celui de midi. Il manifestait comme Sarah une totale incompréhension aux observations en français. La taille de ses deux valises massives, ornées des cartons des hôtels du périple, en plus du pourboire du petit déjeuner, dissuada définitivement le personnel de toute insistance. Les bagages posaient également un souci au chauffeur de taxi retenu par Marthe. Pour une majoration raisonnable, le chauffeur accepta une seconde livraison de la malle à roulettes.

Dès le lendemain, Norbert assura le transport au Hameau de Georges et Colette puis Pierre celui de Georgette et Ronald. Il ne manquait personne, l'hébergement le plus délicat étant celui de Simon, à ne pas éloigner de sa mère nourricière.

Louise, rompue au grand nombre d'invités par les réceptions de ses parents, avait convaincu Elise d'adopter pour les deux jours d'attente une formule de buffet, froid et chaud, avec une possibilité de potages. Les couples y gagnaient en mobilité pour leurs visites ou promenades. Vittorio et Carolina restaient dans leur réserve d'invités d'honneur.

Les deux Citroën, la C4 et la Rosalie, facilitèrent les lèche-vitrines à Nancy et les déjeuners au gré de chacun. Anthony, en dehors de la ville éclairée de guirlandes et d'un sapin vosgien sur la place Stanislas, s'étonnait de l'absence d'illuminations aux fenêtres et de mannequins de Père Noël aux balcons :

— Chez nous, entre deux grandes villes, en ce moment, la route est jalonnée de décorations continues. Aux carrefours se dressent des arbres qui scintillent dès la nuit tombée.

L'un ou l'autre lui opposait le caractère religieux de la fête, moins commerciale qu'outre-Atlantique. Devant les étals de dindes et de chapons au marché, l'homme de Detroit estima que la piété en France avait du bon.

Pierre racontait qu'à Boulogne, la veille de Noël, les enfants défilaient dans les rues avec des betteraves creusées pour des yeux, un nez, une bouche, éclairées de l'intérieur par une bougie :

— Ils appellent ça des guenels. Ils sonnent en chantant devant les maisons pour obtenir une pièce, des bonbons, des craquelins, sorte de bretzels à la mode du Nord.

— Nous avons quelque chose de ce genre, dit Sarah. Cela s'appelle Halloween. Il n'y a pas de monstres en betteraves mais en citrouille. Les enfants, déguisés en fantômes ou squelettes, promettent l'enfer à ceux qui n'offrent pas de chewing-gums ou de marshmallows.

Léon – *the guest star,* disait Sarah – entretenait, tapi chez lui, sa discrétion habituelle. Depuis des semaines, on ne l'apercevait jamais derrière une vitre.

Le temps glacial de l'hiver lui interdisait toute flânerie autour de son défunt mirabellier. Vittorio disait aux autres l'impatience du patriarche ému et perplexe sur son Noël.

Le soir du 24 décembre, Norbert accompagna Magdalena et Gisèle à un office célébré bien avant minuit. Puis ce fut le prélude à la fête grâce au phonographe installé depuis des mois à la Cure d'Air pour l'agrément des clients. À la demande des consommateurs, Françoise plaçait un disque sur le plateau. Des applaudissements ou des murmures saluaient les introductions de l'orchestre dans un choix influencé par le répertoire radiophonique et des chansons à succès de certains films.

Ce hit-parade dominé par Tino Rossi et Yvonne Printemps accompagna la soupe à l'oignon du réveillon familial qui entraînait les conversations à tout rompre plutôt que les méditations de circonstance. Les sujets ne manquaient pas, entre l'apparition de la *Petite Sirène* de Copenhague dans la vie des Fischer et la pyramide de Saqqarah dans l'horizon des touristes américains. Louise piquait Anthony :

— Quand nous disons Noël, vous sortez un Christmas à la Walt Disney, aux humbles guenels vous opposez Halloween. Vous dites même qu'André Citroën – paix à son âme – copie Ford. Rien n'est plus haut que l'Empire State Building, rien n'est plus grand que l'espace conquis entre la côte de l'Atlantique et celle du Pacifique. Les Américains, *my dear*, ne souffrent-ils pas d'un complexe de supériorité ?

— Ou la Vieille Europe d'une nostalgie de douairière ? Nous lui sommes reconnaissants de l'apport des citoyens irlandais, allemands, italiens, polonais, et, pour ma part, je n'écarte pas les contingents venus d'Afrique. Walt Disney, Ford, Halloween, les buildings de New York et d'ailleurs forgent la fierté américaine et encouragent son économie. *To make money ? Why not ?* Cela suppose des idées, des inventions, de la volonté. Louise, ne nous considérez-vous pas en amis seulement quand nous amenons les boys pour défendre votre territoire ? Hier... Demain, qui sait ? On parlera alors de Sherman plus que de Ford. Nous ne possédons pas de Colisée, de via Appia, de momies de pharaons. Soit. Harvard prépare l'avenir qui profitera au Nouveau Monde et à l'ancien continent...

— *God bless the States,* coupa Pierre pour laisser Françoise placer au centre de la table son plat de charcuterie.

— Ce n'est pas le *Normandie*, invention française, dit Georgette, mais un autre choix de jambons, régionaux malgré celui emprunté aux Ardennes belges : au foin, à l'os, au torchon, aux herbes, à la moelle pendant qu'il est encore temps.

L'effort régional de l'aubergiste portait aussi sur les fromages rangés sur un plateau d'osier porté par quatre mains : des classiques entourant des munster, géromé, comté, chaource, langres. Elise gardait la bûche pour le lendemain. Pendant que circulaient les assiettes de petits-fours, Anthony et Sarah s'occupaient du café, à leur manière, une découverte pour tous, sauf pour Ronald, et Georges, habitué aux fins de repas aériens chez Farman ou à Air France.

— Irish coffee ! cria Anthony, triomphant, en déposant les verres à pied fumants devant les invités. Whisky irlandais, fourni par la boutique du *Normandie,* de la French Line. Café, argentin peut-être, Magdalena ?

Simon, surveillé par son père ou sa mère, dormait du sommeil du juste dans une chambre de l'étage.

Norbert organisa la suite, alternant les danses et les jeux. Pierre et Louise ouvrirent le bal improvisé par un tango d'orchestre de Stéphane Grappelli et Django Reinhardt, *J'aime tes grands yeux*. Dans le rythme du tango, Anthony tenait Sarah comme Fred Astaire guidait Ginger Rogers à la renverse sur son bras. Puis commença la première chaise musicale, au son soutenu et rapide. Magdalena fut la première qualifiée pour une finale à quatre qui réunit avec elle Gustave, toujours leste, Sarah et Georges. Le répertoire ne baissait pas le rythme avec des airs propices aux arrêts soudains. Plus appropriée aux surprises, *La Java bleue* arbitra le duel entre Magdalena et Sarah, gagnante aussitôt saluée par un blues. Elise et Françoise dégageaient tables et chaises pour la mise en place du Noël de Léon.

Simon, le dernier-né de la famille, dans les bras de sa mère, attendait l'homme du jour au seuil de sa maison, vêtu de son costume du dernier mariage, le cheveu blanchi par la lotion du coiffeur. Vittorio et Carolina ouvraient le cortège. Derrière Léon et Gisèle suivaient une quinzaine d'invités. Elise guettait à la porte de la Cure d'Air. À son signal, Françoise monta le son du phonographe pour inonder les arrivants avec *Le Beau Danube bleu*. Une haie de photographies de la tour Eiffel découpées sur du contreplaqué conduisait vers l'estrade de l'apéritif, garnie de boîtes et de paquets enveloppés dans le même papier rouge frappé de sapins verts.

Léon assis sur un fauteuil encerclé de cadeaux, Pierre, seul, exprima les sentiments des familles réunies :

— J'ai envie de dire, comme un compagnon d'un long parcours : mon vieux Léon, pas à cause des cheveux blancs, bien lissés ce midi, mais parce que, plus que le tronc de ton mirabellier, après les autres, tu symbolises l'enracinement du Hameau. Nous traînons nos guêtres, nos godillots, nos babouches un peu partout. Où que nous soyons, nous gardons des parcelles de ta terre parmi nos grains de sable du Sud marocain, les débris de poissons sur les quais de la Manche, les clapotis figés de la *Petite Sirène* danoise. Quand on nous demande notre lieu d'origine, au lieu de répondre « Pompey », nous disons que nous venons du « pays de Léon, du Hameau ». Tu as donné, malgré toi, l'élan du départ, en nous montrant les routes avec le grand doigt de la tour Eiffel, plantée ici plutôt que les sapins de circonstance. Elle aura été, avec d'autres occasions de mettre les mains dans le cambouis, l'affaire de ta vie, celle de l'usine et de la cité que nous ne détachons pas de toi. Tu ne veux pas parler parce que maintenant tu écris. Merci pour « L'Âme du Hameau ». Rien ne pouvait mieux ancrer notre origine, même Simon et Magdalena, la belle Argentine, sont désormais estampillés « Hameau ». Habituellement, dans les distributions de prix, on appelle le lauréat sur l'estrade. Toi, comme toujours, tu attends de pied ferme. Les autres, les tiens, les nôtres, monteront tour à tour pour t'offrir les récompenses.

Léon leva les bras pour intervenir fort brièvement mais avec émotion :

— Un mot : merci !

Gustave et Marthe portaient un emballage pointu au-dessus d'un socle rigide. Ils inauguraient la théorie des cadeaux. Léon coupa les cordons avec son canif au manche usé. Marthe enleva le papier. Gustave présenta son évocation du Hameau : une douzaine de mirabelliers en saison d'hiver, à peine feuillus, les troncs droits sous les branches tordues comme celles des oliviers. Le menuisier à la longue expérience avait sculpté ses arbres dans une espèce rare utilisée par Majorelle, le courbaril, bois brun veiné d'Amérique tropicale, avec dans sa matière le grain de l'arbre célébré. Léon n'en avait pas fini avec son symbole de vie. Georges et Colette lui montraient le dessin d'un homme seul assis sur une pierre près d'un mirabellier : fusain de Jacques Majorelle, rencontré dans sa villa Bou Saf Saf avant de quitter Marrakech.

Georgette ne cachait pas le contenu de son sachet imposant : elle tapait du poing sur le cuivre d'un plateau ciselé de l'artisanat kabyle. Ronald tendait la théière et les verres emballés avec précaution dans un papier transparent.

— Ce n'est pas tout, dit Germaine.

Elle sortit d'une valise une gandoura de laine décorée dans le dos d'une tour Eiffel colorée et embellie à la façon fleurie de la vallée du Souss.

Léon enleva sa veste pour parader dans sa pelisse marocaine comme un marabout du bout de l'an.

Anthony et Sarah se glissèrent devant Norbert et Magdalena. Ils tenaient, comme Georges et Colette avant eux, une reproduction, achetée aux Offices de Florence, de *La Petite Treille,* dernière planche gravée par Jacques Callot, une auberge de village qu'on aurait pu appeler la Cure d'Air. Tandis que Magdalena dégageait le cadeau, Norbert dit :

— Léon, nous baptiserons ta maison le musée Léon. Voici encore de quoi accrocher aux murs. Tu m'as conseillé la société De Dietrich et orienté mon existence. Cette gouache montre la Lorraine victorieuse au Mans dans le virage des Hunaudières.

Mathieu compléta :

— Après « L'Âme du Hameau », voici la « Léonide », pas de texte, comment faire mieux, mais des cartes postales du Pompey d'autrefois, le canal, la Moselle, l'usine, les vignes, le premier tram à crottin qui était attendu avec les petites pelles des gamins, puis, à l'opposé les photos aériennes de Georges.

Pierre et Louise célébraient Gisèle, compagne méritante. Pas de vue du cap Gris-Nez, leur décor voisin, mais une série d'assiettes en faïence de Desvres, ville artisanale près de Boulogne. Vittorio et Carolina attendaient leur tour. Norbert les guida vers la scène. Leur paquet dépassait les autres par la taille, un cylindre avec, suspendus autour, des sachets de spaghettis, macaronis, nouilles et lasagnes. Carolina souleva le couvercle, jeta en l'air des papiers de protection. Vittorio sortit un véritable chapeau de paille de la côte amalfitaine qu'il plaça sur les cheveux blancs de Léon. Celui-ci se leva, droit dans sa gandoura. Il salua avec sa nouvelle coiffure :

— Deux mots, cette fois : merci beaucoup.

Son chapeau en place, il essuya ses yeux, Georges poursuivait sa série de prises de vues.

Avant les amuse-gueule de l'apéritif, Elise et Françoise placèrent au milieu de la table la pièce montée, une tour Eiffel de choux à la crème et de nougatines. Léon, en veste, cette fois, tapa dans ses mains.

— Un mot de plus devant cette vieille amie : qu'aurais-je fait sans elle ? Frères et sœurs, que serais-je sans vous ?

Simon réclamait sa tétée.

## 19

## Le tronc coupé du mirabellier

Comme après le mariage de Georgette, Sarah, le lendemain de Noël, allégeait ses bagages. Elle ne renouvelait pas une sorte de braderie mais répartissait les lots dans des cartons pour les destinataires. Norbert hérita de la valise renforcée.

Le couple, par suite d'un carénage du *Normandie,* embarquait à Boulogne sur le paquebot allemand *Bremen.* Ce hasard réjouissait Anthony, qui appelait « tortillard », mot nouveau dans son répertoire français, le Paris-Nancy. Louise lui apprit « tape-cul », qui semblait ne pas avoir d'équivalent en anglais, dans le vocabulaire en tout cas.

Pierre coupa la route par une halte à Amiens pour la visite de la cathédrale. Louise servait de guide sans difficulté. Elle soulignait pour ses amis de retour d'Italie la différence de l'ornement sobre de l'édifice du treizième siècle avec les fioritures de la Renaissance à Florence et surtout à Turin, en même temps l'audace de la broderie de pierres :

— Ce monument, qui possède sa galerie des rois comme Notre-Dame-de-Paris, est le premier à mêler dans la statuaire le peuple et la nature à la célébration divine. Plus qu'ailleurs se découvrent dans les bas-reliefs les animaux, les plantes, les objets de la vie quotidienne. Femmes, enfants, vieillards abondent autour de la translation de saint Firmin, le premier évêque d'Amiens.

Avant la fin de la découverte, Louise dénicha la sculpture des paysans qui transformaient les épées en socs de charrue.

— Nous oublions les leçons de l'histoire : aujourd'hui, nos réfugiés catalans ont opposé leurs fourches aux mitraillettes de Franco.

Le *Bremen* n'entrait en rade de Boulogne que le 3 janvier. Anthony et Sarah, après le Noël de mémoire du Hameau, vivaient un réveillon marqué par l'actualité. Pierre présidait le premier janvier de la communauté espagnole dans la salle du Foyer des marins. La vie reprenait dans toutes les familles relogées de façon décente et durable, certaines dans des villages qui assuraient du travail, de la scolarité. En plus des équipes de football et de basket-ball qui formaient des clubs prêts à s'engager dans les championnats dès l'automne, des groupes se constituaient pour chanter, danser, peindre, apprendre le français, la sténographie. La sérénité, qui n'effaçait ni les souvenirs ni les craintes, dominait le rendez-vous espagnol dans les décorations, la paella collective, les chants, les danses.

L'intervention de Pierre fut saluée de « olé » à la fin de chaque phrase. Une adolescente lut devant lui quelques vers de Victor Hugo, de circonstance :

— « Quand je pense qu'on a tué des femmes grosses / Qu'on a vu le matin des mains sortir des fosses / Ne disons pas : je fus proscrit, je fus martyr / Ne parlons pas de nous devant ces deuils terribles. »

Un peintre remit à Louise une toile dans son cadre, une porte des remparts boulonnais avec le beffroi en arrière-plan. Anthony, un verre de xérès en main, écoutait le témoignage d'une vieille femme : les bébés crucifiés par les fascistes sur les portes des granges, les combattants amputés des deux bras, les villages rasés à l'explosif, les fosses communes des fusillés. Il promit à Pierre une collecte de soutien dans son usine et un quartier de Detroit.

La mer agitée ne facilitait pas le transfert des trente passagers sur le *Bremen*. Dominaient parmi eux des Juifs allemands qui choisissaient l'exil après les licenciements et les interdictions d'exercer les métiers d'enseignants, médecins, avocats. Installés en France dans des familles persécutées venues de Pologne et d'Europe centrale, ils fuyaient une seconde fois à cause des rafles nouvelles exercées dans leur pays par la Gestapo, proclamée police officielle. Sur le quai de la gare maritime, devant l'embarcadère de la navette, les deux couples se séparèrent comme de grands amis.

Louise, une semaine plus tard, présentait sa thèse de doctorat devant l'université de Lille. Une majorité de femmes, invitées par sa mère et Pauline, constituaient le public. La mention « très bien » fut arrosée avec du thé, plus réconfortant que le champagne en ces jours froids. Le président du jury assurait la lauréate d'une publication rapide de sa biographie par un éditeur national.

Georgette et Ronald retournaient au Maroc par bateau, eux aussi. Ils embarquaient à Bordeaux sur le paquebot *Meknes*, affecté à la ligne de Casablanca. Leur passage à Paris, au ministère pour elle, à l'ambassade pour lui, orientait leur avenir avec une proche retraite des deux corps d'armée. Ils poursuivaient, dans une totale indépendance mais avec l'aide des autorités françaises et de fonds américains, leur action humanitaire dans le Sud marocain. Ronald pouvait, dès maintenant, entreprendre la construction d'une clinique privée à Taroudant avec mission pour Georgette de visites dans les douars extérieurs.

Jacques Majorelle et sa femme Andrée revenaient de Paris après une exposition à la galerie Charpentier. Après diverses rencontres furtives au bar ou à la salle de jeux, les deux couples déjeunèrent ensemble. Georgette tissait les liens de sa famille avec Louis Majorelle. Le peintre se souvenait vaguement du passage de Louis dans les ateliers, et, plus précisément, du récent fusain hâtivement tracé pour le chef d'escale Georges Muller. Entre Lorrains, il fut question du Nancéien Lyautey, enterré à Rabat, soutien assidu de l'œuvre de l'artiste. Pauline apparaissait aussi dans la conversation, grâce au Comité Nancy-Paris :

— Ils se sont battus pour imposer l'exposition de mes peintures, trop exotiques et pas assez lorraines pour un adjoint à la culture, plus friand de croûtes. Que dirait-on, dans cette ville parfois étroite, des nus que je ramène chez moi ? Figure pourtant parmi ceux-ci, avec mon *Modèle endormi*, madame Singla, l'épouse du premier directeur de la Mamounia. Churchill, qui descend là parfois, avec Lloyd George, l'ancien chancelier de l'Échiquier, voulait m'acheter mon *Harem assoupi,* devenu propriété de madame Vilgrain, des moulins du même nom créés à Nancy puis à Paris.

Ronald parlait de la vallée du Souss, plusieurs fois parcourue par le couple. On promit de se rencontrer à nouveau à Taroudant ou dans la villa de Marrakech, où Majorelle aménageait un nouvel hectare de jardins.

Bien loin de là, Colette préférait la rigueur danoise au mouvement coloré de la cité marocaine. Copenhague, pas inactive, accentuait l'ambiance méditative de certaines villes néerlandaises. En bordure de la Baltique, les quais, à l'écart des bassins, semblaient, comme à Bruges, border un canal.

À l'aéroport, le trafic apportait un nombre de voyageurs important, jusqu'à trente par avion, arrivés à bon port ou en transit vers Göteborg ou Oslo, Jönköping et Stockholm, Riga et Helsinski. Chaque évasion hors de la ville offrait un dépaysement délicat et coloré, le romantisme de Hamlet à Helsingborg, les rêves des Vikings à Roskilde, la tradition royale au château de Frederiksborg. Georges, pour animer les dimanches austères en ce milieu de l'hiver, réunissait le personnel de plusieurs compagnies pour des jeux de société ou des épreuves sportives. Il appelait sa compétition « Air forces ». Les Scandinaves dominaient en nombre leurs confrères et consœurs français, suisses, anglais, soviétiques. Les Allemands et les Italiens restaient à l'écart.

Colette, avec des Danoises, participait à des épreuves de curling, une subtile adaptation de jeu de quilles ou de boules sur glace. Deux équipes lançaient vers une cible tricolore des palets de quelques kilos à placer au mieux. Des balayeuses précédaient la masse de fonte pour accélérer ou ralentir son élan. La capitaine organisait la tactique du placement ou de l'écartement du palet adverse. Autour jouaient des semi-professionnels soutenus par des gradins chargés de supporters réchauffés par des anoraks ou de l'aquavit. Colette ne lançait pas mais balayait. Georges photographiait. Les personnels au sol attendaient les beaux jours pour prolonger ces compétitions avec du cross-country, de la natation et de la pêche.

Mathieu, enfin, annonçait à son fils une visite, solitaire. Germaine, casanière, bougonne, refusait tout déplacement en dehors de la Lorraine. Adhérente d'un club d'anciens enseignants, elle assistait à des conférences, historiques plutôt, visitait des châteaux, des églises, des fabriques de conserves ou de madeleines, des expositions. Elle agaçait ses anciens collègues avec des remarques de Madame Je-sais-tout ou de Madame Je-ne-supporte-rien. Mathieu, benoîtement, fréquentait les salles de cinéma, sans distinction de programmes. Le dernier film visionné était le meilleur, *La Bandera* avec Jean Gabin après *Les Révoltés du Bounty*, Harry Baur dans *Les Misérables* après Greta Garbo en Anna Karenine. Il n'admettait plus qu'un instituteur comme lui ne soit jamais sorti au-delà des frontières. Copenhague lui semblait une destination pittoresque, malgré les heures de train imposées par le refus de l'aéroplane. Obstiné dans son parti pris, il résista à un baptême de l'air dans un vol de repérage où Georges souhaitait l'entraîner.

Il arrivait au Danemark pour l'inauguration d'une exposition de dessins sur l'œuvre d'Andersen, des croquis naïfs, fluides, dans la poésie des traits et des couleurs. Ce Lorrain, qui n'avait pas franchi le seuil d'une des grandes brasseries de Malzéville ou de Champigneulles, découvrit les circuits d'une blonde danoise aux portes de Copenhague. Le chantier de construction de brise-glaces l'impressionna beaucoup, depuis le bord du quai de la cale sèche autant que du bas, sous la masse trapue de la coque avec son poste de manœuvre surélevé. Colette l'emmena sur le port acheter des soles qui frétillaient encore. Georges l'invita à un petit déjeuner de *smorrebrod* dans un grand hôtel, avec une tablée de canapés de hareng, saur ou mariné, saumon fumé, toasts au jambon, saucisson, œufs, fromages divers. Il était repu en arrivant, à l'autre extrémité du port, en face de la *Petite Sirène*, à laquelle il tendit courtoisement la main pour l'objectif de son fils. Dans les boutiques, près du palais royal gardé par des soldats en uniformes de collection, il acheta des napperons de dentelle pour Germaine, qui préféra utiliser, malgré tout, ses vieilles garnitures brodées à Lunéville, sans autre commentaire sur le déplacement scandinave.

Magdalena, en gardant son fils, tricotait des châles inspirés de ses paréos de laine qui séduisaient les jeunes Lunévilloises. Les Wagons, épisodiquement concernés par les voitures de luxe de la Flèche d'Or ou du Train Bleu, travaillaient moins pour ces trains de prestige. Les commandes abondaient d'Europe centrale, de l'Union soviétique et de l'Amérique latine ou du Sud. Norbert veillait aux résistances des suspensions après la souplesse de celles des Pullman. Son activité débordait vers les camions et des engins blindés pour l'armée française.

Avec Gustave et Marthe, il assistait Elise dans un dossier épineux avec la municipalité. Il ne s'agissait plus d'une proposition extravagante pour remplacer la Cure d'Air et, au-delà, raser le Hameau, mais d'un plan d'habitations à loyers bon marché, conforme aux vœux gouvernementaux, apprécié à l'usine, dans les familles, et soutenu par la préfecture.

Le maire ne manquait pas d'arguments, maniés avec une prudence courtoise : l'âge, l'isolement de Léon privé de Gisèle, hospitalisée pour des dérangements mentaux, la dispersion des héritiers, l'impossibilité d'une reprise à cause de l'option légale. Elise disposait d'un mois pour signer un accord.

Gustave et Marthe alertèrent Louis, éventuel propriétaire, après eux et Mathieu, de la maison de Léon et de la Bicoque. Le nouveau Lillois jugeait la proposition irréfutable :

— Le principal obstacle est la réaction de Léon qu'il faudra, comme il le disait, enlever de force. Un délai, qui ne sera pas long, peut arranger cela. Quant à Elise, elle mérite sa retraite, qui s'améliorerait avec l'indemnisation. J'imagine mal Georgette s'opposer aux décisions. Norbert, aussi sympathique qu'il soit, n'est qu'indirectement concerné. Il mérite une part de ce qui vous reviendrait.

La réponse pertinente confortait les parents du médecin. Elise souhaitait mourir chez elle :

— Ça ne tardera pas. L'urgence de bâtir n'est pas telle. S'il faut des logements pour les ouvriers, j'en trouverai, moi, chez les patrons de l'usine et chez leurs directeurs. Pourquoi briser une vieille vie pour construire des cabanes à lapins ?

Gustave se chargeait de l'opinion de son frère. Léon se traînait dans sa solitude. Depuis le départ de Gisèle, ses voisines Elise et Françoise lui apportaient à tour de rôle son repas de midi et celui du soir, qui n'allait pas au-delà d'un potage, d'une tranche de jambon ou d'oublies qu'il grignotait en écoutant des émissions sur la TSF d'Alphonse. Arturo, le frère cadet de Vittorio, lui fournissait la meilleure compagnie. Intelligent, ce garçon de treize ans rêvait d'une carrière de chirurgien. Peu bavard, il convenait à Léon, plutôt méditatif. Ils jouaient, presque en silence, au jacquet, avec les cris de joie du gamin quand il gagnait. Ils disposaient d'un coin aménagé par Arturo : une table devant une étagère métallique laissée par Louis à son départ pour Lille. Elle servait à Léon pour les moulins à café de la famille, et de pêle-mêle au garçon pour des illustrations évocatrices des activités des héritiers du Hameau, une Rosalie, un Goliath Farman, une élégante ressemblant à Pauline, l'affiche du *Normandie* pour une pensée vers Anthony et Sarah, la reproduction dans une revue d'un paysage marocain avec un cavalier. La dernière image placée représentait un tramway en Meccano, le jouet nouveau offert par Léon à son inventif compagnon.

Léon n'imaginait pas une fin d'existence, esseulé sur son Aventin, dans le bruit des terrassiers et des maçons démontant la Cure d'Air et ses annexes, sa Bicoque peut-être, pour l'encercler d'immeubles. Il pensait plus à Elise qu'à lui-même, isolée elle aussi avec sa fille égarée dans les déserts du Sud marocain. Il recommandait la sagesse devant une situation sans issue, pensant pour sa voisine à une rente confortable, une vieillesse à l'abri du besoin, comme disaient les petites gens.

Pour lui, renonçant aux tracas administratifs avec le reste, il exprimait seulement le vœu, si les événements se précipitaient, d'un transfert dans un hospice de Boulogne :

— La mer emportera mes pensées. Pierre me soignera quand il le faudra. Je mourrai au moins dans les bras d'un des miens, des bras du Hameau.

L'attitude de Léon troublait Elise, incitée par Germaine à tourner la page. Elle consulta un notaire, peu enclin à se démener contre des moulins à vent :

— Tirons-en le maximum, ajoutons le *pretium doloris*. Vous disposerez d'un pécule suffisant pour acheter une maison et vivre sans problème. Pourquoi ne pas rejoindre votre fille au Maroc ?

— Je préfère rester dans mon bled à moi. Chargez-vous du reste.

L'officier public argumenta le dossier et celui de Léon auprès de la municipalité. Le contrat respectait le vœu du vieil homme d'un délai pour l'expulsion : la formule juridique enveloppée dans les mots de spécialistes ne retardait guère le début des travaux.

Elise organisa un bal d'adieu sans restauration, avec un après-midi pour les couples âgés et une soirée plus sautillante pour les jeunes. Elle reçut des bouquets et des vases de fleurs, des friandises, des photographies de fêtes et de communions. Elle réservait à ses proches, pour un peu plus tard, le dernier repas.

À une semaine du rendez-vous, Françoise, en entrant chez Léon avec le café matinal, trouva le vieil homme sur son fauteuil, la radio allumée en sourdine. Il ne respirait plus, la tête penchée couverte du chapeau de paille. Sur la table, près de morceaux de tarte à la mirabelles délaissés, traînaient des pièces de Meccano à côté d'un socle vissé jusqu'au premier étage, de la tour Eiffel. Arturo, le dernier, avait quitté Léon. Le médecin confirma le décès par embolie.

Gustave, arrivé dès que possible en présence des agents des pompes funèbres, trouva dans un tiroir une enveloppe « À ouvrir après ma mort ». La lettre était une sorte d'appendice à « L'Âme du Hameau », écrit après la signature des liquidations :

*« L'âme s'est envolée sans laisser de trace sur terre. Vous découvrirez ces lignes, peut-être entre des*

*immeubles aux fenêtres colorées par le linge qui sèche et l'épicerie « Servez-vous », qui a une pompe à essence à côté d'une réclame pour Bibendum. L'héritage du Hameau vendu au mètre carré est chez le notaire : pensez à Gisèle, qui n'a plus guère de besoins. Préservez quelques outils qui portent sur le manche les traces de doigts de trois générations. Offrez les meubles à Vittorio et Carolina pour leur anniversaire de mariage, la TSF et des ustensiles de cuisine à Françoise. À son passage, donnez à Anthony les bouteilles de vieille mirabelle de la cave ; à Germaine, qui ne boit pas, l'horloge de cheminée avec la silhouette de la tour Eiffel. Vous savez maintenant si, avant de fermer les yeux chez Pierre et Louise, j'ai revu la mer. Moi, je prends le large…*

Léon redistribuait les cadeaux reçus à Noël. Norbert retrouvait sa Lorraine pétaradant au virage des Hunaudières, Magdalena profitait des assiettes en faïence de Desvres. Leur bébé Simon héritait des jouets retrouvés dans une armoire. Pierre bénéficiait du plateau de mirabelliers en bois tropical, Mathieu du croquis de Majorelle. L'album de cartes postales de la « Léonide » revenait à Elise. Enfin *La Petite Treille*, de Jacques Callot, remerciait Pauline. Arturo, absent au dernier réveillon, recueillait la sabretache de cuir d'Astolphe, noircie par les glaces de la Berezina. Le post-scriptum précisait : « *Enterrez-moi dans ma gandoura.* »

L'enterrement réuni de nombreux retraités de l'usine, des délégués syndicaux, des élus municipaux. Le maire, à la demande de Marthe, prononça son hommage au cœur du Hameau. Des terrassiers abattaient les arbres de la Cure d'Air, la salle de bal. Des bandes de toiles blanches rayées de rouge délimitaient le chantier qui épargnait encore la maison de Léon couverte du drap de deuil devant la porte.

— Il se disait l'âme du Hameau, c'est aussi un peu l'âme de Pompey qui part avec Léon Muller. Des hommes de cette sorte, et votre mari, madame Fischer, portèrent l'usine et la cité jusqu'aux rails de l'avenir, ceux d'aujourd'hui. Comme on dresse des stèles pour les enfants de la commune morts à la guerre – et nous en comptons tous ici –, on devrait écrire dans le marbre les noms des pionniers du travail industriel, des luttes syndicales, des développements locaux. Léon Muller, en plus, servait de lien aux portes de l'oubli où s'estompent nos vignerons, vachers, cantonniers, maraîchères, dentellières, cueilleuses de mirabelles. Son exemple laisse une famille endeuillée dignement engagée dans notre société menacée par les ambitions revanchardes et totalitaires. Le Hameau disparaît avec Léon. Comme moi, vous ne regarderez plus la première mirabelle de la saison nouvelle sans penser à lui.

Les adultes et les enfants du quartier rejoignirent le cortège en marche vers le cimetière. Sur les bords du corbillard, Arturo, Pierre, Gustave, Mathieu, Norbert, Louis, Vittorio tenaient les cordons du poêle. Les cloches de l'église Sainte-Euchaire sonnaient le glas pour ce paroissien incroyant. Autour du caveau, Elise, Pauline, Marthe, Germaine, Louise, Carolina et Magdalena formèrent une haie en gardant en main une rose rouge.

Après l'assistance, les gens du Hameau jetèrent leur fleur sur le cercueil. Pierre déposa le tronc du dernier mirabellier déterré. Avec une ficelle, le frère de Vittorio posa délicatement sur le bois la tour Eiffel de

Meccano achevée dans la nuit, aussitôt recouverte des pétales de roses.

Le dernier déjeuner à la Cure d'Air fut un repas d'enterrement, plus ému que triste. On parlait de mobilisation générale tandis que se poursuivaient des discussions entre Allemands, Anglais, et Français à Munich. Elise vivait son ultime semaine sur sa vieille terre. Sur les murs nus du restaurant fermé, la place des cadres des photographies de Georges laissait les carrés blanchâtres. Sans discrétion, les employés d'un antiquaire emportaient les meubles Majorelle de la « belle chambre ».

Pauline proposa un toast pour Léon avec un doigt de mirabelle. Tous debout, les déménageurs à l'arrêt, ils écoutèrent Pierre lire la fin du texte testamentaire de l'année précédente, en changeant des mots :

— Dans ma mémoire je retrouve ce vers que m'apprenait Julie : Hameau disséminé, avez-vous donc une âme ? Étendu dans le vide obscurci de la vallée, je crie, les mains en porte-voix pour que ça passe : « Ah oui, cré nom d'un nom ! »

# Épilogue

## Vous avez dit « Hameau » ?

En gare de Nancy, encombrée par les travaux d'aménagement pour le TGV, Jean-Philippe Muller attendait l'arrivée du TER de Metz qui repartait aussitôt pour Thionville. Les affiches des panneaux du quai vantaient l'année des Lumières qui célébrait les deux cent cinquante ans de la place Stanislas, enfin libérée de la circulation des voitures.

Le voyageur ne connaissait pas la ville avant sa nomination de professeur à l'École des Mines, et celle de sa femme Sophie comme enseignante de lettres modernes au lycée Poincaré. Arrivés un mois plus tôt, ils vivaient en studio, dans un immeuble de l'université, avant de choisir un logement définitif. Sophie rêvait d'un appartement proche de la Pépinière. Les tarifs excluaient un achat ou une location d'une surface raisonnable, avec les livres en plus…

Les TER bénéficiaient des efforts de la Région. Ils ressemblaient, avec leur étage en impériale, aux trains les moins ringards de la région parisienne. Jean-Philippe choisit de regarder le parcours de haut, position favorable pour observer au passage les collines où perchaient des communes anciennes devenues résidences-dortoirs, les entrepôts des brasseries de Champigneulles, survivance fragile d'un passé de grande concurrence.

Le passage du train sur le pont de la Moselle annonçait la gare de Pompey. Le professeur Muller choisit d'interroger dans la grande rue le cafetier le plus proche :

— Pouvez-vous m'indiquer, s'il vous plaît, le chemin du Hameau…

— Quoi ?

— Le Hameau. Ma famille vient de là-bas, mon grand-père y est né.

— À Pompey ?

— Oui.

— Vous vous appelez comment ?

— Muller.

— À ma connaissance, il n'y a plus guère de Muller ici. Vous ne vous trompez pas de commune ?

— J'ai trente-cinq ans. J'ai connu mon grand-père pendant quelque temps. Il était médecin à Boulogne-sur-Mer. Il m'a souvent parlé des mirabelliers. Donc, il n'y aurait pas de Hameau ?

— Regardez vous-même : des maisons, au-dessus la lisière des forêts.

— Redonnez-moi un café, que j'avale ça. Et indiquez-moi où se trouve l'usine.

— C'est la caméra cachée ? Il n'y a pas de Hameau. Il n'y a plus d'usine. La crise de la sidérurgie lorraine, ça ne vous dit rien ? Tout rasé. Pas même un bout de gros tuyau préservé. Il y a en Lorraine assez de cimetières militaires : pas de tranchées des hauts-fourneaux.

— *Desappointed !*

— Quoi ?

— Déçu. Je chercherai autrement. Alors ne me dites pas que n'existe pas le parc d'activités.

— Vous voilà raisonnable. Pardonnez-moi, je vous ai cru dérangé.

— Ça va, merci.

— Il faut marcher un peu, vers la Moselle, passer le pont. Marcher encore. C'est une sorte d'île, mais vous ne le sentirez pas dans le mélange des entreprises. Sur les ruines pousse ce que le journal appelle « un territoire d'excellence ». Vous cherchez du boulot ? Il y a déjà quatre mille emplois.

— J'ai rendez-vous au Resto du Parc avec un ancien collègue.

— Bon appétit.

Jean-Philippe, aidé par la courbe de la Moselle, n'hésitait pas. La flèche « Resto du Parc », la cantine des entreprises, facilitait la suite du parcours. Sébastien Carpentier attendait son ami à l'étage où l'on déjeunait à la carte entre cadres et invités. Aspirants de marine l'un et l'autre, ils avaient navigué sur le *Charles-de-Gaulle* pendant leur service militaire et gardé des contacts épisodiques. Sébastien dirigeait une société de composants d'informatique. Il habitait sur place avec sa femme, avocate, et ses deux garçons. Il appréciait, Auvergnat de souche, la Lorraine. Il skiait l'hiver dans les Vosges, initiait ses gamins à la voile l'été sur l'étang du Der, près de Saint-Dizier.

On se disputait les places autour de leur table. Sébastien fit signe à un client désemparé :

— Installez-vous avec nous, Jacques. Mon ami Jean-Philippe Muller, de l'École des Mines... Jacques, ingénieur en conserverie métallique, adjoint au maire.

Le nouveau venu présenta le Parc, promit l'envoi du premier numéro de *L'Écho du Parc*, récemment sorti. Sébastien demanda :

— Tu te plais à Nancy ? La mer ne te manque pas ?

— Le *Charles-de-Gaulle* m'a fourni la dose après mon grand-père et ma grand-mère. Sophie traînait la jambe pour demander une nomination hors de Paris, formidable mais oppressant. Nancy nous convient. La bibliothèque municipale est un joyau pour Sophie, qui prépare un livre sur l'abbé Grégoire, qui s'opposa à Napoléon quand il rétablit l'esclavage, sujet d'actualité si tu lis les journaux. L'École est en pointe dans le secteur des mathématiques et de l'informatique. Je porte sa bonne parole dans des colloques aux États-Unis, en Lituanie, en Inde. Il ne nous manque qu'un logement.

— J'ai ce qu'il vous faut ! s'empressa de dire l'adjoint local. Pompey accueille des entreprises et cherche de nouveaux habitants.

— Je n'ai rien contre, sous réserve de l'avis de ma partenaire : nous avons chacun 50 % des parts du holding familial.

Il s'agissait de la construction d'un immeuble de quatre étages, sur une hauteur en bordure de la Moselle vers Liverdun, en location ou en vente. L'adjoint vantait sa marchandise : la vue – le dernier étage encore libre –, la proximité de la gare avec de nombreux TER, un équipement commercial à la sortie de Frouard et un collège Jean-Lurçat, aussi.

Sébastien n'intervenait pas, par discrétion. On abandonna le dessert pour une visite rapide du lieu, en voiture.

— Je te laisserai à la gare.

La Moselle coulait, paisible, en contrebas du chantier, matrone bleue pour une péniche et un bateau de plaisance. Le lieu était calme entre des maisons alignées derrière des jardins. Le parking de l'immeuble servait aux grues qui levaient les panneaux préfabriqués jusqu'au troisième étage.

— Sophie décidera, mais je suis plutôt convaincu. Avec son accord, je n'accepterai qu'à une seule condition.

— Nous ne modifions aucun prix.

— Il s'agit bien de cela. Seulement d'un nom. J'aimerais habiter la résidence Sous-le-Hameau.

— Curieuse idée. Il n'y a pas de Hameau, là-haut.

— Je vous explique.

Jean-Philippe dit l'essentiel de la saga de Léon :

— Avec la guerre, toute la famille a explosé. Il reste mes parents, médecins à Boulogne-sur-Mer par tradition. Aucune trace des amis Fischer, exilés en Argentine paraît-il. Nous formons le dernier carré, avec comme héritage une série de cartes postales, une eau-forte de Jacques Callot, une sorte de plateau avec des mirabelliers tordus en bois exotique. Et deux noms : Léon, le Hameau.

L'adjoint au maire, sidéré, estimait que la façade proposée valait bien « Résidence du Port » ou « Résidence Saint-Nicolas », que suggérait l'architecte.

Les plans étalés devant elle, Sophie préconisait l'achat des deux quatre-pièces prévus au quatrième et, avant les finitions, la création d'un seul espace avec une cuisine unique, deux salles de bains, des pièces plus vastes… Le lieu lui plaisait aussi. Les horaires du TER lui convenaient. Elle exigeait, à la signature commune, le respect des délais de livraison.

Le soleil couronnait la fête de l'inauguration en petit comité, les propriétaires et les constructeurs autour de l'adjoint, des élus, des voisins, la correspondante de *L'Est Républicain*. Jean-Philippe, rentré dans la nuit d'un colloque à Taïwan, souffrait de son décalage horaire. Sophie envoya à ses beaux-parents la coupure parue le lendemain dans le quotidien :

« *On inaugurait hier le nouvel immeuble de Pompey, en bordure de la Moselle. La municipalité exprima, avant le verre de l'amitié, sa satisfaction d'accueillir de nouveaux habitants : ils viennent tous de l'extérieur, bon point pour le prochain recensement annuel. Un adjoint dévoila la plaque célébrant "La résidence Sous-le-Hameau". Quel Hameau ? Seuls de vieux Pompéiens pourraient le dire, et encore. Le nom bucolique est un choix de rêve. Pourquoi pas ? C'est ainsi qu'on fonde le pouvoir d'un haut lieu sur l'imagination.* »

# L'épopée des « gueules noires »

## *Le soleil des mineurs*

Élise Fischer

Quinze ans ont passé depuis que Blanche a quitté la Lorraine et le pays minier pour Paris. Quinze ans sans donner signe de vie. De retour dans son village au chevet de son père mourant, elle découvre son histoire. Juif chassé de l'Allemagne hitlérienne, il a trouvé refuge en Lorraine et connu la solidarité et l'enfer de la mine. Survient alors la catastrophe du puits Simon, à Forbach. Blanche, bouleversée, met ses compétences professionnelles au service des mineurs. Provisoirement, pense-t-elle alors, mais le destin lui réserve bien des surprises…

***(Pocket n° 13402)***

# Les ombres du passé

## *Mystérieuse Manon*

Élise Fischer

Au XVIII^e siècle, la Lorraine, après des années de guerres, retrouve son éclat grâce au duc Léopold qui encourage le développement des faïenceries. Dans son entourage grandit Manon, enfant muette rescapée d'un massacre inexpliqué. D'où vient-elle ? D'où tient-elle sa passion et son talent de faïencière ? Peu à peu, sous le pinceau de Manon, la vérité de ses origines va se révéler, et faire d'elle une menace pour ses anciens agresseurs…

***(Pocket n° 12574)***

# Saga industrielle

## *Trois reines pour une couronne*

Élise Fischer

1898. Baptiste Thouvenelle implante sa brasserie de bière à Champigneulles, en Lorraine. Eau de source, qualité du houblon, facilité d'accès des moyens de locomotion : l'entreprise prospère, et la relève est assurée génération après génération par Adèle, la fille aînée de Baptiste, Charlotte, puis Louise. Trois femmes hors du commun qui sauront faire vivre l'héritage de Baptiste, surmonter les épreuves de l'histoire et faire de Champigneulles, comme sa rivale et voisine Kronenbourg, une légende.

***(Pocket n° 12145)***

*Achevé d'imprimer sur les presses de*

**BUSSIÈRE**

GROUPE CPI

*à Saint-Amand-Montrond (Cher)*
*en juin 2008*

POCKET - 12, avenue d'Italie - 75627 Paris Cedex 13

— N° d'imp. : 80923. —
Dépôt légal : juin 2008.

*Imprimé en France*